JENSEITS DER SONNENFINSTERNIS

I. BUCH:

UNAUSLÖSCHLICH EINGEBRANNT

AF285782

Gewidmet den Vätern, Gatten und Söhnen,

die voller patriotischer Überzeugung in einen

menschenverachtenden Krieg zogen.

Gewidmet den Familien, die mit den traumatisierten

Heimkehrern leben mussten.

Christel Görres Strohmeier

JENSEITS
DER SONNENFINSTERNIS

I. BUCH:

UNAUSLÖSCHLICH EINGEBRANNT

FAMILIENSAGA

Bibliografische Information Der Deutschen Nationalbibliothek
Die Deutsche Nationalbibliothek verzeichnet diese Publikation in der
Deutschen Nationalbibliografie; detaillierte bibliografische Daten sind
im Internet über http://dnb.ddb.de abrufbar

2. Auflage
© 2010 by Christel Görres-Strohmeier
Alle Rechte vorbehalten
Bildquellen:
Titelbild: ISG Frankfurt a. M.
Bilder: auf der Umschlag-Rückseite und im Innenteil
Christel Görres-Stohmeier
Satz, Umschlaggestaltung, Herstellung und Verlag:
Books on Demand GmbH, Norderstedt
ISBN 978-3-8391-7630-6

Inhalt

Prolog

Zu Köln-Ehrenfeld geschrieben, am 21. Februar 1933

Abschiedsbrief des Oberfeldwebels Franz Schmitz an die Mutter seiner geliebten Kinder

Liebste Maria!

Wenn Du diese Zeilen liest, werde ich in den Freitod gegangen sein, um meinem schuldbeladenen Leben ein Ende zu setzen. Gleichwohl möchte ich diese Welt nicht verlassen, ohne Dir die Beweggründe für meinen Selbstmord begreiflich zu machen, den die katholische Kirche als eine ihrer vielen Todsünden anprangert.

Vor jenem bestialisch geführten Krieg anno 1914, in dem ich vier unbeschreiblich entbehrungsreiche Jahre von Dir und unseren Kindern getrennt blieb, genoss ich das Dasein eines glücklich-zufriedenen Gatten und Vaters. Als ein streng nach den Lehren der katholischen Kirche Lebender zog ich mit Dir acht Kinder in unserer geliebten Heimatstadt Köln im christlichen Glauben auf.

Im Schicksalsjahr der deutschen Mobilmachung trieb uns die Generalität, als willfähriger Vasall unseres Kaisers Wilhelm II., immer wieder erbarmungslos in den bluttriefenden Rachen eines flammenden Infernos, welches seinen Höhepunkt – mit einer bis dato nie geführten Waffenperfektion – in der Hölle von Verdun fand, in der Abertausende von Menschen unerbittlich als Kriegsmaterial en gros verheizt wurden.

Gleich allen anderen, zog auch ich voller Enthusiasmus und vaterländischem Patriotismus in barbarische

Gemetzel, wo wir mit einer gnadenlosen Unmenschlichkeit menschliche Wesen – unbescholtene Väter, Brüder, Gatten –, die uns zuvor nie ein Leid zugefügt hatten, auf das Skrupelloseste verstümmeln oder abschlachten mussten.

Nachdem das deutsche Kaiserreich seine schmachvolle Niederlage eingestanden und der Kaiser abgedankt hatte, ertrug ich – so wie viele meiner entwurzelten Kameraden – widerstandslos und hilflos ausgeliefert in französischer Gefangenschaft jegliche Repressalie, Erniedrigung und brutale Folterung. Physisch und psychisch demoralisiert, kehrte ich als halb verhungerter Krüppel, innerlich abgestorben und zu keiner menschlichen Regung mehr fähig, nach Hause zurück.

Weder die aufopferungsvolle Pflege noch die mir bedingungslos entgegengebrachte Liebe der Familie konnte mein verfinstertes Gemüt aufhellen. Von einem liebenden Gatten und treusorgenden Vater mutierte ich zu einem menschlichen Scheusal, das seine Familie, Verwandten und Bekannten auf das Niederträchtigste beschimpfte und verfluchte. Die gesamte Welt sollte für jenes Unrecht, das mir zugefügt worden war, leidvoll büßen.

Übermächtige und unbeherrschbare Wutattacken sowie ein reichlich konsumierter Alkohol machten es mir unmöglich, nach dem Krieg in die Realität zurückzufinden. In Kriegszeiten wurde ich belobigt und mit Orden überhäuft, wenn ich unschuldige Menschen massenweise niedermetzelte; in Friedenszeiten sollte ich als Mörder gelten, weil ich einen niederträchtigen Vergewaltiger tötete?

Schuld und Sühne; Recht und Unrecht; Sünde, Reue und Buße: leere Worte, die mein abgestumpftes Ich nicht mehr einordnen konnte, die im Strudel meines unwirklich gewordenen Seins versanken.

Der Klerus, unsere Domherren, Vertreter der göttlichen Macht, segneten jene Waffen, die auf Befehl der weltlichen Macht den Nächsten töten sollten, den ich – wie mich selbst – zu lieben angehalten war. Mit dem Verlust des Glaubens in die Institution Kirche verlor ich auch meine eigene Identität; all das, was zuvor mein lebensbejahendes, charakterfestes und tief religiöses Wesen ausgemacht hatte.

Allein der gerechte Herr lässt sich nicht durch frömmelnd-widersprüchliche Worte der schwadronierenden Geistlichkeit irreführen. Denn nur die Taten – im guten wie im schlechten Sinne – zählen. In ständig wiederkehrenden Albträumen ließ er mich die von mir verübten Gräuel erneut durchleben, die mich auf einer beständigen Gratwanderung zwischen Mord- und Selbstmordgelüsten wandeln ließen, sodass jenes apodiktische Urteil meiner gerechten Strafe jetzt heißen muss: Tod durch Erhängen.

Nachdem dieser Brief beendet sein wird, werde ich mich mit jener Peitsche erhängen, die ich schon beim geringsten Anlass gegen die mir Anvertrauten erhob und mit der ich sowohl meine Tochter Magdalene als auch meinen Sohn Heinrich in den Selbstmord und meinen Jüngsten aus dem Hause trieb.

Einsam, von Gott und der Welt verlassen, stehe ich auf dem Dachboden unseres Anwesens. Vor meinen Augen verschwimmen die einzelnen Lettern des Briefes, den mein Vater im Januar 1907 verfasste, bevor auch er seinem Leben ein Ende bereitete. »Die Wahrheit über mein verruchtes und sündiges Dasein« heißt die zweimal unterstrichene Überschrift einer Lebensbeichte, in der er meiner Stiefmutter seine unfassbaren Schandtaten offenbarte.

Man sagt, dass vor dem geistigen Auge eines Sterbenden sein ganzes Leben abläuft. Möge der Herr Gnade walten lassen, indem er mir auch jenes Wunderbare zeigt, dass ich mit Dir und unseren geliebten Kindern erleben durfte.

Vergebt mir.

Franz Schmitz

1

Cöln-Ehrenfeld
5. August 1909

»Wenn wir den Grafen Zeppelin um elf Uhr mit seinem Luft-schiff in Bickendorf bei der Landung sehen wollen, musst du dich sputen!« Cecilia stand ungeduldig vor ihrer acht Jahre älteren Cousine Maria und drehte aufgeregt deren mit Federn und Blumen geschmückten überdimensionalen Wagenradhut in ihren Fingern.

»Cilli, drängle nicht so!« Seufzend wandte sich Maria seit-lich zum Facettenspiegel des im Jugendstil gehaltenen Schlaf-zimmerschrankes und betrachtete mit gekrauster Stirn die leichte Rundung ihres Bauches, die sich unter dem langen, schmalen Rock aus weißem Leinen abzeichnete. »Es ist kurz nach neun Uhr und Franz hat versprochen, uns zur Luft-schiffhalle zu chauffieren.« Achselzuckend verzichtete sie diesmal darauf, die veilchenblaue Taillenschärpe über dem modischen – um die Knie eng geschneiderten – *Humpelrock* zu gürten.

Bewundernd schaute Cecilia auf ihre nach der neuesten Mode gekleidete Verwandte, die mit geübten Griffen die roten Haare ihrer mondänen Kurzschnittfrisur in Form zupfte, welche sie – wie die Stars der aufstrebenden Film-industrie – als Zeichen der Gleichberechtigung in Familie und Gesellschaft naturgetreu nachgeahmt hatte. »Hoffentlich weißt du das Glück zu schätzen, einen so fortschrittlichen Mann geheiratet zu haben …«, sie stellte sich mit herunterge-zogenen Mundwinkeln neben Maria, betrachtete angewidert ihre aschblonde, zu einem Knoten aufgesteckte Großmut-terfrisur und fuhr ärgerlich fort: »… der dir alle Wünsche von den Lippen abliest und für dich sogar die Mitgliedschaft im kürzlich gegründeten Cölner Frauenclub unterschrieben hat.«

Maria streifte die schenkellange Leinenjacke über, befestigte ein künstliches Veilchenbukett am Revers, streichelte ihrer 18-jährigen Cousine sanft über die zorngeröteten heißen Wangen und beschwichtigte sie mit den Worten: »Morgen werde ich deine Eltern von der bequemen Handhabung der neuen Heißluftmaschine bei einem Kurzhaarschnitt überzeugen.« Sie wuchtete das 1,8 Kilogramm schwere Elektrogerät – den Namen *Fön* hatte das AEG-Werk vorsorglich schützen lassen – von der eichenen Kommode, hielt es mit verkrampften Händen vor ihren tief in die Stirn reichenden Fransenpony und versuchte mit der 90 Grad heißen Luft die Schweißperlen des Gesichtes zu trocknen. »Cilli, ich bin schon wieder schwanger!«, konstatierte sie plötzlich völlig zusammenhanglos, derweil sie seufzend die neueste Errungenschaft zur Seite legte.

Geräuschvoll sog Cecilia die Luft ein. »Das wäre dann das achte Kind!«, rief sie erschüttert und fuhr mit leiser Stimme fort: »Hoffentlich werden es keine Zwillinge wie bei der ersten oder gar Drillinge wie bei der vorletzten Niederkunft.«

»Mal den Teufel nicht an die …«

»Weiß Franz es schon?«

»Nein, nur die Schwiegermama. Sie will es ihm erzählen, wenn er gleich die kleine Sofie bei ihr abliefern wird. Die Zwillinge, die Drillinge und Heinrich sind bei den Palms-*Pänz*. Gemeinsam hoffen sie, von deren Dachterrasse einen Blick auf den Zeppelin erhaschen zu können.«

Marias Schwiegermutter imitierend, senkte Cecilia ihren glockenreinen Sopran um eine Oktave. »Kinder sin ein Jeschenk Jottes«, ahmte sie naturgetreu den Cölner Dialekt der besten Freundin ihrer Mutter nach. »Wir nehmen die Kinderschen so, wie der jute Herrjott sie uns jibt!« Kokett verbarg sie ein Grienen hinter der vor den Mund gehaltenen Hand.

»Du darfst meiner verehrten Schwiegermama nicht höhnen; das ist unschicklich!« Marias Versuch, auf die gelungene Persiflage ihrer Cousine ernsthaft zu antworten, schlug fehl. Verhalten kichernd begann sie: »Die Ärmste hat den …«, einen Augenblick zögernd, bekreuzigte sie sich hastig, ehe sie mit ernster Miene fortfuhr: »… Freitod ihres Mannes vor zwei Jahren noch immer nicht verwunden.«

»Bei allen Heiligen!«, rief Cecilia voller Entsetzen und schaute sich ängstlich nach allen Seiten um. »Nimm das gotteslästerliche Wort in diesem erzkatholischen Cöln nicht in den Mund. Schließlich ist Selbstmord eine Todsünde. Im Familien- und Verwandtenkreis wurde von einem tragischen Unfall gesprochen, nachdem sich dein Schwiegervater vor die Elektrische geworfen hatte.« Entnervt atmete Cecilia tief durch, ehe sie, in Erinnerungen schwelgend, entrückt weitersprach: »Ich denke so gerne an meinen zehnten Geburtstag zurück, als Onkel Ägidius unserer Familie Billetts zur Jungfernfahrt in der ersten elektrischen Cölner Ringbahn schenkte, die er so enthusiastisch als einen großen technischen Fortschritt bezeichnete.« Sie schlug die Augen nieder und flüsterte: »Jenes Schienenfahrzeug, vor das er sich sechs Jahre später …«

»Ich erinnere mich genau!«, fiel Maria ihr aufgewühlt ins Wort. »Ich war zum vierten Mal guter Hoffnung, und nach dieser immensen Aufregung kam ich am nächsten Tag mit Sofie nieder.« Sie senkte die Stimme und wisperte: »Aber sei unbesorgt. Schwiegermama Anna verbrannte zu jener Zeit sofort den Abschiedsbrief des Unglückseligen. Dabei jährte sich ihre zweite Ehe mit Ägidius gerade zum sechsten Mal, als er in den Freitod ging. Oma Anna konnte selbst keine Kinder bekommen. Deshalb nahm sie damals Ägidius' Sohn überglücklich in die Arme und ist meinem Franz nicht nur die beste Mutter, sondern unseren Kindern auch die liebste Oma der Welt. Zum zweiten Mal musste diese herzensgute

Frau einen Gatten begraben und keiner konnte sie seinerzeit in ihrer unermesslichen Trauer trösten. Auch Franz hat seit jenem verhängnisvollen Tag niemals mehr über seinen in Todsünde verschiedenen Vater gesprochen. Der Skandal in der Erzdiözese wäre zu groß gewesen.«

»Pst, sei still!« Cecilia hielt den Zeigefinger vor den Mund, horchte aufmerksam die Treppe hinunter und setzte ihrer Cousine hastig den riesigen Hut auf den Kopf. »Ich glaube, Franz kommt die Stiege herauf.« Mit geröteten Wangen blickte sie auf Marias schneidigen Mann, der plötzlich lachend im Türrahmen stand. Mit der verzehrenden Kraft ihrer schwärmerischen Jugend schaute sie auf die pomadige schwarzbraune Frisur des heimlich Angebeteten, die er à la Stummfilmstar Rudolph Valentino trug und die ihm – genau wie seinem berühmten Idol – den Spitznamen *Pomadenhengst* eingebracht hatte.

»Ist die holde Weiblichkeit zur Abfahrt bereit?« Voller Galanterie küsste Franz den Damen die entgegengestreckten zarten Hände. »Klein Sofie ist jetzt nebenan in bester Obhut. Oma Anna wird sie bis zum Zapfenstreich mit Leckereien aus dem umfassenden Angebot unseres exquisiten Feinkostgeschäftes vollstopfen. Uns wurde die Erlaubnis zum Amüsement bis zum späten Abend erteilt.« Zärtlich nahm er seine Frau in die Arme, flüsterte verschwörerisch ein »Freue mich als bibelfester und gottgläubiger Katholik auf den neuen Erdenbürger« in ihr Ohr, zwickte voller Übermut Cecilia verstohlen in den Allerwertesten und freute sich königlich darüber, dass sich die zartrosa Wangen der hektisch Atmenden in tiefstes Purpur verfärbten. »Der neue 1909er-Opel steht fahrbereit vor der Villa. Da wir zu dritt vorne sitzen müssen, werde ich meine angeheiratete und zur jungen Frau erblühte Verwandte während der Fahrt eng an mich pressen müssen«, neckte er die Cousine seiner Frau und nickte selbstzufrieden, als Cecilia mit einem spitzen Aufschrei aus dem Schlafgemach flüchtete.

»Herr Franz Schmitz!«, tadelte Maria ihren immer zu Scherzen aufgelegten Gatten und bekämpfte mit einer erzwungenen Ernsthaftigkeit ihr aufkeimendes Lachen. »Schäm dich! Musst du sie denn immer in Verlegenheit bringen? Du wirst dich gleich bei ihr entschuldigen!«

»Einem werdenden achtfachen Vater missgönnst du aber auch das allerkleinste unschuldige Vergnügen.« Übertrieben schmollend reichte er seiner Gattin den Arm. »Jedoch werde ich, damit der warme Augusttag einer der schönsten werden soll, deiner Aufforderung im Verlauf des Tages vielleicht nachkommen.«

Vergnügt stiegen sie die Treppe hinunter und staunten lachend über Cousine Cecilia, die es sich, stolz aufrecht sitzend, im blank geputzten Opel-Cabriolet – das blinkend im Sonnenschein vor der Hofeinfahrt stand – auf dem Mittelplatz des Dreisitzers bequem gemacht hatte.

Belustigt grinsend belegte Franz den Platz auf der Fahrerseite. Schüchtern und mit dem tiefen Seufzer einer hoffnungslos Verliebten drängte sich Cecilia Schutz suchend an Maria, die schon den Beifahrersitz neben ihr eingenommen hatte.

»Dann wollen wir hoffen, dass den Pionieren der Luftfahrt ihr zweiter Versuch, den Zeppelin sicher im Cölner Luftschifffahrtshafen zu landen, gelingt«, resümierte Franz, während er den Motor des Opels mit lautem Getöse anließ. »Der Auftakt am Montag jedenfalls endete kläglich in einem Blitz- und Hagelunwetter mit einer Niederlage der modernen Luftschifffahrt bei Koblenz.«

»Warum?«, wollte Cäcilia wissen.

»Aufgrund der schwachen Dieselmotoren, die den Kampf gegen den starken Wind aufgegeben hatten, sah man sich gezwungen, einen dezenten Rückzug einzuleiten, damit man, trotz leichter Schäden, wieder heil auf dem Frankfurter Startgelände ankern konnte«, erwiderte Franz gut gelaunt. »Aber nun wird es Zeit, dass endlich der erste Zeppelin feierlich an unseren Festungskommandanten General von Sperling übergeben wird. Denn schließlich wurde auf höchsten Erlass Kaiser Wilhelms II. der Bickendorfer Butzweiler Hof zum Luftschifffahrtshafen ernannt.« Hinter der katholischen Pfarrkirche St. Maria Himmelfahrt und der neuen Volksschule des Architekten und Stadtbauinspektors Carl Moritz schlug er die Richtung zum Butzweiler Bauernhof ein.

»Warum ist es denn so still in der Unterrichtsstätte, Maria?«, fragte Cecilia, während sie im Vorbeifahren verwundert auf den verwaisten Schulhof zeigte.

»Aus Anlass der Landung des Grafen mit seinem Zeppelin II haben heute alle Cölner Pänz schulfrei bekommen.«

Gemächlich gondelten sie an sonnendurchtränkten Fluren vorbei, auf deren Äcker der Weizen und Roggen schon gemäht und gedroschen war, sodass man auf den Stoppelfeldern unzählige Strohgarben erblickte, die im mild wehenden Sommerwind trockneten und geheimnisvoll knisternde Geräusche von sich gaben. In den Gärten lugten die zuckerreifen, prallen Zwetschgen zwischen dem sattgrünen Blattwerk der Obstbäume hervor, bogen die Äste gen Boden und warteten ungeduldig darauf, gepflückt zu werden.

Cecilia schnupperte in Richtung einer kleinen, gepflegten Apfelplantage und sog geräuschvoll die linde Luft durch ihr zierliches Näschen. »In diesem Jahr kann man die Ernte sicherlich zwei bis drei Wochen vorziehen, da das Wetter heuer ungewöhnlich mild und sonnig ist. Das Aroma des *James Grieve* liegt unwiderstehlich in der jungfräulich-morgendlichen Luft«, schwärmte sie sachkundig und auch ein wenig hungrig. »Selbst der Duft des überreifen Klarapfels lässt darauf schließen, dass beide Sorten baldigst geerntet werden müssen!«

Cecilias Apfelgelüste wurden abrupt unterbrochen, als Franz plötzlich mit lautem Hupen eine Droschke überholte und die panisch aufgescheuchten Pferde dazu veranlasste, vom gemächlichen Trab in einen wilden Galopp zu springen. Der aufgebracht fluchende Fuhrmann konnte nur unter größter Kraftanstrengung den Zusammenstoß mit einem Trupp Wanderer verhindern, die sich mit Kind und Kegel per pedes auf den Weg zum Luftschifffahrtshafen nach Bickendorf gemacht hatten. »Und nun demonstriere ich euch, was die acht PS meines schnittigen Cabriolets leisten können!«, rief er stolz und umschloss fest mit beiden Händen das Lenkrad. Höchst belustigt ignorierte er Marias besorgte Protestlaute, als sie sich gezwungen sah, mit beiden Händen ihre riesige Kopfbedeckung festzuhalten, während er das Gefährt auf Höchstgeschwindigkeit beschleunigte.

Cecilia – die bis dato nur an Kutschfahrten gewöhnt war und zum ersten Mal in einem Automobil saß – quiekte jedes Mal kreidebleich auf, wenn Franz mit röhrender Hupe und lautem Geknatter ein Gespann nach dem anderen überholte und hinter sich ein Chaos von durchgehenden Pferden, aufgeschreckten Menschen und wütend bellenden Hunden zurückließ.

Weit vor Bickendorf verstopften unzählige Blech- und Pferdekarossen sowie große Menschenmengen die Straße zum Luftschifffahrtshafen. Sämtliche Fahnen waren gehisst und auf Balkonen und sogar Dächern standen todesmutig Menschen, die gebannt nach Norden blickten und voller Ungeduld auf die Ankunft des 136 Meter langen Luftschiffes warteten.

Franz parkte das heiß gelaufene Automobil unter einer altehrwürdig-knorrigen Eiche, deren dunkelgrünes Blattwerk ein gewaltiges Schatten spendendes Dach bildete. »Wir müssen zu Fuß weitergehen«, forderte er die Damen auf und öffnete ihnen galant die Wagentür. Während Cecilia leichtfüßig heraussprang, nahm er seine Gattin – gezwungenermaßen – auf die Arme, da die Enge ihres modernen Humpelrockes ein selbstständiges Aussteigen aus dem hohen Gefährt nicht zuließ.

Hand in Hand kämpften sie sich an übereilt zusammengezimmerten Bretterbuden, die Esswaren und erfrischende Getränke feilboten, an Karussells, schreienden Kindern und heftig debattierenden Menschen vorbei. Schubsend und stoßend arbeiteten sie sich durch die vielen Absperrungen, um das Aufsicht führende Militär davon zu überzeugen, dass ihnen durch ihre Einladungskarten das Recht eingeräumt wurde, bis vor die Luftschiffhalle zu gehen, wo die Honoratioren der Stadt und höchsten Offiziere schon voller Passion dem historischen Großereignis entgegenfieberten. Völlig erschöpft und in Schweiß gebadet standen sie plötzlich neben dem Dirigenten einer Militärkappelle, der dem Cölner Kinderchor leise pfeifend noch einmal die letzten Flötentöne zu dem Lied *Zipp zapp Zeppelin* beibrachte.

Plötzlich zuckten Maria und Cecilia, die ganz gerührt in die Betrachtung der festlich herausgeputzten und eifrig trällernden Kinderschar versunken waren, erschrocken zusammen, als laute Böllerschüsse donnerten und anhaltendes Geheul von Sirenen erklang. Am Himmel schwebte die riesige *Zigarre*, deren Durchmesser 13 Meter und Inhalt 15.000 Kubikmeter maß, über Ossendorf herein. Wie bei einem Schneeballsystem brachen zuerst die auf den Dächern befindlichen Cölner Bürger jubelnd in *Hoch*-Rufe aus. Dann setzten sich die begeisterten *Hurras* bei der Masse Mensch vor der Halle fort, die sich gemeinsam mit dem Luftschiffbataillon, den Offizieren und einigen Damen und Herren aus dem Publikum auf die Befestigungsseile stürzten, welche von den Mechanikern – 40 Meter über dem Boden schwebend – aus dem Korb zu ihnen heruntergeworfen wurden.

Nachdem sowohl der Oberbürgermeister wie auch der Kommandeur der Festung Cöln den alten Graf Zeppelin mit patriotischen Reden empfangen, die Musiker das Kaiserlied gespielt, der Bickendorfer Männergesangverein und der Cölner Kinderchor ihre Empfangslieder gesungen hatten, setzte das Karnevalslied von Willi Ostermann *Et hät noch emmer, emmer jot jejange* ein, das die Cölner Bevölkerung mit einer amüsierten Begeisterung lauthals mitsang.

Als man das Luftschiff in der Halle verankert hatte, kämpfte sich Franz – an jeder Hand eine Dame hinter sich herziehend – zu den Erfrischungsbuden durch und bestellte *Flünz,* Bier und Limonade. »Sobald wir die köstliche Blutwurst gegessen haben«, erklärte er mit vollem Mund, »wird sich unser Cabriolet dem Festzug-Autokorso anschließen, der den General der Kavallerie, Graf von Zeppelin, über die Ringe und am Cölner Dom vorbei zu seiner Unterkunft begleiten soll.«

Cecilia stürzte geschwind den letzten Schluck Limonade hinunter und hastete aufgeregt hinter Franz und Maria her, die sich energischen Schrittes einen Weg durch die Menschenansammlungen zu ihrer motorisierten Blechkarosse bahnten.

2

Templin, Uckermark
5. August 1909

»Hugo, was willst du damit sagen, dass du mich jetzt nicht mehr heiraten wirst?!« Fassungslos stand Käthe vor ihrem Verlobten. Dicke Tränen rannen über ihre geröteten Wangen und durchweichten den blau-weißen Kragen ihres bodenlangen Matrosenumstandskleides aus grobem Leinen.

»Ich ertrage das alles nicht mehr!«, nörgelte Hugo unsicher zurück, strich sich entnervt über das dunkel gewellte Haar und trat dabei unruhig von einem Bein auf das andere. »Sieh dich doch nur an. Vor einem halben Jahr hattest du einen Abort im fünften Monat, und noch immer trägst du diesen abscheulichen Umstandslumpen am Leib. Manchmal habe ich den Eindruck, dass du nicht mehr ganz bei Sinnen bist!«

»Aber wir haben doch kein Geld mehr. Alles wurde in die kleine neue Wohnung gesteckt«, klagte Käthe unter temporärem Schlucken. Verzweifelt blickte sie zuerst an sich herunter und dann geradeaus zum neu errichteten Eichwerder Tor, das seit geraumer Zeit die Kant- mit der Seestraße verband.

Hugo schaute an der alten Hausfassade aus roten Backsteinen zum vierten Stock hoch, in der ihre Mansardenwohnung lag, und murrte missmutig: »Fang jetzt bloß nicht wieder mit deinem nie enden wollenden Sermon darüber an, dass der Durchbruch in der alten Templiner Stadtmauer ein Segen für unser ungeborenes Kind sei, damit es später alleine von der Kantstraße mit seinen kleinen Trippelschrittchen in die Seestraße gehen könnte, um somit – für uns alle äußerst bequemlich – die noch im Bau befindliche neue Bürgerschule zu erreichen. Nimm endlich zur Kenntnis: kein Kind, deshalb keine Hochzeit und somit auch keine gemeinsame Wohnung.

Oder glaubst du wirklich, dass uns der Vermieter unverheiratet in seinem ehrenwerten Haus wohnen lässt?«

»Deswegen müssen wir ja jetzt auch sofort vor den Traualtar treten und direkt wieder versuchen, ein Kind zu bekommen!« Käthe strich sich eifrig die tränennassen Strähnen ihres aschblonden Haares aus dem Gesicht und setzte hektisch die verrutschte Nickelbrille gerade. »Ich bin jetzt schon 22 Jahre alt und damit eine Spätgebärende, es eilt, weil …«

»Wir müssen nun – nachdem du das Kind verloren hast – überhaupt nichts mehr, und am allerwenigsten müssen wir jetzt heiraten«, unterbrach Hugo sie bärbeißig, »denn ich bin gerade erst 21 geworden, zum ersten Mal mündig, darf seit genau zwei Monaten über mich selbst bestimmen und …«

»So herzlos kann auch nur ein Zögling reden, der in dem Obdach *Verein zur Erziehung sittlich verwahrloster Knaben* am Prenzlauer Tor aufgewachsen ist«, unterbrach Käthe mit verhaltenem Zorn, indem sie sich gleichzeitig mühte, ihre unaufhaltsam rinnenden Tränen mit einem kleinen seidenweißen Taschentuch zu trocknen.

»Oh ja, eine Drillanstalt für Vollwaise, die 1891 Gott sei Dank unter neuer Leitung in die Röddeliner Straße vor die Tore Templins verlegt wurde …« Aufgewühlt und unfähig, den angefangenen Satz zu beenden, der grauenvolle Erinnerungen in ihm wachrief, versuchte Hugo weitere Worte zu finden: »Du hast ja überhaupt keine Ahnung, was ich als Kind alles erdulden musste.« Wiederum gingen seine Worte in einem heftigen Schluchzen unter. Mit dem Rücken gegen das rote Backsteingebäude gelehnt, rutschte er langsam an der unebenen Mauer herunter, während sich sein blütenweißes Hemd nach oben zog.

Bestürzt über den heftigen Ausbruch des Mannes, den sie über alles liebte, blickte Käthe, voll des stummen Entsetzens, auf die tiefen Wundmale, die sich um seine gesamte

Taille zogen. Erschüttert kniete sie neben ihrem Verlobten nieder und strich ihm tröstend über die vernarbten Verletzungen.

3

Cöln-Ehrenfeld
4. Juli 1910

»Aber Cilli! Du wirst doch wohl auf gar keinen Fall die schneidigen Offiziere in ihren blau-weißen Paradeuniformen verpassen wollen?!« Verschwörerisch blinzelte Franz der Cousine seiner Frau zu.

Cecilias rosa Wangen verfärbten sich in tiefstes Rot, als sie wütend mit dem kleinen Fuß aufstampfte. »Du weißt genau, dass ich alles, was mit *Krieg* zu tun hat, auf das Tiefste verabscheue!« Verärgert gab sie sich Mühe, die siebenjährigen Drillinge, die sich auf dem Boden des großen Spielzimmers lauthals balgten, auseinanderzubringen. »Deshalb fahre ich nie und nimmer mit zum Neumarkt, nur um mir die Parade des 5. Westfälischen Infanterie-Regiments Nr. 53 anzusehen. Schließlich ist es das gleiche Regiment, in dem mein und auch dein Großvater dienten und bei Metz 1870 im Krieg gegen Frankreich fielen.« Aufgewühlt packte sie Josef und Johannes an den Krägen ihrer weiß-blauen Matrosenanzüge und schleifte die sich wild wehrenden Buben bis vor das elegante Jugendstil-Vertiko aus hellem Weichholz, dessen grün gefärbte Sprossenfenster laut klirrten, als Johannes wütend dagegentrat. »Es reicht doch wahrhaftig, wenn ich in der kleinen Textilfabrik von Onkel Friedhelm Knöpfe, Taillen- und Seitenhaken sowie Schulterklappen mit Kronenmotiv an die Waffenröcke nähe, die übrigens seit Kurzem nur noch in dieser grässlichen feldgrauen Farbe gefertigt werden. Nicht mehr so schön bunt wie ehemals, sondern unauffällig, als stünde ein neuer Krieg bevor.«

»Gemach, Cilli. Immerhin sind seit jenem Krieg fast 40 Jahre vergangen.« Franz nahm den am Boden liegenden, herzerweichend weinenden Jakob auf den Arm und blies besänftigend gegen dessen Stirn, auf der sich eine große blutunterlaufene Beule bildete.

»Es ist ja wirklich nett, dass du an mich dachtest, Franz«, Cecilia strich den neunjährigen Mädchen, die als zweieiige Zwillinge zur Welt gekommen waren und sich bei dem Lärm mit zugehaltenen Ohren über das Struwwelpeter-Buch gebeugt hatten, sanft über die goldblonden Haarschöpfe, »denn schließlich übernehme ich gerne die verantwortungsvolle Obliegenheit, die Pänz unter meine Obhut zu nehmen, während ihr euch amüsiert. Und mit Helene und Magdalene sowie dem braven Heinrich«, sie lächelte dem schwarz gelockten achtjährigen Knaben zu, der voller Hingabe mit den Puppen seiner großen Schwestern spielte, »werde ich einstweilen keine Schwierigkeiten haben. Wenn ihr die beiden Kleinsten mitnehmt, kann ich mich gänzlich auf die obstinaten Drillinge konzentrieren.«

»Ich danke dir von ganzem Herzen, Cilli«, atmete Franz erleichtert auf, da die Unterbringung der großen Kinderschar jedes Mal mit einer exorbitanten Kraftanstrengung verbunden war, wenn seine Stiefmutter sich ausnahmsweise einmal weigerte, über die Häupter der Enkel zu wachen. Er setzte den noch immer greinenden Jakob vor den kürzlich erworbenen englischen Jugendstilsekretär aus Eiche, öffnete behutsam dessen mit bunten Scheiben versehenen Schrankaufsatz, nahm eine Schiefertafel heraus und legte sie auf das herausgezogene Schreibpult.

Jakobs Tränen versiegten sofort, als der freundlich lächelnde Vater ihm ein Stück Kreide in seine gesunde linke Hand drückte, da er als schwächster der Drillinge mit einem verkrüppelten rechten Arm zur Welt gekommen war. Mit strahlenden Augen gab sich der Junge seiner Malleidenschaft hin.

Und wie jedes Mal, wenn Franz liebevoll über das kastanienbraune Haar des behinderten Sohnes strich, wanderten seine Gedanken zum verehrten Kaiser Wilhelm II., der mit einem verkürzten linken Arm zur Welt gekommen war. Aus Seiner Majestät ist schließlich auch etwas geworden, dachte er zuversichtlich. Dankbar küsste er der vor Verlegenheit errötenden Cecilia die Hände und winkte ihr beim Hinausgehen überschwänglich zu.

Kaum hatte Franz das Spielzimmer verlassen, strich sich Cecilia verträumt lächelnd über ihr verschossenes grünliches Hauskleid aus derber Baumwolle, schlug den bodenlangen Rock bis zur Wade hoch, um die Knopflöcher mit den dafür angebrachten Knöpfen zu verbinden, sodass man darunter das gleichfarbene Beinkleid sehen konnte. »So, leev Pänz!«, summte sie froh gelaunt und verschwand in gebückter Haltung hinter dem Vorhang des mit bunten Blumen bemalten hölzernen Puppentheaters. »Seid ihr auch alle da? Denn die Tante Cilli wird euch jetzt mit einer Kasperlevorstellung aufwarten.«

Die sechsköpfige Kinderschar setzte sich artig und mucksmäuschenstill auf die eichenen, im Jugendstil reich verschnörkelten und mit rotem Brokat bezogenen Stühle. Das aufwendige Muster des purpurnen Stoffes fand sich in den teuren Brokatvorhängen wieder, die vor den Fenstern des geräumigen Spielzimmers aus einer Höhe von drei Metern schwer bis auf den Boden fielen. Gebannt und mit strahlenden Augen sahen die Pänz der Aufführung entgegen.

*

Unterdessen wartete Franz seit geraumer Zeit im Automobil. »Maria? Maria!«, rief er immer wieder. Berstend vor Ungeduld saß er neben seiner Stiefmutter im Cabriolet und drückte gereizt mehrfach auf die Hupe. »Oma Anna und Sofie sitzen auch schon abfahrbereit neben mir. Wo bleibst du denn nur?«

»Ja, is dat denn möschlisch?! Jetzt aber mal janz ruhig, junger Mann!«, rief Oma Anna mit ihrer tiefen Altstimme den Ruhelosen zur Ordnung. Beruhigend strich sie der kleinen Sofie, die artig auf ihrem Schoß saß, über die Wange, weil das überlaute Röhren der Hupe die Dreijährige zutiefst erschreckt hatte. »All die jottjefällijen Kinderschen zu versorjen, dat tut sich nit von allein und …«

»Entschuldigt bitte!«, unterbrach Maria abgekämpft den angefangenen Satz ihrer verehrten Schwiegermutter, während sie überhastet mit dem Säugling auf dem Arm zur blank polierten Karosse rannte und sich erschöpft neben sie setzte. Mit einem Ruck zog sie die Autotür zu und stöhnte gequält: »Klein Benjamin musste neu gewickelt werden.«

Die Schwiegermutter nickte Maria verstehend zu, tastete nach ihrem Regenschirm und schaute bekümmert zum Himmel, der sich inzwischen gänzlich zugezogen hatte.

Franz atmete befreit auf, als er endlich den Motor in Gang setzen konnte. »Ich bitte die Damen, meine Nervosität zu verzeihen, aber ich möchte um keinen Preis die Parade der Kronensöhne anlässlich ihres 50. Jubiläums verpassen. Bestimmt werden sich viele Schaulustige einfinden und es könnte mich erhebliche Mühe kosten, für unseren Opel einen freien Abstellplatz zu finden. Nicht auszudenken, wenn wir die feierliche Zeremonie durch undiszipliniertes Zuspätkommen stören. Denn wie man verlauten ließ, soll sogar der Chef des Regimentes, die Schwester seiner Majestät Wilhelm II., Prinzessin Adolf zu Schaumburg-Lippe, persönlich zugegen sein.«

»Die Prinzessin von Preußen?«, fragte Maria erstaunt und blickte voller Begeisterung über Benjamins Glatzköpfchen in das Gesicht ihrer Schwiegermutter. »Ist das nicht aufregend, Oma Anna?«

»Aber sischer dat, Mariechen! Und wenn du dat Prinzessjen siehst, dann musst du mir dat Kleid von der juten Dame beschreiben. Denn ich werde nit über all die vielen Köpp von der jroßen Menschenansammlung luren können, weil ich viel zu klein bin.«

Mit einigen Fehlzündungen setzte sich der Opel schwerfällig in Bewegung, und als sie durch das Venloer Tor in die Venloer Straße einbogen, fing es an zu nieseln. Grimmig vor sich hin murmelnd hielt Franz am Straßenrand und zog unter schweißtreibendem Kraftaufwand das schwergängige Dach des Cabriolets über das Automobil. Kaum hatten sie den Hohenzollernring überquert und waren zum Rudolfplatz eingebogen, rutschte die feuerrot gelockte Sofie auf Oma Annas Schoß unruhig herum und verlangte nach eindringlicher Befragung, *Pipi* machen zu dürfen.

»Dunnerlittchen!«, entfuhr es Franz unbeherrscht, aufgebracht über die erneute Verzögerung.

Erschrocken zuckte Sofie zusammen und nahm eingeschüchtert die französische Chantilly-Spitze in den Mund, die das aus feinstem Baumwollmaterial gefertigte weiße Kleidchen säumte.

»Sofie, wir befinden uns hier mitten auf dem Rudolfplatz«, lenkte Franz sanfter ein, als ihm seine Stiefmutter einen bitterbösen Blick von der Seite zuwarf, »kannst du nicht noch zwei Minütchen einhalten, bis wir an der Apostelkirche vor dem Neumarkt einen Parkplatz …?«

»Augenblicklich wird der Herr Filius anhalten und dem natürlichen Bedürfnis eines Kleinkindes nachkommen!«, unterbrach Oma Anna ihren Stiefsohn mit ungewöhnlich schriller Stimme und zornesroten Wangen.

Überrascht blickten Maria und ihr Gatte auf die rundliche Dame mit den schlohweißen Haaren, die in ihrem Groll vergessen hatte, den Singsang des seltsamen Gemischs zwischen Hochdeutsch und Cölner Dialekt in ihrer dunklen Stimme erklingen zu lassen.

Sofort kam Franz der Aufforderung nach, stoppte mit kreischenden Bremsen abrupt auf dem belebten Platz, sprang aus dem Gefährt und öffnete galant den Regenschirm, als Oma Anna ausstieg.

Noch immer aufgebracht über das ungebührliche Benehmen des Stiefsohnes, zog selbige energisch den über die Waden reichenden schmalen Rock ihres dreiteiligen braunen Leinenkostüms gerade und riss Franz den Schirm aus der Hand. Schnurstracks eilte sie mit der Enkelin an der Hand zu einer am Straßenrand stehenden Buche, deren imposant grünes Laub tropfnass glänzte, und ließ ihren Stiefsohn wortwörtlich im Regen stehen.

Maria setzte den sechs Monate alten Säugling auf ihrem Schoß aufrecht, der trotz des Tumultes friedlich schlief, und lächelte ihrem Gatten zu. »Über den heftigen Ausbruch meiner verehrten Schwiegermama bin ich höchst erstaunt! Ich wusste nicht, dass die sanfte Mittvierzigerin zu solchen Ausbrüchen fähig sein könnte.«

»Seit dem …«, Franz stockte verunsichert und räusperte sich geräuschvoll, ehe er weitersprach, »… plötzlichen Todesfall in unserer Familie hat sie sich mir gegenüber völlig verändert. Sie wirft mir vor, dass ich die gleiche grässliche Stimme meines Vaters hätte, wenn ich es wage, auf unsere Kinder etwas lauter einzuwirken. Obwohl sie zu seinen Lebzeiten gemeinsam mit ihm die Meinung vertrat, dass Kindererziehung sogar der körperlichen Züchtigung bedürfe, um der Schrift des Alten Testamentes Gerechtigkeit widerfahren zu lassen.«

Bestürzt fasste Maria fester um Benjamins Körpermitte. »Das würde ja bedeuten, dass dein Vater dich gezüchtigt hätte?!«, stellte sie erschüttert fest, hob plötzlich den Säugling in die Höhe, roch alarmiert an dessen rückwärtigem Ende und verdrehte die Augen gen Himmel.

»Nun sag bloß nicht, dass Benjamin ein großes Geschäft in die Hose gemacht hat?!«, seufzte Franz überfordert. »Bitte, Maria. Ein neues Windeln würde unsere Ankunft noch weiter verzögern. Wickel dem Kleinen das wollene Tuch um seine

übel riechende untere Körperhälfte, denn wenn meine Stiefmutter …« Irritiert hielt er inne, half Oma Anna und Sofie,
die gerade Hand in Hand die Straße überquert hatten, in das
Automobil und warf seiner Gattin beschwörende Blicke zu.

»So, nachdem dat *Itche* sich erleichtert hat, jeht et jetzt auf
jroßer Fahrt weiter.« Oma Anna hob Sofie auf den Schoß
und zog die große weiße Schleife im roten Lockenkopf der
Enkelin in Form. Stirnrunzelnd blickte sie zum Säugling,
um den ihre Schwiegertochter bei der sommerlichen Hitze
mehrfach eine dicke Wolldecke gewickelt hatte, und wollte
nach einigem Zögern wissen: »Oder sollte der *Botzendrießer*
eventuell wat Jrößeres in die *Botz* jemacht haben?«

»Nein, hochverehrte Frau Mama!« Mit einem energischen
Schwung warf sich Franz auf den Fahrersitz und ließ den
Motor an. »Der Hosenscheißer hat nicht in die Hose gemacht! Und selbst wenn, dann würden wir jetzt trotzdem
weiterfahren!« Unter lautem Knattern schlug er die Richtung
zum Neumarkt ein und fand vor dem katholischen Gym-
nasium an der Apostelkirche neben anderen Automobilen
und Pferdekutschen eine Abstellmöglichkeit. Er schnallte den
Kinderwagen aus braun-beigem Korbgeflecht vom Heck des
Cabriolets und stellte das Gefährt mit den vier riesigen Spei-
chenrädern auf die Straße.

Während Maria den Säugling vorsichtig in die Kissen bet-
tete und Oma Anna sofort den Regenschirm schützend über
Benjamin spannte, warf Franz verstohlen neidische Blicke
auf einen beeindruckend eleganten Bugatti, dessen wind-
schnittige Bauweise sein Autofahrerherz höherschlagen ließ.
Mit Bedauern nahm er zur Kenntnis, dass die dunkelgrünen
Ledersitze des offenen Zweisitzers durch den anhaltenden
Nieselregen bald ruiniert sein würden, wenn sich der Besitzer
nicht schnellstens darum kümmern sollte.

»Herr Schmitz, wo bleibst du denn?«, rief Maria, nahm die
Hände von der hölzernen Schiebevorrichtung des Kinderwa-

gens und schaute erstaunt auf ihren Gatten, der seine Blicke nicht von der schneidigen Limousine wenden konnte.

»Komme sofort!« Hastig rannte Franz hinter den Damen her, die schon eine großartige Baumallee passiert hatten, welche den gesamten Neumarkt von allen Seiten umschloss. Überwältigt blickte er auf die Soldaten des Regimentes, die mit ihren stattlichen Paradeuniformen bekleidet in der Mitte des Platzes standen. Als eine Militärkapelle das Deutschlandlied anstimmte, nahmen die Kronensöhne augenblicklich Haltung an.

4

Templin, Uckermark
20. August 1913

Voll zärtlicher Zuneigung betrachtete Hugo den schlafenden Säugling, der zufrieden im Weidenwäschekorb schlummerte. Ich sollte fürs Lenchen baldigst ein solides Bettchen zimmern, überlegte er. In Gedanken durchforstete er das übrig gebliebene Holz in seiner kleinen Werkstatt nach Brauchbarem.

Das Glück war mit ihm gewesen, als er vor drei Jahren eine Anstellung in der winzigen Stellmacherei am Ende der Kantstraße ergattern konnte, wo ihn der versierte Radmacher zu einem geschickten Handwerker ausbildete. Tatkräftig und übereifrig hatte er seinem Meister assistiert, wenn der knorrige Silberstein die Gestelle für die Kutschen mit großem Sachverstand fertigte. Nachdem der gütige alte Herr vor einem knappen Jahr das Zeitliche gesegnet hatte, wusste Hugo sein Glück kaum zu fassen, als man amtlicherseits kundtat, dass ihm der kinderlos gebliebene Silberstein die Stellmacherei vererbt hatte. Mit Freude arbeitete er täglich oft mehr als zwölf Stunden und das gefüllte Auftragsbuch ließ in ihm den Wunsch aufkeimen, eine Hilfskraft einzustellen. Es musste ein guter Handwerker sein, der, genau wie er selbst, den Geruch des frisch bearbeiteten Holzes liebte. Er sollte ihm tatkräftig zur Seite stehen, damit er in Zukunft für sein Töchterchen mehr Zeit erübrigen konnte. Oh ja, der Kleinen sollte es an nichts fehlen. Jedes Mal, wenn Hugo den hilflosen Winzling betrachtete, wanderten seine Gedanken in die eigene Kindheit zurück, in der er kurzzeitig völlig wehrlos einem Satan in Menschengestalt ausgeliefert war. Als er im fünften Lebensjahr stand, starb seine Mutter während einer Grippeepidemie, und nie würde er den Tag vergessen, an dem der Vater drei Jahre später – bleich und ausgezehrt von der galoppierenden Schwindsucht – im Sterben lag. Traumatisiert stand er am Fußende des Bettes, in dem der einzige Mensch lag, der ihm noch geblieben war. Nach Luft ringend legte sein Vater dem Bediensteten eines Waisenheims ein Collier in die Hand, dessen diamantenes Feuer sich im Licht der hereinfallenden Sonne an den dunkelblau tapezierten Zimmerwänden widerspiegelte. Noch immer hallten die letzten Worte des Vaters in seinen Ohren, die der Dahinscheidende, im Vakuum zwischen Leben und Tod schwebend, mit versagender Stimme flüsterte: »Für die Unterkunft im Heim und eine solide Ausbildung genügt der Erlös aus diesem wertvollen Schmuckstück, bis mein einziger geliebter Sohn die Volljährigkeit erreicht haben wird.« Dann schlossen sich seine Augen für immer.

Käthe war leise in das beengte Schlafzimmer der Mansardenwohnung getreten. Voll des tiefsten Mitgefühls betrachtete sie ihren Gatten, über dessen Wangen Tränen rannen, während er sachte über Marlenes Köpfchen strich. Es war ihr im Laufe der kurzen Ehe klar geworden, dass Hugo Schlimmes widerfahren sein musste. Doch obwohl er sich des Nachts durch immer wiederkehrende Angstträume im Bett wälzte und anschließend schweißnass in ihren tröstenden Armen aufwachte, fühlte Hugo sich nicht in der Lage, über diese albtraumhafte Zeit zu sprechen. »Liebster, wir wollten doch einen Ausflug nach Fürstenberg machen«, erinnerte sie mit weicher Stimme. »Damals restauriertest du monatelang mit dem alten Silberstein die wunderschönen alten Kutschen des Barockschlosses zu Fürstenberg und schwärmtest von der herrlichen Wasserstadt an der Havel. Deshalb bin ich furchtbar aufgeregt, endlich die nordbrandenburgische Wasserdrehscheibe besuchen und die reizvolle Seenlandschaft mit eigenen Augen betrachten zu können. Allerdings muss ich die Kleine vorher noch ausgehfertig machen.«

»Ja, natürlich«, erwiderte Hugo, indem er hastig die Tränen vom Gesicht wischte. »Ich habe den alten Argus-Lkw unseres Gönners Silberstein schon ausreichend mit Petroleum betankt. Und die neue, komfortable Vollgummibereifung, die durch die neue Verkehrsordnung seit Kurzem bei jedem Kraftfahrzeug – zwecks Eindämmung zunehmender Straßenschäden – vorgeschrieben ist, wird wahrlich unserem zarten Lenchen dienlich sein, damit es bei der langen Fahrt nicht so arg durchgerüttelt wird«, versuchte er übereifrig von seiner Trübsal abzulenken. Hastig sprang er von seinem Sitz hoch und stürzte mit abgewandtem Gesicht an Käthe vorbei, hinunter zum 1906 gebauten grünen Lkw. Von der Laderampe des 70-PS-Nutzfahrzeugs hievte er die fünf schweren, fest verschnürten Bretter aus Kiefernholz herunter und legte sie vor dem roten Backsteingebäude ab. Am späten Abend, wenn sie vom Ausflug zurückkommen würden, wollte er sie in der hundert Schritt entfernten Werkstatt verstauen.

Derweil sich Käthe mit dem frisch gewickelten und zufrieden brabbelnden Nachwuchs neben der gut bestückten Proviantasche im geräumigen Führerhaus des 5-Tonner-Lkws niederließ, begutachtete Hugo den 6-Zylinder-Motor und ging anschließend zur Hinterachse des voluminösen Gefährts, um das mit Ketten angetriebene Getriebe fachmännisch zu inspizieren. Da die Begutachtung ohne Beanstandung ausfiel, setzte er sich zufrieden neben seine kleine Familie, ließ den Motor an und fuhr gemächlich in Richtung des 25 Kilometer entfernten Fürstenberg.

Käthe schielte erwartungsvoll zu ihrem Gatten hinüber, der ungeduldig darauf wartete, über *Land und Leute* zu berichten. Seit Wochen hatte er für diesen Ausflug unzählige Zeitungsartikel des Reichsversicherungsamtes gesammelt, das keine Gelegenheit ausließ, voller Stolz über den Umbau des Fürstenberger Schlosses in ein Sanatorium zu berichten. Während sie betont beiläufig fragte, ob er ihr über die herrliche Gegend etwas mitteilen könne, umspielte ein wissendes Lächeln ihre Lippen, als Hugo sofort mit seinem umfassenden Vortrag begann.

»Gleich wirst du die vielen Berliner Sommerfrischler sehen, die durch den Bau der Berliner Nordbahn anno 1877 diese reizvolle Landschaft zwischen Röblin-, Baalen- und Schwedtsee für sich entdeckten und nicht nur ihren Urlaub auf den drei von Havelarmen umschlungenen Inseln der Wasserstadt verbringen, sondern sich auch an vielen Wochenenden in den wunderschönen Wiesen und Auen ergehen.«

Sie fuhren durch die unberührte Seenlandschaft Richtung Ravensbrück. Zur Linken funkelte die gekräuselte Wasseroberfläche des Schwedtsees im grellen Sonnenschein und die Spiegelung desselben warf wundersam gleißende Lichtreflexe gegen die Scheibe des Fünftonners. Geblendet lenkte Hugo seinen Lkw langsam am Fürstenberger Schloss vorbei.

Voll ehrfürchtiger Bewunderung schaute Käthe zum zweigeschossigen Putzbau, den der Großherzog Adolf Friedrich III. Mitte des 18. Jahrhunderts in Hufeisenform mit einem darin aufwendig gestalteten Ehrenhof bauen ließ. Nachdem Hugo seinen Lkw neben einer riesigen Kiefer geparkt und die schwere Proviandtasche aus dem Gefährt gewuchtet hatte, stieg sie – mit der friedlich schlafenden Marlene auf dem Arm – an der Beifahrerseite aus, blickte erneut an der barocken Dreiflügelanlage des Baumeisters Christoph Julius Löwe hoch und staunte über die beeindruckende Dachkonstruktion, aus der graue Gauben vorwitzig hervorlugten.

»1910 kaufte die Stadt Fürstenberg das Barockschloss«, las Hugo aus einem umfassenden Bericht der Tageszeitung laut vor. »Die Umbauten zum Sanatorium wurden soeben beendet und es wurde an das Reichsversicherungsamt zum Wohle der Allgemeinheit verpachtet.« Er lenkte seine Schritte zum gegenüberliegenden Stadtpark. Die Arbeiten an den aufwendig gestalteten Grünanlagen hatte man vor Kurzem abgeschlossen, um sie der dankbaren Bevölkerung zugänglich machen zu können.

Sprachlos blickte Käthe auf die vielen gut gekleideten Herrschaften, die fröhlich schwatzend – sitzend oder auf den Wegen des Stadtparks lustwandelnd – das süße Nichtstun in der linden Sommerluft genossen. Sie breitete eine gelbe Decke auf einer saftig grünen Wiese unter altem Baumbestand aus, den man meisterlich in die geschmackvoll gegliederte Grünanlage eingeschlossen hatte. Freundlich wurden sie von einer Familie begrüßt, die mit zwei Kleinkindern eine Parkbank belegte.

Lebhaft plauderten die Damen nach kurzer Zeit über jene Reformkleidung, die man Mitte des 19. Jahrhunderts aus gesundheitlichen Gründen eingeführt hatte, damit sich nicht nur die im Arbeitsleben aktive Frau freier bewegen konnte.

»Dürfte ich Ihnen eine äußerst intime Frage stellen?«, wisperte Käthe, indem sie skeptisch zu Hugo hinüberschielte, der sich ebenfalls angeregt unterhielt und abgelenkt zu sein schien. »Meinen Gatten kann ich ob solch einer heiklen Angelegenheit nicht fragen, da sich ja nicht nur das An- und Ausziehen in tiefster Dunkelheit abspielt, sondern auch …« Stark errötend stockte sie einen Moment und schnappte wiederholt nach Luft, ehe sie flüsternd erneut begann: »… aber, von Frau zu Frau gesprochen, wie stellen Sie sich zu der Meinung, dass auch die Mediziner inzwischen das Korsett als gesundheitsschädlich ablehnen?«

»Selbstverständlich haben nicht nur die Kleiderreformer recht«, raunte ihre Gesprächspartnerin hinter vorgehaltener Hand zurück, »denn die Begründung der Ärzte, dass das enge Schnüren den weiblichen Körper auf Dauer schädigen müsse und …« Die nach der neuesten Mode in einen weiten, bodenlangen Hosenrock gekleidete Mutter unterbrach sich plötzlich mit geöffnetem Mund, und sowohl die Damen als auch die Herren blickten völlig konsterniert einem jungen Mädchen hinterher, das äußerst freizügig mit einer aus Rock,

Bluse und Mütze bestehenden weiß-blauen Turnkleidung erhobenen Hauptes an ihnen vorbei zum Seeufer schritt. Das gesamte Ensemble wirkte mit dem Matrosenkragen und der Krawatte sowie dem roten Pompon auf der Mütze zwar ungemein despektierlich, aber dennoch sehr bequem und außerordentlich sportlich.

Während die Damen noch leicht schockiert und mit glühenden Wangen über die Auswüchse des 1912 gegründeten Vereins *Deutscher Verband für neue Frauenkleidung und Frauenkultur* debattierten, waren die Herren inzwischen bei ihrer Diskussion über die herausragende Wichtigkeit von Nutzfahrzeugen zu einem abschließenden Fazit gelangt. Erst seit das Militär im Deutschen Reich Interesse an Lkws gezeigt habe, hätten die Behörden ihre ablehnende Haltung aufgegeben, sodass sich seit 1902 die Nutzfahrzeugindustrie kontinuierlich habe weiterentwickeln können.

Eine besänftigende Stille legte sich über den idyllisch gelegenen Park. Man war gesättigt und nicht nur die Kinder schliefen entspannt unter Schatten spendenden Laubdächern von erhabenen Bäumen. Auch die Erwachsenen ließ das leise Rauschen der Wellen, die gleichmäßig an das Seeufer plätscherten, sowie das eintönige Summen emsiger Insekten zur Ruhe kommen. Und obwohl sich seit geraumer Zeit dunkle Wolken am weltlichen Polithimmel zusammenzubrauen schienen, konnte sich niemand vorstellen, dass diese friedlich genossene Harmonie zwischen Mensch und Natur jemals gestört werden könnte.

5

Cöln-Ehrenfeld
26. Juli 1914

Franz saß in der verräucherten Eckkneipe auf der Liebig-straße neben dem Vorsteher des 1895 eröffneten Ehrenfelder Schlachthofes und handelte seit mehr als zwei Stunden Fleischpreise für sein Feinkostgeschäft aus. »Jupp, warum in aller Welt kannst du mir nicht die gleichen Preise offe-rieren wie den Stüssgen-Lebensmittelläden?« Er hatte schon den dritten Krug Bier mit dem Schlachter bis zur Neige aus-getrunken und gemeinsam schnitt man den zweiten Kranz Flünz an.

Der beleibte und kahlköpfige Schlachthofmeister nahm gierig ein großes Stück der selbst erzeugten Blutwurst, biss knirschend durch die beträchtlichen Fettstücke und kleckerte einen Teil der zerkauten Cölner Köstlichkeit auf seine blut-verschmierte, einstmals weiße Schlachtschürze. »Weil der Cornelius«, begann er, schlug mit der geballten Faust zweimal auf seine Brust und gab anschließend volltönende Rülpser von sich, »nicht nur im Cölner Raum, sondern inzwischen in ganz Deutschland über hundert Filialen besitzt und somit als Großabnehmer natürlich …«

Der Satz wurde abrupt durch das heftige Aufreißen der Kneipentür unterbrochen. Ein junger Mann stürmte mit gerötetem Gesicht und zerzausten Haaren in die verrauchte Gastwirtschaft. In der Hand hielt er die geöffnete Rhei-nische Zeitung, stellte sich erregt vor Franz auf und las laut: »Nachdem der Thronfolger Franz Ferdinand mit seiner Frau am 28. Juni 1914 im Automobil von einem serbischen At-tentäter bei Sarajevo erschossen wurde, verdichten sich die Kriegsgerüchte immer mehr. Österreich-Ungarn brach gestern die diplomatischen Beziehungen mit Serbien ab. Wegen der zunehmenden Spannungen kommt es deshalb an den Tummelplätzen des Bürgertums, in den Cafés und Restaurants, immer wieder zu patriotischen Kundgebungen.« Der lang aufgeschossene 17-Jährige ließ das Zeitungsblatt sinken, fuhr sich aufgewühlt durch den strohblonden Haarschopf und blickte Franz flehentlich an. »Meister Schmitz! Sie müssen mich zu den Kundgebungen mitnehmen! Denn auch ich will bei diesem Abenteuer dabei sein und als vollwertiger deutscher Soldat meine Pflicht an der Front erfüllen, um nach kurzer Zeit als Sieger – beladen mit Tapferkeitsorden – wieder in mein geliebtes Vaterland zurückkehren zu können.«

Erregt und leicht schwankend schnellte Franz mit erhobener Faust vom Stuhl hoch, um mit den Männern – die vom nationalistischen Taumel übermannt ebenfalls aufgesprungen waren – emphatisch im Chor zu brüllen: »Hurra! Für Gott, seine Majestät und das Vaterland! Auf zu den Waffen!« Franz schluckte mehrmals bewegt, ehe er leidenschaftlich weitersprach: »Unser verehrter Kaiser Wilhelm II., der uns seit seiner Regentschaft nur Wohlstand beschert, und der deutsche Kanzler Bethmann Hollweg, der ebenso standhaft zur Bündnistreue steht, haben der Monarchie Österreich-Ungarn nach dem Attentat eine Blankovollmacht erteilt, und sollte Österreich …«

»… in den Krieg ziehen«, fuhr der kahle Vorsteher des Ehrenfelder Schlachthofes mit flammenden Blicken und erhobenem Bierkrug fort, »so ist das Deutsche Reich automatisch mit dabei.«

»Am deutschen Wesen soll die Welt genesen!«, deklamierte Franz ehrfürchtig den kaiserlichen Aufruf und fuhr dann mit erhobenem Zeigefinger fort: »Hört niemals den Antikriegsparolen der Sozialdemokraten zu, jedoch haltet euch an die Predigten unserer rechtskatholischen Domherren. Zu gegebenem Anlass werden sie nicht nur uns, sondern auch unsere Waffen segnen, wenn wir voller Patriotismus für unser geliebtes Vaterland gegen unsere Feinde ins Feld ziehen werden. Mit den Serben muss aufgeräumt werden, jetzt oder nie! Schließlich geht es um den Aufstieg des Deutschen Reiches zur Weltmacht oder den Niedergang zu einem Staat dritter Ordnung!«

Die Männer erhoben die bis zum Rand mit Freibier nachgefüllten Krüge und prosteten sich unter lauten *Hurra*-Rufen ekstatisch zu.

6

Hamburg
28. Juli 1914

Dicht gedrängt stand Käthe neben Hugo, eingeschlossen zwischen 6000 Kriegsgegnern, im Hamburger Gewerkschaftshaus und versuchte der Rede des Parteiführers der knapp 70.000 organisierten Hamburger Sozialdemokraten zu folgen. Bedingt durch die hie und da aufflammenden Auseinandersetzungen im großen Gebäude, drangen nur vereinzelte Sprachfetzen wie »Protest gegen Kriegshetzer und Säbelrassler! Es lebe der Völkerfrieden!« an ihr Ohr.

Hugo stieß Käthe sanft den Ellenbogen in die Seite. Mit einem Kopfnicken deutete er nach draußen auf das *Tschingderassabum* einer Militärkappelle, die laut die österreichische Nationalhymne intonierte. Anschießend vernahm man das Lied der Kriegsbefürworter, welche aus vollen Kehlen *Die Wacht am Rhein* sangen und die höchst erregten Zuhörer im überfüllten Saal in ein Wechselbad der widerstreitenden Gefühle versetzte. Das Schwert des Damokles schien unheilvoll über jedem zu schweben. Die Stimmung war auf dem Siedepunkt angelangt und ein falsches Wort am falschen Platz konnte eine sofortige Massenschlägerei auslösen.

Käthes Gedanken schweiften weit ab zum kleinen Lenchen. Luise, die junge Frau ihres Stellmachergehilfen Karl, hatte sich erfreut bereit erklärt, während ihres Aufenthaltes bei der Gartenausstellung in Altona ihre Tochter zu betreuen und es der Kleinen an nichts fehlen zu lassen. So konnten sie sich in aller Ruhe über den neuesten Stand für hölzerne Garten- und Landwirtschaftsgeräte informieren. Doch obwohl sie Marlene in guter Obhut wusste, sorgte sie sich in diesen unruhigen Zeiten sehr um das Wohlergehen ihres einzigen Kindes.

»Ein grausamer Krieg wird unaufhaltsam auf uns zukommen«, raunte Hugo seiner Gattin hinter vorgehaltener Hand ins Ohr, zog eingeschüchtert den Kopf ein und schaute sich dabei nach allen Seiten um, ehe er es wagte, im Flüsterton weiterzusprechen. »Soeben hat der Redner mitgeteilt, dass der österreichische Kaiser Franz Joseph I. Serbien den Krieg erklärt hat.«

»Mein Gott!«, entfuhr es Käthe und sofort zuckte sie zusammen, als sich zwei finster dreinblickende Männer drohend nach ihr umsahen. »Dem greisen Monarch bleibt aber auch nichts erspart«, wisperte sie nach geraumer Zeit voller Unbehagen weiter, derweil sie verunsichert den Kopf zwischen die Schultern zog. »Im Januar 1889 starb sein Sohn Rudolf, der Hand an sich legte, und im September 98 wurde seine Gattin – Kaiserin Sissi – in Genf von einem Italiener mit einer Feile ermordet.«

Die abgestandene Luft der vor Erregung und Hitze schwitzenden Menschen bereitete Hugo große Atemnot. Behutsam bahnte er sich, Käthe an der Hand hinter sich herziehend, eine Gasse durch die gebannt lauschende Zuhörerschaft nach draußen. Auf dem Weg zu ihrer kleinen Pension wurden sie immerfort von Demonstranten aufgehalten, die mit Fackeln durch die Straßen marschierten und deren aufgeheizte Stimmung beständig zwischen nationalistischem Rausch und angstvollem Bemühen um Frieden schwankte. Als sie endlich die Unterkunft erreichten, hielten sie viele Extrablätter in den Händen, die man ihnen an jeder Straßenecke zugesteckt hatte. Mit fetten Überschriften warb man für den Weltfrieden oder schimpfte gegen die landesverräterische Sozialdemokratie.

»Wir sollten sehr früh unsere Heimreise antreten.« Käthes Stimme zitterte leicht, als sie ihr Kopfkissen glatt strich und todmüde zu ihrem Ehemann ins Bett schlüpfte.

Hugo tastete nach der Hand seiner Gattin und seufzte bekümmert: »Nach der Kriegserklärung an das Serbische Reich wird man in den nächsten Tagen die Mobilmachung anordnen. Schon vor unserer Reise erkundigte ich mich bei der amtlichen Registrierstelle. Demzufolge habe ich mich beim 8. Brandenburgischen Infanterie-Regiment Nr. 64 in Prenzlau zu melden.«

Niedergeschlagen schlief Käthe in den Armen ihres Gatten erst in den frühen Morgenstunden ein. Durch die Gassen marschierende Demonstranten, die laut patriotische Parolen skandierten, ließen sie nicht zur Ruhe kommen. Jedoch als die früh aufgehende Sonne das feuchte Kopfsteinpflaster vor ihrer Pension glänzen ließ, machten sie sich mit ihrem Nutzfahrzeug auf die lange und beschwerliche Reise zurück nach Templin.

7

Cöln-Ehrenfeld
1. August 1914

»Is dein juter Mann schon wegjejangen?«, fragte Oma Anna. Sie saß neben ihrer Schwiegertochter, die den kleinen Benjamin stillte.

»Franz wird in diesem Augenblick wahrscheinlich vor dem Gebäude der Cölnischen Zeitung auf die Mobilmachung warten.«

Cecilia nahm ihrer Cousine behutsam das gesättigte und eingeschlafene Kleinkind von der Brust, legte sich den Vierjährigen über die Schulter und klopfte ihm sachte auf den Rücken. »Tante Schmitz!«, wandte sie sich mit gefurchter Stirn an die beste Freundin ihrer Mutter. »Will der Julius tatsächlich freiwillig in den Krieg ziehen?«

»Ja! Den elternlosen, knapp 17-jährijen Blondschopf hat der Franz jleich mitjenommen, damit dat patriotische Milschjesicht bei der Meldestelle vorstellig werden kann«, seufzte Oma Anna freudlos. »Ich frage euch, wer soll mir denn im Jeschäft zur Hand jehen, wenn die beiden in den Krieg ziehen?«

»Da werden wir Frauen wohl einspringen müssen.« Maria stand auf, knöpfte sich die elegante weiße Bluse zu und reichte ihrer Schwiegermutter ein großes Stück Schokolade.

»Und wer soll dann die acht jottjewollten Kinderschen versorjen?« Oma Anna schüttelte deprimiert den weißhaarigen Kopf und teilte die braune Süßigkeit gerecht in sieben Teile. Durch die geschlossene Tür des winzigen und ganz in Himmelblau gehaltenen Wickelzimmers rief sie: »Wer ein jehorsames und jottjefällijes Kind is, darf sich die Belohnung für seine juten Taten abholen! Und wer jehört zu den Juten?«

»Ich! Ich! Ich!«, tönte es erwartungsvoll von draußen. Vorsichtig wurde die Türklinke heruntergedrückt und im gesitteten Gänsemarsch trippelte die siebenköpfige Kinderschar in den Raum.

»Ich bin am Luren, aber ich kann dat kleine *fussije Itche* nit sehen!« Oma Anna schaute erbost auf die vor ihr stehenden großen Jungen.

»Hier bin ich, Oma Anna!«, piepste es vom rückwärtigen Ende der Kinderschlange. Vorsichtig lugte die rothaarige Sofie hinter Heinrichs Rücken hervor und sah verlangend auf die Schokolade in Großmutters Hand.

»Wat steht in der Bibel jeschrieben, Josef?« Die Augen der alten Dame blitzten vor Zorn, als sie den zuvorderst stehenden Drilling empört ansah.

»Die Letzten werden die Ersten sein«, antwortete der kräftigste der Drillinge zerknirscht.

»Wirst du deine Maßlosigkeit auch jejen Abend in der heilijen Beichte dem Kaplan Severin mitteilen und anschließend Reue zeijen, auf datt der jute Herrjott dir deine Sünden verjibt?«

Josef nickte mit hochrotem Kopf und drehte sich schleunigst um die eigene Achse. Am Hosenbund zog er Johannes, den zweiten Drilling, mit sich auf den Platz hinter Sofie. Als sich der dritte Drilling anschickte, hinter seinen Brüdern herzutrotten, hielt ihn die Oma sachte an seinem verkrüppelten Arm zurück und gab Jakob lächelnd ein Stückchen Schokolade in die gesunde Hand. Dann nickte sie Sofie zu und die Kleine hüpfte, verlegen und freudig erregt zugleich, auf einem Bein nach vorne, um sich die Süßigkeit in das weit geöffnete Mündchen schieben zu lassen. Die Zwillinge Helene und Magdalene bedankten sich artig mit einem tiefen Knicks, nachdem die Großmutter ihnen die Belohnung zugeteilt hatte. Als der schüchterne Heinrich zur Schokoladenausgabe aufgerufen wurde, gaben ihm die beiden vorher abgewiesenen

Drillinge von hinten ungeduldig einen derben Stoß in die Rippen, damit auch sie anschließend die köstliche braune Süßigkeit in Empfang nehmen konnten. Zufrieden gingen die Pänz zur Tür hinaus. Endlich gab nun auch der Jüngste ein *Bäuerchen* von sich, sodass Cecilia ins Kinderzimmer gehen konnte, um ihn beruhigten Herzens zum Mittagsschlaf ins Bettchen zu legen.

Ächzend erhob sich Oma Anna von ihrer Sitzgelegenheit. »Die kurze Mittagspause is vorüberjejangen und dat Jeschäft wartet unjeduldig darauf, datt ich wieder meine juten Jaben verkaufe. Ich werde den Franz sicher nit mehr zu Jesicht kriejen, weil er heute janz spät zurückkommt und morjen janz früh in den Krieg jehen muss. Jib ihm dat hier, für den Fall, datt er in Not jeraten sollte. Dat hat sein unseliger Vater ihm vererbt.« Mit traurigem Blick reichte sie ihrer Schwiegertochter einen braunen Wildlederbeutel und wischte sich verstohlen eine Träne aus den Augen, ehe sie sich rasch umdrehte und gebeugten Schrittes aus dem Zimmer gehen wollte.

Verständnislos blickte Maria ihrer Schwiegermutter hinterher: »Franz zieht morgen in den Krieg und …«

Anna drückte die Türklinke nieder. »Der Äjidius war der beste Freund meines ersten Mannes.« Mit gesenktem Haupt drehte sie sich langsam um die eigene Achse und unternahm den Versuch, ihr befremdliches Handeln zu erklären. »Aber da ich mich damals für den Johannes entschied, jing der Äjidius für lange Zeit nach Ostdeutschland. Und als mein juter erster Mann jestorben war, kam der Äjidius zurück, um mich zu heiraten. Damals hat er mir auseinanderjelegt, datt seine erste Frau bei einem Unjlücksfall jestorben sei. Aber als der Äjidius sich unlängst vor die Cölner Ringbahn jeworfen hat, stand in seinem Abschiedsbrief wat janz anderes als dat, wat er mir vor der Hochzeit mitjeteilt hatte. Seitdem kann ich meinem Stiefsohn nit mehr in die Augen luren. Aber erzählen kann ich ihm dat Schreckliche, wat in dem Brief stand, auch nit.« Sie schluchzte laut auf, und bevor sie nach draußen ging, blieb der unheilschwangere Satz im Raum zurück: »Und wenn dat wahr is, datt der Appel nit weit vom Stamm fällt, dann weiß man nie, wat die Zukunft bringen wird. Vielleicht müssen wir uns eines Tages sojar vor meinem Stiefsohn fürchten.«

Verwundert blickte Maria ihrer Schwiegermutter nach, die leise weinend aus dem Zimmer gegangen war. Lange betrachtete sie das schwer wiegende Ledersäckchen in ihrer Hand und es kostete sie große Überwindung, nicht hineinzuschauen. Mit einem energischen Kopfschütteln widerstand sie der Versuchung und legte es neben den Rucksack, der fertig gepackt auf der Anrichte lag. Tief in Gedanken versunken setzte sie sich auf das große Sofa und nahm ihren Stickrahmen vom Tisch.

*

In eine feldgraue Uniform gekleidet kehrte Franz kurz vor Mitternacht zurück, schloss leise die Haustür hinter sich und ging auf Zehenspitzen ins Wohnzimmer.

Maria blickte von ihrer Handarbeit hoch und seufzte erleichtert auf. Stürmisch erwiderte sie den innigen Kuss ihres Gatten und drückte sich eng an ihn. »Wann musst du uns verlassen?«, hauchte sie bangen Herzens.

»In aller Herrgottsfrühe wird man uns in der Kronprinzen-Kaserne in Cöln-Kalk die Waffen aushändigen!« Müde setzte sich Franz auf das Sofa, streckte die schmerzenden Beine von sich und blickte Maria mit ungewöhnlich ernstem Gesicht an. »Die Innenstadt gleicht einem Heerlager und morgen wird Cöln von feldgrauen Truppen geradezu übervölkert sein!«

»Aber morgen ist der Tag des Herrn. Da soll man die Arbeit ruhen lassen und zur Kirche gehen!«, warf Maria empört ein, wobei ihre Stimme vor Verzweiflung und Angst vibrierte.

»Das ist dem Krieg völlig gleichgültig!« Franz' ungewohnt sarkastischer Tonfall erschreckte Maria, sodass sie unmerklich zusammenzuckte, als er in euphorischem Ton weitersprach: »Schließlich geht es darum, das geliebte Vaterland bis zum letzten Blutstropfen gegen mächtige Feinde zu verteidigen. Denk an die vielen Krisen, die unser geliebtes Deutsches Reich auf dem Balkan und in Nordafrika bewältigen muss. Die Übermacht unserer Feinde wächst immer weiter und die Zeit arbeitet gegen uns. Der Krieg lässt sich sowieso nicht mehr vermeiden, nachdem sowohl Russland als auch Frankreich in ihren Ländern die Mobilmachung angeordnet haben.« Mit einem Ruck sprang er auf die Füße, streckte die geballte Faust in die Luft und maliziös lächelnd wiederholte er die in allen Zeitungen und Extrablättern publizierten Hasstiraden: »Jeder Schuss ein Russ – jeder Stoß ein Franzos!«

Bestürzt schaute Maria auf ihren Gatten, an dem sie eine Seite entdeckte, die ihr bisher verborgen geblieben war. Die unheilschwangeren Andeutungen der Schwiegermutter geisterten durch ihre Gedanken und sie presste ängstlich die Faust vor den Mund, ehe sie vorwurfsvoll andeutete: »Und Julius, deinen minderjährigen Gehilfen, hast du auch überredet, in den Krieg zu ziehen?«

»Jawohl, Maria!« Aufgewühlt durchmaß Franz das Wohnzimmer mit großen Schritten. »Wir alle werden unser Herzblut für das Vaterland geben. Ganze Schulklassen haben sich geschlossen freiwillig registrieren lassen, zusammen mit ihren Lehrern. Da wurde in der Meldestelle nicht lange gefackelt und man berücksichtigte jeden, der selbstbewusst nur ein wenig Flaum um die Kinnspitze zeigte.« Stolz blickte er auf die Schulterklappen seiner Uniformjacke, die statt der üblichen Regimentsnummern Kronen trugen. »Nicht umsonst nennt man uns Kronensöhne die Musketiere des Infanterie-Regiments Nr. 53, denen diese Auszeichnung nicht nur wegen Mut und Tapferkeit verliehen wurde, sondern auch, weil unser damaliger Regiments-Chef Kronprinz Friedrich war, der viel zu früh verstorbene Vater unseres jetzigen Kaisers Wilhelm II.«

Zaghaft stand Maria auf und reichte ihrem Gatten einen geschnürten Rucksack. »Ich habe dir alles zusammengepackt, so wie du es mir heute Morgen aufgetragen hast. Wenn du dich noch von deiner Stiefmutter verabschieden willst, dann …«

»Nein …«, unterbrach Franz sie zögernd, um dann erklärend hinzuzufügen: »In knapp vier Stunden muss ich mich mit Julius auf den Weg zur Kaserne begeben. Du wirst der Stiefmutter meine Abschiedsgrüße ausrichten; ich könnte ihre Tränen im Moment nicht ertragen. Außerdem sollte Oma Anna morgen die Kinder betreuen, denn ich wäre dir und Cecilia unendlich dankbar, wenn ihr uns begleiten könntet. Anscheinend hat Julius sein Herz schon lange an deine Cousine verloren und er möchte an einen geliebten Menschen in der Heimat denken können, wenn er in den Krieg zieht. So Gott will, werden wir dann gemeinsam morgen am Gottesdienst vor dem Bahnhof teilnehmen dürfen, bevor man unser Regiment an die Westfront verlegt.«

Mit gefurchter Stirn nahm Maria den braunen Wildlederbeutel vom Tisch. »Oma Anna hat mir aufgetragen, dir dies für Notzeiten mitzugeben. Dein Vater hat es dir vererbt.«

Irritiert schaute Franz seiner Frau nach, die ohne ein weiteres Wort das Zimmer verließ. Zaudernd öffnete er das Säckchen und blickte erstaunt auf ein wertvolles, mit funkelnden Diamanten bestücktes Goldhalsband.

8

Prenzlau
7. August 1914

Die ersten Strahlen der aufgehenden Sonne fielen durch die verschmutzte Scheibe des Lkws und tauchten das geräumige Innere des Führerhauses in plötzliche Helligkeit. Sie fuhren auf einer lang gezogenen Allee, deren Straßenränder gewaltige Eichen säumten. Durch die Lücken der grün belaubten Bäume flackerten Lichtstrahlen, die in kurzen Abständen über Karls kastanienbraunen Haarschopf zuckten und seine Lockenpracht zeitweise in flammendem Kupfer aufleuchten ließen. Zusammengesunken und nach vorne gebeugt hockte er auf dem Beifahrersitz neben Hugo, der das Steuerrad übermüdet und verkrampft in den Händen hielt. Nicht nur die Enge der grün-gräulich schimmernden Uniformen, sondern auch die luftundurchlässigen halbhohen Stiefel bereiteten beiden in der schon seit Tagen anhaltenden Sommerhitze großes Unbehagen.

»Was macht mein Lenchen?«, wollte Hugo besorgt wissen und schaute fragend nach hinten.

»Sie schläft«, erwiderte Käthe leise, nachdem sie einen Blick auf die Kleine geworfen hatte, die links neben ihr friedlich in einem großen beigen Weidenkorb schlummerte.

Luise, die ihr zur Rechten saß, setzte sich schlaftrunken auf. »Sind wir schon am Prenzlauer Bahnhof angelangt?«, fragte sie gähnend und setzte sich die beiden übereinandergestülpten Pickelhauben der Männer, die sie seit der Abfahrt in den feuchten Händen hielt, auf die beträchtliche Wölbung ihres Bauches.

»Ein Viertelstündchen werden wir wohl noch brauchen«, gähnte Hugo mit weit geöffnetem Mund und versuchte die aufkommende Müdigkeit mit einem heftigen Kopfschütteln loszuwerden.

Luise befestigte mit zwei Haarklammern eine goldblonde Locke unter ihrem blauen Strohhut, beugte sich behutsam nach vorn und tippte ihrem Gatten aufmunternd mit dem Zeigefinger auf die Schulter. »Karl, du wolltest deinen Meister fragen, welcher Armee die Uckermärker Truppen angehören und wohin man euch beide verlegen wird.«

Erschrocken fuhr Hugos 19-jähriger Stellmachergehilfe zusammen, richtete seinen dünnen, lang aufgeschossenen Körper in die Höhe und konnte es nicht verhindern, dass er – bei einem Gardemaß von 1,93 Meter – mit dem Kopf gegen den Wagenhimmel stieß. Benommen rieb er sich seinen schmerzenden Schädel und fluchte verhalten.

»Dein Mann und ich gehören der 3. Armee an«, instruierte Hugo die Freundin seiner Frau. »Wir sollen an die Westfront verlegt werden, um – wie in der von Schlieffen verfassten Denkschrift vorgesehen – durch einen Blitzkrieg Frankreich zu besiegen, damit das deutsche Heer anschließend mit voller militärischer Kraft Russland niederringen kann.«

»Aber in unserem Tageblatt stand heute geschrieben, dass das neutrale Flandern den deutschen Truppen Widerstand leistet und es gleich zu Kriegsbeginn an der belgischen Grenze zu Kämpfen kam«, wand Käthe mit bebender Stimme ein. Seitdem man Hugos Einberufung amtlicherseits schriftlich bestätigt hatte, verschlang sie jeden Zeitungsartikel, der über die Kriegsgeschehnisse berichtete.

Bekümmert nickte Hugo mit dem Kopf. »Anscheinend haben die Belgier dem Schlieffen gleich zu Anfang einen Strich durch die Rechnung gemacht. Vor fünf Tagen verweigerten sie den Deutschen das Durchmarschrecht bis zur französischen Grenze. Und obwohl unsere Truppen noch selbigen Tages Luxemburg besetzen konnten, leisten die Belgier unserem Heer an allen Fronten erbitterten Widerstand.«

»Was ihnen aber überhaupt nichts nützen wird, weil wir baldigst auch Flandern komplett besetzt haben werden.« Übergangslos wurde Karls Oberkörper plötzlich von einer Hustenattacke geschüttelt. Nach Atem ringend hielt er sich ein Taschentuch vor den Mund, derweil ihm vor Anstrengung die Schweißperlen über das Gesicht rannen. Hastig reichte Luise ihm eine Phiole, die mit einem aus Anis, Cajeput, Oreganum und Thymian gepressten Extrakt gefüllt war. Unter größter Mühe träufelte sich Karl aus der Phiole einige Tropfen der tranigen Substanz auf die Zunge. Ganz allmählich beruhigte sich sein Anfall und verstohlen steckte er das blutbefleckte Schnupftuch in die Hosentasche.

»Zwei Tage später hat Großbritannien mit einem Ultimatum das Deutsche Reich aufgefordert, Belgiens Neutralität zu achten. So jedenfalls erklärte man den ungeheuerlichen Vorgang in der Tageszeitung«, setzte Käthe den Dialog nach kurzer Zeit fort. »Da aber einige deutsche Truppen die Grenze Flanderns zu diesem Zeitpunkt schon überschritten hatten, kommt das einer Kriegserklärung gleich und ihr müsst mit noch mehr Feinden rechnen, die euch an allen Fronten – im Westen wie im Osten – gleichzeitig bekämpfen werden.« Verzweifelt nahm sie die Nickelbrille ab und weinte verzagt in ihr mit Spitzen umsäumtes weißes Leinentüchlein.

Zwischen Hugos Augenbrauen bildete sich eine Falte, als er fatalistisch vor sich hinbrummte: »Damit wäre nicht nur der Schlieffenplan fehlgeschlagen, sondern auch der Traum der deutschen Außenpolitik geplatzt, dass Großbritannien sich nicht in den Krieg einmischen würde.«

»Aber Frau Hanke, weinen Sie doch nicht«, wandte sich Karl zur Gattin seines Meisters um, deren Schluchzen nach den Worten ihres Mannes an Intensität zugenommen hatte. »Glauben Sie mir, dieser Krieg dauert nur ein Weilchen, und schon lange vor Weihnachten werden uns unsere Frauen in der geliebten Heimat Templin unversehrt und mit vielen Orden dekoriert als Helden feiern können.«

»Karl hat recht, denn schließlich will er ja sein Kind bald glücklich in die Arme schließen können.« Mit beiden Händen umfasste Luise die Schultern ihrer Freundin, um tröstend auf sie einzuwirken. Dabei rutschten ihr die Pickelhauben scheppernd vom Schoß und beim Anblick der gefallenen Helme liefen die Tränen über Käthes Wangen in Sturzbächen herab.

*

Auf dem Stettiner Platz, vor dem Prenzlauer Bahnhof, standen das I. und II. Bataillon sowie die Maschinengewehr-Kompanie in voller Kriegsstärke, feldmarschmäßig ausgerüstet, bereit. Die feierliche Stimmung beim Abschiedsappell ausnutzend, verwies der Oberst in einer höchst patriotisch geführten Ansprache auf die vergangenen hundert Jahre, in deren Verlauf die preußischen Truppen dreimal in Paris eingezogen seien.

Käthe und Luise standen mit vielen Ehefrauen, Müttern und ergrauten Vätern hinter einer Absperrung und alle blickten gebannt auf die uniformierten Angehörigen, die man zwei Tage später an die Westfront verlegen würde. Während die alten Herren hinter der Absperrung – genau wie die Soldaten – Haltung angenommen hatten, boten die Frauen mit ihren verweinten Augen ein Bild des Elends.

Luises linke Hand streichelte beruhigend über Käthes Schultern und ihre rechte bewegte den Kinderwagen hin und her, um Marlene bei Laune zu halten. Die Kleine saß aufrecht in dem hohen Gefährt und blickte mit runden, dunkelbraunen Kulleraugen erstaunt auf die große Menschenansammlung. Der Oberst schloss seine Rede mit den Worten: »Lasst eure Herzen zu Gott schlagen und eure Fäuste auf den Feind«, ehe er dem ungeduldig wartenden Pfarrer zunickte, der den anschließenden Feldgottesdienst abhalten sollte.

9

Vor Lüttich
7. August 1914

»Hinter uns marschiert niemand mehr! Wo ist der Rest unseres Zuges mit den Sanitätern und Ärzten geblieben?« Franz kniff beunruhigt die Augen zusammen, um sich vor den wild durch die Luft wirbelnden Rußteilchen zu schützen. »Irgendwo scheint die Kolonne ins Stocken geraten zu sein.«

Erschrocken zog Julius den Kopf ein, presste das Gewehr fest gegen die Schulter und drehte sich ängstlich um die eigene Achse. Im lodernden Feuerblitz von Kartätschgeschossen prasselten plötzlich vor ihm Kugel und Metallsplitter die Chaussee entlang. Der unüberhörbare dumpfe Einschlag in das Fleisch menschlicher Körper ließ sein Blut in den Adern erstarren.

Wie auf Kommando sprangen Franz und Julius gemeinsam hinter die Eingangsfassade eines der zerstörten Fachwerk- und Backsteinhäuser, deren weit verstreute Trümmer aus Holzbalken, lehmhaltigem Gemäuer und Ziegeln die Straße fast unpassierbar machten.

Dicker Staub lag auf Julius' strohblondem Haar und verlieh ihm das Aussehen eines über Nacht ergrauten Jünglings. »Wo sind die Kameraden, die vor uns gingen?«, rief er stockend in eine sekundenlang einsetzende Stille, wobei seine Zähne unkontrolliert aufeinanderschlugen.

»Sei still, ehe man uns bemerkt!«, raunte Franz mit schreckensweit geöffneten Augen und schlug dem 17-Jährigen, der unter hysterischem Zucken krampfhaft hyperventilierte, mit der flachen, blutverschmierten Hand auf den Mund. »Aus dem gegenüberliegenden, halb verschütteten Hauseingang wird geschossen.«

Obwohl Julius' Körper vor Furcht erstarrte, bemerkte er voller Abscheu, wie ihm warmer Urin am Bein herablief, als urplötzlich das grauenerregende Schreien der Verletzten gegen den von vielen brennenden Häusern erhellten Nachthimmel gellte.

»Rühr dich nicht vom Fleck!«, wisperte Franz durch zusammengepresste Zähne. Er griff nach seinem Gewehr, das er kurz zuvor panisch auf die Erde geworfen hatte, und vergewisserte sich des fest arretierten Bajonetts. Stur setzte er sich das Ziel, den jenseitigen Hauseingang zu erreichen, komme was da wolle. Wild entschlossen warf er sich mit einem einzigen Sprung zwischen zwei Pferdekadaver, die im Geschirr vor einem Wagen lagen, auf deren Lafette eine leichte Feldhaubitze befestigt war. Vorsichtig blickte er durch die Holzspeichen der Räder auf die züngelnden Flammen der gespenstisch illuminierten Chaussee und für einen Augenblick setzte sein Herzschlag aus. Alle Kameraden der Kolonne, die zuvor an der Spitze marschierten, lagen entweder reglos oder schwer verletzt und laut schreiend zwischen den brennenden Häuserfragmenten des komplett zerstörten flandrischen Ortes. Als sich plötzlich neben einem der blutüberströmten Pferdeleiber ein Soldat erhob, den er für tot gehalten hatte, drückte er ihn geistesgegenwärtig zu Boden. »Gefreiter Scheiner!«, flüsterte er in eine blutverkrustete Öffnung, an der noch die letzten Hautfetzen einer Ohrmuschel hingen. »Sind Sie in der Lage, die Feldhaubitze zu bedienen?«

Eine große Blase aus frischem Pferde- und Menschenblut bildete sich zwischen den Lippen des stöhnenden Landsers, als er mit schwacher Stimme mühsam ein »Ja« formte.

»Sehen Sie den halb verschütteten, dunklen Hauseingang auf der anderen Straßenseite?« Die Augen des Landsers folgten Franz' ausgestrecktem Zeigefinger, ehe er unmerklich nickte. »Da genau müssen Sie hineinschießen!«

Parallel zum Sturz der tödlich getroffenen Pferde hatte sich die Lafette um die halbe Achse gedreht. Der Blick des Gefreiten fiel auf das Geschütz, dessen Rohr genau auf den dunklen Hauseingang zielte. Ächzend hob er eines der verstreuten Artilleriegeschosse vom Boden und präparierte unter Einsatz seiner letzten Kräfte die Haubitze. Franz duckte sich und suchte erneut Schutz zwischen den zerfetzten Bäuchen der verendeten Rösser. Seine Zähne knirschten, als er sich, in verkrampfter Haltung hockend, beide Ohren zuhielt.

Mit einem dumpfen Schlag explodierte die gesamte Vorderfront des Hauses, als das Geschoss zwischen verschüttetem Eingang und dunklem Fensterloch einschlug. Noch während der pulverisierte Staub der Backsteinmauer durch die Luft waberte, sah Franz, wie einzelne vermummte Gestalten aus den daneben liegenden Ruinen auf die Straße flüchteten und sich mit ihren aufgepflanzten Bajonetten auf die verwundeten Kameraden stürzten.

Beunruhigt guckte Franz auf den Gefreiten Scheiner, der zusammengebrochen neben der Feldhaubitze lag. Dann wanderte sein Blick nach rechts. Wie hypnotisiert blieben seine Augen auf den ausgefransten Fleischfetzen einer abgerissenen Schulter haften, die sich in den Dornen eines Rosenstrauchs verfangen hatten. Bedingt durch den heftigen Sog der Feuersbrunst, baumelte der Arm wie ein Glockenpendel hin und her, derweil das hellrote Blut unaufhaltsam über das dunkelsamtige Gelb der Rosenblüten tropfte. Es kostete ihn unendliche Mühe, seine Gedanken zu sammeln und den Blick von der schaukelnden Extremität loszureißen. Als sich die nervenaufreibenden Schreie seiner hilflos auf der Chaussee liegenden Mitstreiter erneut seines Gedächtnisses bemächtigten, sprang er zwischen den Pferdeleibern hoch, um den schwer Verwundeten beizustehen. Plötzlich vernahm er Julius' verzweifelte Hilferufe. Zwei dunkel verhüllte Gestalten hatten ihn mit aufgesetztem Bajonett hinter der Mauer hervorgetrieben und stachen erbarmungslos auf den traumatisierten und jeglicher Gegenwehr unfähigen Jugendlichen ein. Ohne Überlegung stürzte sich Franz mit lautem *Hurra*-Geschrei auf die in der Überzahl befindlichen Feinde. Wie in einem Blutrausch stieß er den Angreifern sein Bajonett von hinten durch ihre feigen Herzen.

Julius blutete heftig aus den Wunden der zur Abwehr erhobenen Arme. Zu keiner Regung fähig, starrte er auf die beiden zusammengekrümmten Leichen vor seinen Füßen. Über seine Wangen rannen unaufhaltsam Tränen durch die dicke Staubschicht, die der Schmutz des menschenverachtenden Krieges auf seinem Gesicht hinterlassen hatte. Es schien, als versuchten die Rinnsale, die sein Antlitz bis zum Kinn mit sauberen Linien durchzogen, das zuvor erlebte unsägliche menschliche Leid unter den Kragen seiner Uniformjacke schwemmen zu wollen, um es dort unter dem Deckmantel patriotischer Rechtfertigung für immer verschwinden zu lassen. Aber es sollte auf ewig unauslöschlich in den Tiefen seiner gequälten Seele eingebrannt bleiben.

Von hemmungsloser Wut erfasst, krallte Franz seine Finger durch die schmutzig-zerfetzten Baskenmützen in die Haare der am Boden liegenden hinterhältigen Mördergesellen und zerrte sie in die Höhe. Für einen Augenblick hielt er triumphierend die Kappen in den blutbesudelten Händen. Noch bevor die leblosen Körper wieder auf die geschundene Heimaterde fielen, blickte er starr vor Grauen auf lange blonde Haare, die unter den dunklen Kopfbedeckungen zum Vorschein gekommen waren. Übergangslos bemächtigte sich seiner ein schmerzhaftes Würgen, sodass er sich – beide Hände gegen die Hausruine gepresst – heftig erbrechen musste. Dann drangen erneut die gellenden Hilfeschreie der verletzten Kameraden, die auf der Straße hilflos den Angriffen des Feindes ausgeliefert waren, in sein Bewusstsein. Jäh bemächtigten sich der angespannten Sinnesreizungen widerstreitende

Gefühle und seine Hände zuckten zurück, als er nach dem Gewehr greifen wollte, das er zuvor an die Mauer gelehnt hatte. Diese Mörderwaffe wurde von unseren Domherren gesegnet, bevor ich ins Feld zog; von geweihten Priestern, die während Friedenszeiten uns hörigen Katholiken bedingungslose Nächstenliebe predigten, blitzte es durch seine paralysierten Gedanken. Gleich einem hohlen Echo schien es aus seinem Inneren widerzuhallen: Wen auch immer ich töte, es ist mein Nächster, den ich wie mich selbst zu lieben angehalten bin. Als ein durch Mark und Bein gehender Schrei durch das flammende Inferno gellte, der nichts Menschliches mehr an sich hatte, verschwand seine vorübergehende Blockade übergangslos. Wie ein gut funktionierendes Uhrwerk nahm er beherzt sein Gewehr in beide Hände und stolperte über die brennenden Hindernisse hinweg auf die Straße, um seinen wehrlosen Kameraden beizustehen.

10

Templin, Uckermark
25. Oktober 1914

Verzückt schaute Käthe auf den knapp vier Wochen alten Nachwuchs, der gierig und genüsslich schmatzend an Luises Brust saugte. »Wir müssen unbedingt etwas unternehmen!«, entschied sie und rückte sich energisch die verrutschte Nickelbrille gerade. »Natürlich hat Hugo zuvor noch Hortungskäufe gemacht. Kaffee, Konserven, Hülsenfrüchte etc. Jedenfalls alles, was sich gut lagern lässt. Es sollte inzwischen jedoch jedem klar geworden sein, dass die Bedürfnisse der Zivilbevölkerung zurücktreten müssen, wenn die Wirtschaft einer Nation nur auf Krieg ausgerichtet ist.«

»Aber Karl war sich so sicher, dass der Krieg nur ein Weilchen dauern würde.«

Käthe entfaltete geräuschvoll das Tageblatt. »Seitdem der Vormarsch der deutschen Truppen nach der Marne-Schlacht im September zum Erliegen gekommen ist und in einen Stellungskrieg einzumünden scheint«, las sie laut die fett gedruckten Zeilen vor, »setzt in deutschen Regierungskreisen hinsichtlich der Lebensmittelversorgung der Zivilbevölkerung endlich ein Umdenken ein.«

Luise blickte seufzend auf und meinte achselzuckend: »Du hast recht! Gestern habe ich zum ersten Mal ein halbes *Kriegs-Brot* gekauft, weil es so billig war. Es schmeckt einfach scheußlich, wenn man das helle, duftige Weizenbrot gewöhnt ist.«

»Um die Getreidevorräte zu strecken, wird das Korn nicht nur stärker ausgemahlen, sondern man mischt auch große Mengen an Roggenmehl dazu. Und da unsere Weizenimporte bisher überwiegend aus dem jetzt hart umkämpften

Russland kamen, sieht man sich nunmehr gezwungen, sogar minderwertige Kartoffelprodukte hinzuzufügen.«

»Schlag etwas vor. Ich jedenfalls bin mit meinem Latein am Ende und weiß nicht mehr, wie ich das Kind und mich im kommenden Winter durchbringen soll.«

Mit gefurchter Stirn nachsinnend blickte Käthe auf das Töchterchen, das zu ihren Füßen saß und hungrig am Daumen lutschte. »Wir werden unsere kärglichen Ersparnisse zusammenlegen müssen, um über die Runden zu kommen.« Sie half der kleinen Marlene auf die wackeligen Beinchen, die sich an ihrem Rock hochziehen wollte. »Wir werden die Mansarde zusammen bewohnen, damit deine Miete gespart werden kann. Außerdem finden wir in Hugos Werkstatt Holz zuhauf, um es zu verheizen.«

»Aber Käthe, womit sollen unsere Männer arbeiten, wenn sie baldigst zurückkehren und ihr täglich Brot verdienen müssen? Wenn du ihnen das Holz …«

»Es hilft alles nichts«, unterbrach Käthe ungeduldig den Satz ihrer Freundin. »Seit Mitte Oktober sitzen wir hier mit unseren Kindern und frieren.« Sie wickelte einen winzigen Schal um Marlenes Hals. Als sie der dunkel gelockten kleinen Schönheit ihren Zeigefinger hinhielt, umfasste ihn Marlenes Händchen mit festem Griff. Schwankenden Schrittes, tapsig einen Fuß vor den anderen setzend, machte die Kleine ihre ersten Gehversuche.

Begeistert blickten beide Mütter auf das vor Freude krähende Kind. Plötzlich verdunkelten sich Käthes Augen und ihre Mundwinkel begannen verdächtig zu zucken. »Hugo ist nicht dabei, wenn Marlene die ersten Trippelschrittchen macht.«

»In diesen schlimmen Zeiten sind das auf jeden Fall Schritte in eine ungewisse Zukunft und …« Hastig unterbrach Luise ihren angefangenen Satz, als der Freundin plötzlich dicke Tränen über die Wangen liefen. Vorsichtig legte sie sich den

Säugling über die Schulter und zog die Schublade des Küchentisches auf. »Komm, Käthe«, tröstete sie die Weinende, die zwar auftretende Probleme sofort energisch anging, aber trotz allem fürchterlich *nahe am Wasser gebaut* hatte, »wir lesen noch einmal die letzten Feldpostbriefe unserer Männer. Die Hauptsache ist doch, dass wir dem Geschriebenen entnehmen konnten, dass es beiden gut geht.«

Käthes Tränen versiegten und sogar ein kleines Lächeln huschte über ihre Lippen, als Luise die sorgsam zusammengelegten Schriftstücke vorsichtig entfaltete und mit melodischer Stimme anfing, aus Karls Brief vorzulesen:

Zu Belgien, am 22. August 1914

Liebste Luise!

Als wir am 15. August die flandrische Grenze überschritten, hatten die todesmutigen Vorhuten des General Emmich, unter der Führung des tollkühnen Generals Ludendorff, durch einen heldenhaften Handstreich und ohne jegliche Belagerung Lüttich genommen. Eine Stadt, die durch einen Fortgürtel von 48 Kilometern gesichert war und als die gewaltigste Festungsanlage Europas galt. Das hätten die Belgier wohl nicht erwartet, als sie sich an die Seite Frankreichs stellten. Unser 8. Brandenburgisches Infanterie-Regiment konnte sich ohne große Verluste bis zu den Vororten von Brüssel durchkämpfen und dort äußerst bequemlich Quartier beziehen (laut Befehl der obersten Heeresleitung dürfen wir unseren genauen Aufenthaltsort nicht beim Namen nennen). Und wenn mein zäher Husten nicht wäre, würde ich sagen, dass es mir niemals besser gegangen ist. Allerdings sorge ich mich um Dich. Ist der Nachwuchs schon angekommen? Sind Mutter und Kind wohlauf? Ist es ein Sohn, dem ich später all meine Heldentaten erzählen kann? Wie geht es der Zivilbevölkerung an der Heimatfront? Auch wenn wir unsere Feinde schon in kurzer Zeit besiegen werden und bald wieder zu Hause sind, schreibe mir und befriedige meine Ungeduld!

Luise blickte verschämt auf. »Weiter kann ich nicht vorlesen, denn die nachfolgenden Worte sind zu intim.«

Käthe lächelte ihre Freundin verstehend an, schaute auf das Töchterchen, das nach der Anstrengung der ersten Gehversuche inzwischen wieder friedlich in ihren Armen schlief, und begann mit leiser Stimme aus Hugos Brief vorzutragen:

Zu Flandern, am 24. August 1914

An meine über alles geliebte Käthe!

Wie geht es dem Lenchen? Im Moment liegen wir vor Brüssel und es bleibt die Muße, mir vorzustellen, wie das geliebte Kind die ersten Schrittchen an deiner Hand macht. In meinen Träumen plappert sie sogar schon einige Worte. Erinnere sie an ihren Papa, damit Marlene mich nicht vergisst. In unserem Quartier sind viele stark traumatisierte Kameraden des 5. Westfälischen Infanterie-Regiments untergebracht, die bei der Schlacht um Lüttich tapfer kämpften. Die Landser erlebten Fürchterliches. In der Nacht vom 5. auf den 6. August begann der Vormarsch bis zu den am Rande der Stadt gelegenen Höhen von Chartreuse. In den davor liegenden, nunmehr völlig zerstörten Ortschaften stellten sich ihnen nicht nur die belgischen Einheiten, sondern auch viele Freiwillige aus der Zivilbevölkerung entgegen und schossen auf die erschöpften deutschen Truppen. Selbst Frauen fielen aus dem Hinterhalt über die Schwerverletzten her und erstachen ohne Erbarmen sogar Sanitäter und Ärzte, die sich der schreienden Verwundeten annahmen. Die Eroberung Lüttichs gelang am 7. August unter der Führung Erich Ludendorffs, als große Teile der belgischen Armee dem deutschen Druck wichen und sich nach Antwerpen zurückzogen. Das letzte Außenfort wurde am 16. August eingenommen. Natürlich trauere ich um meine vielen gefallenen deutschen Kameraden. Aber so manches Mal frage ich mich, was hätten wir getan, wenn unser geliebtes Heimatland überfallen worden wäre? Dann würde man von aufopferungswürdigem Heldentum berichten und nicht von feigem Hinterhalt des Feindes. Es ist ein abscheulich-grausamer und keinesfalls heroisch-patriotischer Krieg, wie man in allen Zeitungen und Extrablättern berichtet. Ich möchte den Brief nun beenden, damit er weitergeleitet werden kann, bevor wir unseren Standort aufgeben und unaufhaltsam vorwärts gegen die französische Grenze ziehen.

Langsam ließ Käthe den Brief sinken. »Auch wenn mir die Prenzlauer Regiments-Kommandantur auf Anfrage versicherte, dass unsere Männer nicht an der Marne-Schlacht teilgenommen haben«, ihre Augen glänzten feucht, als sie sich mit einem Tüchlein die Brille putzte, »in welchem Graben, tief in der kalten und nassen Erde eingegraben, mögen unsere Männer jetzt wohl liegen?«

11

Neuve Chapelle, Frankreich
23. Dezember 1914

Leutnant Meul saß neben dem bullernden Ofen aus Gusseisen in seinem niedrigen Unterstand im Reservegraben und hakte Listen ab. Abgestumpft standen die übernächtigten Soldaten in einer langen Reihe zum Rapport vor ihm im Regen.

»Heute Nacht, während des Stunden andauernden feindlichen Artilleriebeschusses, habe ich mit dem Grabenspaten den von einer Kugel tödlich getroffenen Gefreiten Klein in der Mitte zerteilt.« Julius' irrer Blick lag starr auf dem sorgfältig gescheitelten Kopf seines Vorgesetzten, der über einen wackligen Tisch gebeugt stur auf eng beschriebene schmutzige Blätter stierte. Gleichmütig markierte der Leutnant auf der Liste den Namen Julius Flach mit einem Haken, durchkreuzte den Namen des Gefreiten Eduard Klein mit zwei exakt gleich langen geraden Strichen und hörte regungslos dem Bericht des Schützen zu.

»Sein Körper war durch die vor uns eingeschlagenen Granaten komplett mit Erde bedeckt. Als ich den Befehl erhielt, jenen zugeschütteten Graben wieder freizuschaufeln, trennte ich mit einem Spatenstich den Kopf vom Rumpf.«

Obergefreiter Renk, der durchnässt an der mannshohen matschigen Grabenwand lehnte, hörte für einen Augenblick auf, seinen Spaten mit dem Wetzstein zu bearbeiten. Prüfend fuhr er vorsichtig mit der Daumenkuppe über das messerscharf geschliffene Blatt, ehe er achselzuckend seine Beschäftigung wieder aufnahm.

»Unteroffizier Weber, der später durch einen Granatsplitter tödlich getroffen neben mir zusammenbrach«, berichtete

Julius stoisch weiter, »besserte mit den Leichenteilen des Gefreiten die zerschossene Grabenaufschüttung aus. Wir hatten keine Sandsäcke mehr. Später war mir der Kopf meines Kameraden Klein sehr dienlich, denn ich konnte ihn in einem entscheidenden Augenblick als Stütze für mein Gewehr einsetzen, um so zielsicher einen angreifenden Briten zu erschießen. Er hatte den Stacheldraht vor unserem Frontgraben überwunden und bedrohte mich mit angelegtem Gewehr.«

Unbeeindruckt vom Rapport des Schützen, beendete Leutnant Meul gähnend die Daseinsberechtigung des Unteroffiziers Weber mit dem Durchkreuzen seines Namens. Bei einem Dauerbeschuss von knapp drei Monaten, in der sich die gegenüberliegenden feindlichen Armeen zu massakrieren versuchten, gehörte der hohe Verlust an *Menschenmaterial* nunmehr zur unabänderlichen militärischen Routine. Keine hundert Meter voneinander entfernt liegen sich seit Monaten die Soldaten der feindlichen Alliierten und unserer Mittelmächte eingegraben gegenüber, dachte der Leutnant desillusioniert. Von der Nordsee bis zur Schweiz verläuft die von unzähligen Gräben durchzogene 750 Kilometer lange Front. Jedoch erreichte bisher keiner der Kriegsgegner einen entscheidenden Landgewinn. Der Einzige, der eine unermesslich hohe Quote für sich verbuchen konnte, ist der gefräßige knöcherne Sensenmann, dessen reiche Ernte faulend und modernd im hundert Meter breiten Niemandsland zwischen den rivalisierenden Fronten liegt und die fette Beute unzähliger Ratten wird. *Majestät des Todes*: Niemals zuvor hat die zivilisierte Welt etwas Würdeloseres gesehen. Des Leutnants Grübeln endete in der fatalistischen Quintessenz: Von den Toten lassen wenigstens die Läuse ab! Erbost fuhr er sich mit der Hand zwischen den Schritt, um ausgiebig darin herumzukratzen. Ob einfacher Landser oder Offizier; die alles beherrschende Läusebrut machte keinen Unterschied und peinigte jedermann bis aufs Blut. »Schütze Flach!«, brüllte Meul gereizt. »Sie bekommen vier Tage Ruhe im Reservegraben, anschließend vier Tage leichte Arbeit im davor liegenden Unterstützungsgraben. Nach acht Tagen sehe ich Sie wieder im Frontgraben, damit Sie mannhaft ihre Pflicht erfüllen können, um bis zum letzten Blutstropfen für Seine Majestät und das Vaterland zu kämpfen! Wegtreten!«

Julius nahm automatisch Haltung an. Sein Versuch, sich im tiefen Morast auf dem Absatz um die eigene Achse zu drehen, scheiterte kläglich und er fiel, physisch und psychisch völlig ausgelaugt, mit dem Gesicht zuerst in den wadenhohen Schlamm. Ein Kamerad sprang geistesgegenwärtig hinzu, befreite Julius' Antlitz notdürftig vom Morast, schleifte ihn zum niedrigen Unterstand des Gruppenführers Schmitz und setzte ihn an die vom Regen aufgeweichte, eiskalte Wand.

Gerade zuvor hatte Franz die fünf Gefallenen seiner Gruppe mit unbewegtem Gesicht gemeldet. Schwer verletzt starben sie, spät in der Nacht, viel zu früh einen qualvollen Tod für Seine Majestät und das Vaterland. Vor Kälte zitternd kauerte er auf dem durchweichten Boden und blickte teilnahmslos auf Julius.

»Feldwebel Schmitz!« Gefreiter Scheiner nahm Haltung an. »Melde gehorsam, dass der Schütze Flach vollkommen am Ende ist und unbedingt Ruhe braucht!«

»Wer braucht die nicht?«, stöhnte Franz. Seit Monaten trug er Gummistiefel, über deren Rand ständig die schlammige Brühe eindrang. Wild entschlossen befreite er seine juckenden Füße mit einem Ruck, sodass der Rest der vom Schlick zersetzten Socken darin stecken blieb.

Erschüttert blickten alle drei auf die entblößten und rot geschwollenen Extremitäten des Feldwebels, von der sich rundum die Haut gelöst hatte.

»Diese verdammte Nässe!«, fluchte Franz außer sich. »Regen von oben, Grundwasser von unten. Schlamm in den Stiefeln und klebriger Sumpf in den Haaren! Mehr als vier Monate stecke ich in der gleichen, vom Morast gesteiften Uniform, und das Unterzeug habe ich seit drei Monaten nicht mehr gewechselt. Ich verliere den Verstand, wenn ich an warmes, sauberes Wasser zum Waschen denke. Aber an diesem Frontabschnitt müssen wir sogar das Trinkwasser rationieren, weil der Nachschub immer wieder unterbrochen wird.«

»Melde gehorsam!«, Scheiner legte in strammer Haltung stehend erneut seine Hand an die Pickelhaube. »Werde für den Feldwebel bessere Stiefel von den Briten besorgen, die mit schottischem Schaffell gefüttert sind.«

»Und wie wollen Sie das machen, Kamerad?«, wandte Franz, von unsäglichen Schmerzen gequält, ein. »Freiwillig geben die ihre Galoschen bestimmt nicht her.«

»Bisher haben sich unsere toten Feinde noch nie gewehrt, wenn man ihre Stiefel requirierte«, grinste Scheiner, machte kehrt und kämpfte sich verbissen durch die kilometerweiten schlammigen Grabenlabyrinthe bis nach vorne.

»Er wird doch wohl nicht freiwillig ins Niemandsland gehen, nur um dir ein Paar britische Stiefel zu organisieren?« Julius' Lippen bewegten sich kraftlos, derweil sein Körper bei der bloßen Erwähnung dieses Himmelfahrtskommandos urplötzlich von einem heftigen Zittern überfallen wurde.

»Seit ich den halb toten Scheiner bei Lüttich durch die feindlichen Linien geschleppt habe, kann ihn keiner mehr davon abbringen, dass ich sein Lebensretter bin.« Franz streckte ächzend die entzündeten Füße von sich.

Bei der Nennung der Stadt Lüttich erstarrte Julius' Körper schlagartig. Niemals würde er den grauenvollen Anblick der jungen Frauen vergessen, die blutüberströmt und für immer ausgelöscht vor seinen Füßen lagen. Fast jede Nacht wurde er von einer albtraumhaften Aneinanderreihung der grauenvollsten Kriegsgeschehnisse heimgesucht. Ausgebrannt lehnte er seinen vom feuchten Morast verschmierten Kopf an die

Wand des engen Lehmgrabens. Für einige Minuten fiel der 17-jährige Kriegsfreiwillige in einen traumlosen Kurzschlaf. Er registrierte weder das mörderische Getöse der brutal aufeinander schießenden Artillerien noch die langsam einsetzende Kälte, welche die dicke Schlammschicht auf seiner Uniform zu einem Brett gefrieren ließ.

*

Leutnant Meul schreckte jäh aus einem tiefen Schlaf hoch und stützte irritiert seinen untersetzten Körper mit beiden Händen auf dem gusseisernen Öfchen ab, dessen Flammen seit geraumer Zeit ausgegangen sein mussten. Er blickte zum wolkenlosen klaren Himmel und stellte bestürzt fest, dass die Dämmerung langsam hereinbrach. Unwillig begutachtete er das requirierte Thermometer im Unterstand und klopfte mehrmals gegen die Glasscheibe. Es zeigte drei Grad unter null an und erst jetzt bemerkte er, wie sich die Kälte durch den feldgrauen Stoff seiner feuchten Uniformjacke fraß. Nachdem er sich die schmutzverschmierte Pickelhaube aufgesetzt hatte, steckte er die deutsche Luger-Pistole ins Futteral, zog sich den steifgefrorenen Militärmantel über und versenkte zwei Stielhandgranaten in den Manteltaschen. Angewidert strich er mit der Hand durch die verschmutzten Bartstoppeln seines Kinns und dachte aufsässig: Ein Kaiserreich für ein heißes Bad! Plötzlich wurde ihm bewusst, dass das Einschlagen der Schrapnells und Granaten aufgehört hatte. Es war jene Totenstille, die ihn aus tiefstem Schlaf hochschrecken ließ. Beunruhigt schaute er um sich, und der Gedanke, ohne Rückendeckung bis zum Frontgraben schleichen zu müssen, erfüllte ihn mit Grausen. Seine Augen durchforsteten den niedrigen Unterstand, in dem Feldwebel Schmitz auf einem durchnässten Lattenrost schlief. Die Sanitäter hatten seine wunden Füße notdürftig mit groben Leinenstreifen umwickelt. Leutnant Meul kramte aus dem eigenen Bestand ein Paar saubere Gummistiefel hervor, stellte sie neben Franz und rüttelte an dessen Arm. »Feldwebel Schmitz! Wir müssen nach vorne! Wo sind die Soldaten Ihrer Gruppe?«

Aufgeschreckt fuhr Franz in die Höhe. »Im Frontgraben oder an der Essensausgabe.« Er lauschte einen Moment und bemerkte verblüfft: »Diese Ruhe ringsherum ist unheimlich!« Stöhnend presste er die bandagierten Füße in die Gummistiefel, streifte sich eilig den verdreckten Militärmantel über den zitternden Körper und griff nach seinem 98er-Gewehr. Frierend eilte er hinter seinem Vorgesetzten her, um mit ihm durch das Gelände der vielen Lauf-, Quer-, Bereitstellungs- und Verbindungsgräben die vorderste Kampflinie zu erreichen. Noch immer war kein einziger Schuss gefallen.

Als sie um die letzte Ecke bogen, blickten sie unvermittelt auf den Rücken des Obergefreiten Renk, der auf zwei übereinandergestapelten toten Kameraden stand und gebannt über die Sandsäcke des Frontgrabens in das Zwielicht des gespenstisch anmutenden Niemandslandes starrte. »Pst, Kameraden!«, wisperte Renk nach rückwärts, ohne sich umzudrehen. »Gefreiter Scheiner und Unteroffizier Wirges handeln mit den Tommys gerade einen Waffenstillstand aus. Die sprechen nämlich beide ganz leidlich Englisch.«

»Nehmen Sie gefälligst Haltung an und machen Sie vorschriftsmäßig Meldung, Mann!«, zischte der Leutnant im scharfen Flüsterton, während er automatisch den Kopf ängstlich einzog.

Erschrocken fuhr der Obergefreite zusammen, blickte alarmiert hinter sich und sprang von den Rücken seiner gefallenen Kameraden. Dienstbeflissen legte er die Hände an die Seitennähte der Hose. »Melde gehorsam das Ableben der Schützen Fein und Mertens, die durch Schrapnellbeschuss heute gegen 13 Uhr tödlich getroffen wurden. Außerdem hat der Feind seit geraumer Zeit das Feuer eingestellt. Die uns gegenüberliegenden Engländer bitten für den Heiligen Abend und den ersten Weihnachtstag um eine Waffenruhe, in der jeder zuerst seine Toten im Niemandsland begraben soll und …« Seine eifrig vorgetragene Rede kam ins Stocken, als er in das vor Zorn puterrot angelaufene Gesicht seines Vorgesetzten sah.

»Ja, sind Sie denn von allen guten Geistern verlassen?«, geiferte Leutnant Meul wutentbrannt und stemmte entrüstet beide Hände in die Taille. Drohend wippte er auf den Zehenspitzen vor den in Habachtstellung stehenden Soldaten auf und ab, ehe er weitere Befehle im Flüsterton zischelte: »Feldwebel Schmitz! Holen Sie sofort die Männer Ihrer Gruppe aus dem Niemandsland und raten Sie den Tommys schleunigst, sich in ihre eigenen Unterstände zu verziehen, bevor ich den beiden Wachposten den Befehl zu einem breiten Maschinengewehr-Streufeuer erteile!«

Der leicht gefrorene Morast gestattete es Franz, sich vorschriftsmäßig grüßend um die eigene Achse zu drehen. Verärgert und mit steinerner Miene setzte er die Pickelhaube auf den Gewehrlauf und hob ihn langsam über den Grabenrand. Aber auch jetzt fiel kein Schuss. Vorsichtig kletterte er auf die Sandsäcke der Brüstung und robbte über das erstarrte Erdreich durch den Stacheldrahtverhau. Ratlos legte er die Hand an die Ohrmuschel, um in der unwirklich anmutenden Totenstille einen menschlichen Laut vernehmen zu können, als er plötzlich aus der Tiefe eines von Granaten aufgerissenen Erdlochs verhaltenes Lachen vernahm. Zwischen ihm und dem Trichter erstreckte sich eine todbringende zehn Meter lange Strecke. Wie auf einem Präsentierteller lag er für seine Feinde zum Abschuss bereit, auch wenn das Schlachtfeld unterdessen in eine lebenserhaltende Dunkelheit getaucht blieb. Bis zum Rand des Granattrichters konnte er mehr als sechs tote Körper ausmachen, weil die lautlos niederfallenden Eiskristalle gnädig ein weißes Tuch über die seit Wochen verwesenden Körper gehäuft hatten. Lautlos Deckung nehmend, kroch er von einer Leiche zur anderen. Mit Erstaunen nahm er als bekennender Christ zur Kenntnis, dass es ihm völlig gleichgültig war, ob die Seelen der Gefallenen ins himmlische Reich auf- oder in die Hölle abgestiegen waren. Jedoch dankte er dem Allmächtigen, der ihn zwischenzeitlich vom Grauen der wiederkehrenden Albträume befreit hatte, sollte er die seltene Gelegenheit finden, für einige Stunden erschöpft in einen traumlosen Schlaf fallen zu können. Vergeblich fahndete er in seinem ausgelaugten Inneren nach menschlichen Gefühlen. Selbst die zerfetzten Leiber, abgerissenen Gliedmaßen und endlos hallenden Todesschreie der gegnerischen oder eigenen Soldaten während eines unerbittlich geführten Nahkampfes tangierten seine Sinnesempfindungen inzwischen nur noch am Rande. Seine abgestumpfte Gefühlswelt war einzig und allein vom Urinstinkt zum Überleben ausgefüllt. Tief in Gedanken versunken, schreckte er neben einer faulenden menschlichen Hülle hoch. Zwei unheimlich funkelnde Augen, direkt vor ihm, glotzten starr und ohne Scheu in sein Gesicht. Auf den Hinterläufen aufgerichtet stand eine fette, übergroße Ratte, die mit knurrenden Drohlauten ihre Beute zu verteidigen suchte, während gleichzeitig dumpf schabende Geräusche aus dem modernden Leicheninneren widerhallten. Angeekelt wich Franz zurück und robbte vorsichtig zum Rand des Kraters. Noch bevor er das Erdloch erreichte, beobachtete er aus den Augenwinkeln, wie der animalische Leichenfledderer zurück in den Bauchraum des Verwesenden schlüpfte, um unbeeindruckt seine grausige Arbeit zu Ende zu führen.

Vom Trichterrand zielte er mit dem Gewehrlauf zu einer fünfköpfigen Gruppe hinunter, die rauchend und schwatzend auf dem Grund des Erdlochs hockte, über deren nassem Untergrund eine dünne Eisschicht lag. »Unteroffizier Wirges! Was ist hier los?«, wisperte er in grimmigem Tonfall hinab.

Erschreckt sprangen die Soldaten auf die Füße und hoben eingeschüchtert ihre Hände in die Höhe.

»Die Tommys und wir sind unbewaffnet!«, rief Wirges mit stockender Stimme. »Wir haben mit den Briten für Heiligabend eine Waffenruhe ab 15 Uhr vereinbart, damit jeder seine Toten im No Man's Land begraben kann.«

»Please, do not shoot!«, riefen die britischen Soldaten mit angstgeweiteten Augen und hochgereckten Armen zum Trichterrand hinauf.

»Unteroffizier Wirges! Sagen Sie unseren Feinden, dass sie sich schleunigst in ihre Gräben zurückziehen sollen, ehe sie durch ein Maschinengewehr-Streufeuer vom Frontgraben oder von mir abgeschossen werden. Und dann kann jeder von Ihnen schon einmal über *unerlaubtes Entfernen von der Truppe* nachdenken und darüber, dass *Fraternisieren mit dem Feind* Hochverrat ist.«

Parallel zu den Deutschen, die mit gesenkten Köpfen zu ihrem Gruppenführer hochkletterten, stiegen die Briten eilig auf der gegenüberliegenden Seite des Kraters empor, um schnellen Schrittes in der finsteren Anonymität des Niemandslandes unterzutauchen.

Scheiner wischte mit dem Ärmel den Schlamm von einem gut erhaltenen Paar britischer Stiefel und überreichte sie wortlos seinem Vorgesetzten.

Mit eisiger Miene schulterte Franz das Gewehr und riss Scheiner die Stiefel aus der Hand. »Vorwärts!«, knurrte er wütend, ehe er sich mit den Soldaten auf die Knie niederließ, um mit ihnen gemeinsam in Richtung des Frontgrabens zurückzukriechen. *Ein Glück, dass ich nicht schießen musste,* dachte er erleichtert und atmete tief durch, *sonst hätte man uns orten und wie die Hasen abknallen können.*

Kurz vor dem Stacheldrahtverhau rief Wirges hinter vorgehaltener Hand das Losungswort. »Stille Nacht!«, kam die gleiche Parole vom Grabenrand zurück und die aufmerksam in die Düsternis lauschenden Soldaten nahmen ihre steif gefrorenen Finger von den Abzügen der schussbereiten Maschinengewehre, als sich ihre Kameraden durch den Drahtverhau schlängelten.

»Bevor ich mich zurückziehe, um weitere disziplinarische Maßnahmen in Erwägung zu ziehen«, belferte Meul die beiden Delinquenten mit unterdrückter Stimme an, als sie mit hängenden Köpfen im Frontgraben vor ihm standen, »sind Sie hiermit zum Auspumpen der Proviantunterstände abgestellt, damit die unzähligen Liebespakete aus der teuren Heimat nicht vor der Bescherung absaufen! Feldwebel Schmitz!«, wandte er sich anschließend erbost zu seinem Untergebenen um, »Sie sorgen mit dem Obergefreiten Renk dafür, dass die Gefallenen Fein und Mertens nach hinten getragen werden und dass man ihre Namen im Regimentsregister tilgt! Ordnung muss sein! Die Schützen Flach, Gerke und Meier schieben an diesem Abschnitt bis zum Morgengrauen Wache!«

»Bei allem Respekt, Leutnant Meul. Ich möchte Sie darauf hinweisen, dass der Schütze Flach gerade seinen viertägigen Dienst im Frontgraben verrichtet hat und …«

»Das ist ein Befehl, Feldwebel Schmitz!«, brüllte Meul unbeherrscht zurück und zog augenblicklich den Kopf zwischen die Schultern, um leise zischelnd fortzufahren: »Ich dulde keinen Widerspruch! Und machen Sie Ihrem Sauhaufen ein für alle Mal klar, dass ich jede weitere Disziplinlosigkeit in meinem Zug sofort ahnden werde! Sie wissen, dass die Urteile der Militärgerichte *Tod durch Erschießen* lauten, wenn ein Soldat auf Wache einschläft oder sich unerlaubt von der Truppe entfernt. Vergegenwärtigen Sie sich das, und zwar ein jeder von Ihnen! Wegtreten!«

Neuve Chapelle, Frankreich
24. Dezember 1914

Hauptmann Schneider stand zwei Kilometer von Ypern entfernt auf einem glitschigen Holzlattenrost im Fernmeldeunterstand. Da das Gespräch mit Leutnant Meul für kurze Augenblicke unterbrochen blieb, drehte er gereizt an der Kurbel des Feldfernsprechers, um die Ortsbatterie wieder aufzuladen. Ungeduldig trommelte er mit den Fingerkuppen auf dem Firmenschild von Siemens & Halske herum. »Also, Leutnant! Ich wiederhole noch einmal«, lärmte sein dröhnender Bass durch die Leitung, als er erneut Meuls nervöses Hüsteln vernahm. »Es ist jetzt 16.30 Uhr und ich hörte gerade von unserem Bataillonsstab, dass seit eineinhalb Stunden auf der gesamten Frontlinie zwischen Langemark, Wijtschate, Warneton, Fleurbaix und Fromelles kein Schuss mehr gefallen ist. Und ich nehme an, dass auch bei Ihnen die gleiche Stille herrscht, obwohl bisher von Ihrem Frontabschnitt noch kein Rapport kam. Machen Sie also gefälligst vorschriftsmäßig Meldung, Mann!« Er hatte diesen kleinkarierten, ewig frisch gescheitelten Schreibtischhengst noch nie leiden können. Mit Genugtuung bemerkte Schneider den devoten Unterton in Meuls Stimme. Er spürte förmlich, wie der Untergebene am anderen Ende der Leitung Haltung annahm, als er militärisch knapp, aber mit leicht zitternder Stimme bekannt gab, dass auch in Neuve Chapelle exakt seit 15 Uhr kein einziger Schuss mehr gefallen sei.

»Überall sind die Soldaten, ob Freund oder Feind, aus ihren Gräben herausgeklettert und haben die seit Wochen im Niemandsland liegenden Kameraden begraben.« In Schneiders monoton vorgetragenen Bericht mischte sich ein sarkastischer Klang, als er im scharfen Ton anmerkte: »Natürlich bin ich mir bewusst, dass selbst heute ein von Ihnen angeordnetes Stahlbad besser zu Ihrer mannhaft gedrillten Gesinnung passen würde!« Seine Stimme nahm eine sanftere Tonart an: »Trotzdem setze ich voraus, dass es auch an Ihrem Frontabschnitt ruhig bleiben wird, solange man die für das Vaterland und Seine Majestät gefallenen Soldaten mit allen Ehren begräbt!« Einen Augenblick hielt der Hauptmann angewidert inne, ehe er den Hörer mit Wucht auf die Gabel knallte.

*

»Es ist zwar seit mehr als zwei Stunden kein Schuss mehr an dieser gottverdammten Schlammfront gefallen, aber trotzdem: Der Teufel soll den abscheulichen Krieg holen!«, fluchte Scheiner, nahm mit seinen verdreckten Fingern den durchweichten Zigarettenstummel aus dem Mund und warf ihn ergrimmt in die Abflussrinne, die er vor dem Proviantgraben in Richtung des tiefer liegenden Niemandslandes geschaufelt hatte. Übellaunig hoffte er, dass sich beim nächsten Sturzregen die Wasserfluten in die Gräben des dahinter liegenden Feindes ergießen würden.

»Die Einzigen, die der Teufel holen wird, das sind wir«, erwiderte Renk mit Grabesstimme. »Dabei ist es seit einer halben Stunde stockdunkel und Kamerad Flach hätte uns schon lange zur Bescherung in den Unterstand holen müssen. Aber wahrscheinlich hat sich unser über alles geliebter Leutnant Meul noch nicht genügend Alkohol einverleibt.« Verstohlen schaute er sich nach allen Seiten um und warf entnervt den Spaten auf die Brustwehr. »Die beiden Pumpen hier im Proviant- und Nachschubgraben kapitulierten vor zwei Stunden und die mit Liebesgaben bestückten Weihnachtspakete aus der Heimat sind längst nach vorne geschafft worden. Schätze, dass sich inzwischen jeder den Bauch mit Zuckerplätzchen und Pfefferkuchen vollgeschlagen hat.«

»Hör auf zu lamentieren!«, brummte Scheiner mürrisch und rieb sich die blau gefrorenen, nassen Fingerkuppen. »Nicht ein einziges der in Papier verpackten Lebensmittel würde ich anrühren. Fast alle Pakete waren von diesen widerwärtigen Riesenratten an- oder aufgefressen.« Er schüttelte sich, als er angeekelt fortfuhr: »Was nicht in Blechbüchsen, Konserven oder Flaschen abgefüllt war, requirierte dieses enorme Rattenheer für seine sich schlagartig vermehrende Population. Kein Wunder bei dem reichhaltigen Futterangebot, das diesen Aasfressern sowohl im Frontgraben als auch in unseren Speisekammern geboten wird. Angeblich sollen die gefährlichen Biester gestern sogar den verhätschelten Kater des Leutnants angegriffen und mit Haut und Haaren verspeist haben. Die gigantischen Viecher ließen quasi nur noch die Krallen seines Lieblings übrig.«

Von der Seite näherte sich Julius. Hinter vorgehaltener Hand flüsterte er »Heilige Nacht« und bedeutete beiden mit einem vor den Mund gehaltenen Zeigefinger, sich ihm zu nähern, nachdem sie seine Parole wispernd beantwortet hatten. »Meul versoff im wahrsten Sinne des Wortes das Fell seines Katers und ist – dem Himmel sei Dank – nicht mehr ansprechbar!«, raunte er mit einer Stimme, der man ein schadenfrohes Grinsen entnehmen konnte. »Eure Weihnachtspakete liegen zum Umtausch im Unterstand bereit und …«

»Zum Umtausch? Pakete aus der Heimat?« Entgeistert blickte Unteroffizier Renk in Julius' Gesicht.

Der Schütze Flach kicherte verhalten. »Man merkt, dass ihr die veränderte Kriegslage aufgrund der verhängten Disziplinarstrafe nicht mitbekommen habt. Um Punkt 15.30 Uhr haben sich die Kriegsgegner, nur mit Spaten bewaffnet, in der Mitte des herrenlosen Gebietes getroffen. Unter Anwesenheit der anglikanischen, katholischen und evangelischen Geistlichkeit wurden die gefallenen Kameraden würdevoll beerdigt. Sogar die aus den Kolonien stammenden, an der Seite der Briten kämpfenden und im No Man's Land getöteten Inder bestattete man ehrenvoll und platzierte auf deren

Gräber, anstatt Lattenholzkreuze, ihre grauen Turbane. Bei Anbruch der Dunkelheit – nachdem bei uns in den Unterständen die Bescherung stattgefunden hatte – gingen alle Kameraden mit ihren Paketen unterm Arm zurück, um dort die deutschen Liebesgaben aus der Heimat mit den englischen zu tauschen. Und es wurde vorhin schon vereinbart, dass man morgen britische und deutsche Mannschaften aufstellen wird, die miteinander im Niemandsland – mitten im Krieg – Fußball spielen werden.«

»Auf Fraternisieren steht die Todesstrafe«, murmelte Scheiner verblüfft und blickte ungläubig in Julius' ungewohnt fröhliches Gesicht.

»Da mach dir mal keine Gedanken«, beruhigte der Schütze Flach seinen besorgten Kameraden. »Selbst die hohen Offiziere haben keine Handhabe gegen eine Entwicklung, die sich heute, am Weihnachtsabend, verselbstständigte. Denn dann müssten sie Hunderte von deutschen Landsern standrechtlich erschießen oder sie vor ein Militärgericht bringen. Selbst unser Leutnant hat die unabänderliche Tatsache akzeptieren müssen. Allerdings sicherte er sich vorher schriftlich ab, indem er im Tagesrapport festhielt: In der Heiligen Nacht fiel am Frontabschnitt Neuve Chapelle ab 15 Uhr kein einziger Schuss.«

Nachdem Julius den Kameraden im Unterstand die Pakete aus der Heimat überreicht hatte, gingen sie gemeinsam durch die vielen Zickzackwindungen der menschenleeren Gräben, in denen nach einem ununterbrochenen Dauerbeschuss eine geradezu *ohrenbetäubende Stille* eingetreten war. Sie empfanden jene abstrakte Unwirklichkeit gleich einer zentnerschweren Last, die ihre vorwärtsdrängenden Schritte zu hemmen schien: weil einfach nicht sein konnte, was nicht sein durfte. Völlig unbehelligt standen sie plötzlich im Frontgraben, dieser von Menschenhand ins Erdreich gezogenen Linie, die Schutz gewähren sollte, auf deren schlammigem

Grund jedoch die vielen Kameraden erstochen, erschlagen und von Kugeln durchsiebt gelegen hatten, deren markerschütterndes Wehgeschrei noch immer vom sternenklaren Nachthimmel widerzuhallen schien. Und auf der Brüstung dieses Todesgrabens, wo zuvor jedes Aufglimmen einer Zigarette unumstößlich den sicheren Tod nach sich gezogen hatte, erblickte man Dutzende von Christbäumen, auf deren duftenden Tannenzweigen brennende Kerzen ihr wärmendhelles Licht weithin leuchten ließen. Noch immer vorsichtig nach allen Seiten sichernd, kletterten sie über die mit Sandsäcken bewehrte Brüstung und wanden sich durch den Stacheldraht. Staunend und freudig erregt zugleich, gingen sie auf die lachende, bunt gemischte Soldatenansammlung zu, die englische Jam, Plumpudding und Corned Beef mit deutschem Tabak, Spirituosen und delikaten Dauerwürsten tauschte. Zwei Tage sangen sie gemeinsam Weihnachtslieder in verschiedenen Sprachen, zeigten sich Fotos von den Liebsten daheim und erzählten sehnsuchtsvoll von der teuren Heimat. Dann wurden sie wieder erbarmungslos von der sicher in der Etappe sitzenden Offizierselite in einen brutal und mitleidlos geführten Krieg getrieben, um sich auf Befehl gegenseitig abzuschlachten.

12

Cöln-Ehrenfeld
23. Dezember 1916

»Von der Behörde soll vor den Toren Cölns und auch in allen
Parkanlagen ab dem nächsten Frühjahr Gemüseanbau betrie-
ben werden. Dafür stellt man Frauen und sogar ältere Schüler
ein«, erklärte Cecilia und schaute entschuldigend drein, als
sich ihr leerer Magen mit unüberhörbaren Knurrlauten meldete. Sie wurde von einem Schwindelgefühl überwältigt und
musste sich augenblicklich an den Küchentisch setzen.

»Aber Cilli!« Überrascht sah Maria auf ihre abgemagerte
Cousine. »Du gehörtest zu den ersten Frauen, die 1915 von
der Cölner Administration als Schaffnerin eingesetzt wurden.
Du willst doch nicht etwa diesen guten Posten aufgeben?«

»Doch! Und zwar Ende Februar! Denn wie heißt es so
richtig: *Im Märzen der Bauer sein Rösslein einspannt!* Außerdem sollten wir auch die älteren Jungen dort arbeiten
lassen, solange der Schulunterricht für die Pänz – mangels
Brennstoff – in den Wintermonaten ausfällt.«

»Aber warum willst du, um Gottes willen, nicht mehr bei
den Ringbahn-Betrieben beschäftigt sein?«

»Weil man für das bisschen Salär keine vitaminreichen
Feldfrüchte auf dem Schwarzmarkt bekommt. Und ich bin es
einfach leid, morgens Kuchen von Kohlrüben, mittags Kohl-
rübensuppe und abends Kohlrübenkoteletts aus heimischem
Anbau zu essen!« Cecilia hielt alarmiert die Hand vor den
Mund, als sie ein ungestümes Würgen überfiel.

»Es stimmt, die Lebensmittelversorgung der Zivilbevölkerung in diesem besonders kalten Kriegswinter ist einfach
katastrophal«, klagte Maria, von großer Schwermut heimgesucht. »An allem fehlt es, weil die üblichen Importmög-

lichkeiten vom Feind auf dem Land- und Seeweg abgeriegelt wurden.«

Erleichtert darüber, dass sie sich die aufgestaute Frustration von der Seele reden konnte, schimpfte Cecilia mit ungewöhnlich lauter Stimme: »Immer wieder berichtet die Presse über die Komplikationen an der Heimatfront in den Tageszeitungen. Jetzt schon prophezeit man, dass sich die Bahn außerstande sehen wird, innerhalb des Reiches Kartoffeln und andere Grundnahrungsmittel zu befördern, wenn sich diese sibirische Kälte nicht bald verflüchtigt.«

Maria nickte. »Die Schlagzeilen der Cölnischen Zeitung verkündeten heute das Brachliegen der Schifffahrt. Weil die Flüsse zugefroren sind, können die lebenserhaltenden Brennstoffe nicht mehr die Binnenhäfen erreichen. Es ist, als wenn sich eine Katze immer wieder in den Schwanz beißt«, resümierte sie resigniert. »Durch die Verknappung der Düngemittel fallen die Erträge in der Landwirtschaft karg aus. Dadurch entsteht Futtermangel für die Schweine. Die Bauern verfütterten – ungeachtet strenger Verbote – die Kartoffeln trotzdem an ihr Vieh, weil der Schwarzmarktpreis für Schweinefleisch ins Unermessliche stieg und …«

»… man von staatlicher Seite daraufhin im Frühjahr 1915 das Abschlachten der Schweinebestände anordnete«, fiel ihr Cecilia verbittert ins Wort. Tränen der Entrüstung liefen plötzlich über ihre eigefallenen Wangen, als sie mit sonderbar schriller Stimme wutentbrannt weitersprach: »Und der berühmt-berüchtigte *Schweinemord* hat seitdem verheerende Folgen für die Fleisch-, aber ganz besonders für die lebenserhaltende Fettversorgung der hungernden und geschwächten Reichsangehörigen an der sogenannten Heimatfront. Inzwischen liegen die zugeteilten Lebensmittelrationen weit unter 1000 Kalorien pro Tag. Deshalb sollte sich diese dreimal verfluchte und vollkommen unfähige Regierung auch nicht wundern, wenn die Hungerkrawalle auf den Straßen selbst von den regulären Armee-Einheiten nicht mehr unter Kontrolle zu bringen sind.«

Der überaus heftige Gefühlsausbruch der Cousine versetzte Maria in höchstes Erstaunen. Nie zuvor hatte sie Cecilia in solcher Aufruhr erlebt und trotz angestrengten Nachdenkens wollte ihr kein Ereignis einfallen, das diese erbitterte Exaltation hätte hervorrufen können. Um sie zu beruhigen, pflichtete sie ihr umgehend bei: »Ich denke genau wie du. Denn unter dieser skandalösen staatlichen Anordnung leiden wir alle bis zum heutigen Tage. Und wenn man im Februar 1915 von behördlicher Seite keine Maßnahmen zur Zwangsbewirtschaftung des Brotgetreides getroffen hätte, dann …« Unvermittelt hielt sie inne und horchte nach draußen auf den Flur.

Sachte wurde die Klinke der Küchentür heruntergedrückt. Müde trat Oma Anna in die Großraumküche und setzte sich neben ihre Schwiegertochter an den gedeckten Tisch. »Rundherum tut mir dat jequälte Jerippe von meinem Rücken weh. Janz zu schweijen von meinen jeschwollenen Beinen.« Mühsam drehte sie sich zur Seite und zog einen wackligen Hocker heran, um unter ächzenden Klagelauten die Beine daraufzulegen. »Und im Jeschäft kriej ich immer dat *ärme Dier*, wenn ich den Müttern weder Milch für ihre jottjewollten Kinderschen jeben kann noch ein bisschen mehr Brot als dat, wat ihre Brotkarten zulassen. Seitdem unseren Cölner Lebensmittelläden städtische Aufpasser zujewiesen wurden, achten diese musterjültijen Beamten in meinem Jeschäft mit Arjusaugen darauf, datt ich weder uns noch den anderen Müttern ein bissjen wat mehr von den örtlich zujeteilten juten Jaben jeben kann.«

Mitfühlend streichelte Maria über die eingefallenen Wangen ihrer Schwiegermutter, die jedes Mal tränenreich ihren moralischen Anwandlungen erlag, wenn sie in der Mittagspause aus dem Geschäft herüberkam.

»Mariechen, wat jibt et denn heute zu essen?«

»Eine Rübensuppe, auf der diesmal sogar ein paar Fettaugen schwimmen.« Maria lächelte ihr ermutigend zu und tauchte die Kelle tief in die Suppenschüssel ein. Als sie auch der Cousine den Teller füllen wollte, wehrte Cecilia mit abgewandtem Gesicht und hoch erhobenen Händen ab.

»Cilli, wir sollten dem juten Herrjott dankbar sein, datt wir überhaupt noch wat zu essen haben«, tadelte Anna mit erhobenem Zeigefinger. »Wat für ein Jlück, datt dich der jroßmütije Jupp vom Ehrenfelder Schlachthof so jut leiden kann und dir seit mehr als drei Monaten jede Woche ein jroßes, jlänzendes Stück Fleisch mit janz viel Fett jibt. So konnten wir für die Sofie und den kleinen Benjamin immer eine joldene Brühe kochen.« Sie legte den Löffel zur Seite, faltete ehrfürchtig die Hände und dankte Gott mit einem leise gemurmelten Gebet für die Genesung der beiden Enkelkinder, ehe sie laut weitersprach: »Sonst wären die beiden Kleinsten nach der jroßen Grippeepidemie – jenau wie all die anderen, durch Mangelernährung jeschwächten Kinderschen – jestorben.«

»Die Schwiegermama hat wirklich recht«, bestätigte Maria mit geröteten Wangen und feuchten Augen. »Auch ich bin dir so unendlich dankbar, dass du in diesen schweren Zeiten den Jupp dazu überreden konntest, für die Kinder …« Plötzlich hielt sie inne und griff erschrocken über den Tisch hinweg nach Cecilias Hand, die mit kreideweißem Gesicht seitwärts vom Stuhl zu sinken drohte.

Überhastet legte Anna den Löffel zur Seite und tätschelte Cecilias blasse Wangen. »So kann dat nit mehr weiterjehen«, wandte sie sich an ihre Schwiegertochter. »Seit die Kleinsten todkrank waren und wir nit wussten, ob wir die Pänz durchkriejen, hat dat Cilli fast überhaupt nix mehr jejessen. Alles jibt sie den Kinderschen.« Sie öffnete ein Riechfläschchen und hielt es der Geschwächten unter die Nase.

Allmählich überzog Cecilias Wangen ein sanftes Rosa. »Das war nur ein kleiner Schwächeanfall«, flüsterte sie kraftlos. »Vielleicht sollte ich doch etwas zu mir nehmen.« Tief Luft holend tauchte sie ihren Löffel in die Terrine und schlürfte die übel riechende Gemüsebrühe vorsichtig in winzigen Schlückchen. Nachdem sie mehrmals krampfhaft durchgeatmet hatte, sprang sie unvermittelt auf, sodass der Stuhl krachend zu Boden fiel. Würgend eilte sie nach draußen zur Toilette.

Bestürzt blickten Anna und Maria hinter Cecilia her. »Jott sei Dank is dat, wat ich denke, nit möschlich!«, sprudelte es aus Anna hervor.

»Möglich wäre es schon, liebe Schwiegermama«, flüsterte Maria verschämt mit niedergeschlagenen Augen. »Es ist gerade einmal drei Monate her, dass der Julius auf Heimaturlaub hier bei uns in Cöln war. Und nach all den vielen überschwänglichen Liebesbriefen, die er Cilli von der Front geschickt hat, könnte …«

»So wat würde dat Cilli niemals tun! Nie und nimmer, solange sie unverheiratet is und die Ehe nit vor Jott am Traualtar in der heilijen katholischen Kirche jeschlossen wurde! Wenn dat Cilli hier in der Erzdiözese Cöln unverheiratet mit einem dicken Bauch herumlaufen tät, würden sich die katholischen Bürjer dat Maul zerreißen.« Sie brach – ob der zu erwartenden Schande – in ein Tränenmeer aus und jammerte: »Sie wäre der Schandfleck in unserer Familie und ein anrüchijes Vorbild für deine jottesfürchtijen Kinderschen.«

»Ich würde die gleiche Ansicht vertreten, verehrte Schwiegermutter, weil ich dir wirklich ungern widerspreche«, versuchte Maria die Unglückliche zu trösten und gleichzeitig ihre Cousine in Schutz zu nehmen. »Aber vergiss nicht, es wütet ein fürchterlicher Krieg, in den seither fast die ganze Welt verwickelt wurde. Und wenn man jung ist und nicht weiß, ob man morgen noch lebt, verlangt doch jedes menschliche Individuum nach ein bisschen Liebe. Selbst unser Herr im

Himmel, welcher ja der Gott der Liebe ist, wird diese geringfügige Verfehlung seinem Schäfchen verzeihen müssen.« Da ihre Schwiegermutter sich noch immer nicht beruhigen konnte, fügte Maria gewinnend hinzu: »Letztendlich bleibt den gottgläubigen Katholiken das heilige Sakrament der Beichte.«

Ein wenig getröstet trocknete Anna ihre versiegenden Tränen, rührte gedankenverloren in der kalten Suppe und fragte betrübt: »Und wie steht dat bei dir? Ich meine, Franz war ja auch auf Heimaturlaub. Janz jejen meine sonstige Jewohnheit würde ich diesmal nit sagen, datt wir die Kinderschen so nehmen täten, wie der jute Herrjott sie uns jibt. Die Hungersnot is zu jroß.« Erschrocken über ihre gotteslästerlichen Gedanken bekreuzigte sie sich hastig und nahm sich für den Abend vor, beim Kaplan Severin zur Beichte zu gehen.

»Liebste Schwiegermama«, bedrückt atmete Maria mehrmals tief durch, ehe sie zögerlich die äußerst intime Frage zu beantworten imstande war, »wenn Franz und ich einander in Liebe zugetan gewesen wären, müssten wir in Bälde mit einem neuen Familienmitglied rechnen. Aber ich habe meinen geliebten Gatten während der kurzen Zeit, die er bei uns weilte, nicht mehr wiedererkannt. So manches Mal saß er völlig teilnahmslos in einer Ecke des Zimmers und brütete stumpfsinnig vor sich hin. Mit einem regelrecht irren Blick sprang er dann ungestüm auf, um *Hurra* und *Vorwärts* zu brüllen.« Schwermütig betupfte Maria mit einem verschlissenen Seidentüchlein ihre Stirn, ehe sie weiter berichtete: »Dann setzte er sich mit einem maliziösen Grinsen auf den Lippen wieder hin und rezitierte völlig zusammenhanglos den hasserfüllten Refrain dieses inhumanen Gedichtes, den man selbst unseren unschuldigen Kindern in der Schule beibringt:

›Wir wollen nicht lassen von unserem Hass.
Wir haben alle nur einen Hass.
Wir leben vereint, wir hassen vereint.
Wir haben nur einen Feind: England.‹

»Et is mir nit entjangen, datt der Franz sich verändert hat«, sagte Anna bekümmert, »aber datt et so schlimm um meinen Stiefsohn steht, habe ich nit jewusst. Ich bin in jrößter Sorje, datt er mal so werden wird wie sein Vater.«

Verstört blickte Maria zur Schwiegermutter und stammelte irritiert: »Oma Anna! Jetzt musst du mir endlich erklären, was deine ewigen düsteren Anspielungen zu bedeuten haben?!«

»Janz sündhafte Sachen – die allerschwersten Todsünden – hat der Äjidius auf seine Seele jeladen, wat, wofür man in die Hölle kommt. Aber zwing mich nit, über diese Abscheulichkeiten zu reden, dat is …« Jäh unterbrach sie sich, als sie Schritte auf dem Flur wahrnahm und Cecilia in die Küche trat.

»Geht es dir besser?« Trotz der verwirrend und abgründig anmutenden Andeutungen, die den Schwiegervater betrafen, lächelte Maria ihrer blassen Verwandten tapfer zu und schlug mit zittriger Stimme vor: »Vielleicht sollte nachgedacht werden, wie wir morgen den Weihnachtsabend gestalten. Allerdings müssen wir sparsam sein und dürfen nur wenig Brennholz in der großen Wohnküche verheizen, denn unsere teuren, aber entbehrlichen Jugendstilmöbel sind einstweilen fast alle den Flammen zum Opfer gefallen. Auch wenn wir den Kindern nichts schenken können, so sollten wir die Nacht, in der Jesus geboren wurde, trotz alledem feierlich begehen und anschließend bei der nächtlichen Christmette in der Kirche um Frieden für die Welt bitten.«

Anna nickte ihrer Schwiegertochter zu. Um der allgemeinen Hoffnungslosigkeit keine weitere Nahrung zu geben, erklärte sie eifrig: »Ich habe zwar Ende vorijen Jahres – als Spende für den Krieg, jemeinsam mit all den anderen Bürjern Cölns – meinen jesamten Schmuck und dat janze Jold jejen Eisen jetauscht, konnte jedoch jestern zwei Tafeln Schokolade für dat zwölfteilije Silberbesteck eintauschen. Jlaubt ihr, datt die Kinderschen sich freuen werden, wenn ich sie, wie damals, nacheinander in die warme Stube bitte und …?«, fragte sie stockend und ihre Augen füllten sich mit Tränen der Freude, als Maria ihr überglücklich und voller Dankbarkeit zunickte. Wehmütig dachte sie an jenes wertvolle Halsband, das sie Franz für Notzeiten mitgegeben hatte. In diesem besonders harten Hungerwinter hätte sie es selbst gebraucht, um es bei den Bauern im Bergischen Land oder in der Eifel gegen Naturalien eintauschen zu können. So aber blieb ungewiss, ob Gott Gnade walten ließ, um drei mittellose Frauen mit acht Kindern vor dem allgegenwärtigen Hunger- und Erfrierungstod zu retten.

13

Westfront, Frankreich
15. Oktober 1918

Zusammengesunken kauerte Karl auf der harten Holzbank und das Atmen fiel ihm in der stickigen Luft des geschlossenen Zugabteils schwer. Auf seiner Stirn bildeten sich dicke Schweißtropfen, die an den Enden der Augenbrauen in kleinen Rinnsalen herabliefen, um sich an der Kinnspitze seines ausgemergelten Gesichtes zu treffen und von dort auf die schmutzig feldgraue Uniform zu tröpfeln.

Ihm gegenüber saß Hugo, der besorgt von einem Blatt Papier aufschaute, derweil der Kriegskamerad den zähen und blutigen Schleim in sein Schnupftuch hustete. »Du solltest deine Medizin nehmen«, erinnerte er den abgemagerten Freund.

Karls fiebrig glänzende Augen blinzelten teilnahmslos; jedoch nach kurzer Zeit kam er ermattet der Aufforderung seines Kameraden nach.

»Ich will an Käthe schreiben. Soll ich von dir einen Gruß an Luise und den kleinen Paul ausrichten lassen?« Als Karls Lippen kraftlos ein »Ja« formten, schrieb Hugo seufzend:

15. Oktober 1918

wieder unterwegs von der Ost- zur Westfront
Liebste Käthe!
Über vier Jahre dauert dieser grausame Krieg nun schon an. Niemand weiß, wann er endet und ob ich jemals wieder zu Euch zurückkehren werde. Während dieser endlos langen Zeit gewährte man mir zwei kurze Heimaturlaube: zwei flüchtige – jedoch unvergessliche – Zusammenkünfte mit Dir und Marlene. Deshalb habe ich

mich entschlossen, für Euch beide diesen ausführlichen Bericht zu schreiben, der sowohl aus dem eigenen Erleben als auch aus Front- und Zeitungsberichten resultiert. Sollte ich auf dem Schlachtfeld sterben, wird Marlene wissen, dass der Vater sie nur deshalb nicht auf ihrem Lebensweg begleiten konnte, weil er für die Verteidigung der geliebten Heimat seine Pflicht erfüllen musste.

Unser 8. Brandenburgisches Regiment hätte die Bezeichnung mobiles Infanterie-Regiment verdient, denn es wird allzeit dort eingesetzt, wo die Flammen des inzwischen weltumfassenden Krieges am höchsten lodern. Anfang September 1915 wurden wir von der Westfront in den Osten nach Serbien verlegt, wo wir den uns zugewiesenen Donauabschnitt einnehmen und unter großen Verlusten verteidigen mussten. Bald darauf transportierte man mich schwer verletzt, gemeinsam mit meinen vielen verwundeten Kameraden, in Richtung Heimat, wo Du uns mit den anderen Rote-Kreuz-Schwestern im Prenzlauer Reservelazarett aufopferungsvoll pflegtest. Der Genesungsurlaub war nur von kurzer Dauer, weil mein Schulterdurchschuss baldigst verheilte und man mich nach dem Lazarettaufenthalt umgehend wieder an die Front zurückschickte, da die Reihen unseres Regimentes stark dezimiert waren.

Ende Januar 1916 beförderte man uns abermals zurück an die Westfront und wir erreichten den Aufmarschraum von Verdun. Nie werde ich das Datum des 21. Februars vergessen, als unsere 5. Armee um acht Uhr morgens beim Sturmangriff auf die Stadt aus 15.000 Rohren schoss. Auf einer Breite von 15 Kilometern gingen wir durch die Feuerwalze der Artillerien in das blutdurchtränkte Inferno des Fegefeuers, damit anschließend, an einem einzigen Tag, Hunderttausende von Soldaten in der Hölle von Verdun verheizt werden konnten.

Warum? Damit wir uns danach wiederum in die verbrannte französische Erde eingraben mussten, um in den lehmigen Labyrinthen über Monate einen zermürbenden Stellungskrieg zu führen!? Wofür? Damit wir uns erneut, im Feindesland kämpfend, ein paar Meter vor oder zurück bewegen sollten!? Spätestens hier waren wir davon überzeugt, dass der obersten Heeresleitung das Wohlergehen des einfachen Landsers völlig gleichgültig war. Selbst wenn wir dankbar sein mussten, dass unsere nutzlosen Pickelhauben gegen wirksame Stahlhelme ausgetauscht wurden! Und die Rüstungsindustrie an der Heimatfront das Maxim-Maschinengewehr zum hervorragenden MG 08/15 weiterentwickelte! Man die Giftgas-Atemmasken mit Aktivkohlefiltern vervollkommnete! Trotzdem frage ich Dich: Was nutzt selbst Letztgenanntes, wenn das vom Kaiser-Wilhelm-Institut entwickelte Chlorgas, das die Gegner rücksichtslos gegeneinander einsetzten, durch ein noch niederträchtigeres Senfgas ersetzt wurde, das außer den Atemwegen auch unbedeckte Hautpartien und Augen verätzte!? Ist es möglich, dass die Bestie Mensch in der Zukunft noch Dämonischeres erfinden wird? Der einfache Landser kann es sich – nach diesem seit über vier Jahre andauernden gnadenlosen Krieg – einfach nicht vorstellen.

Nachdem Lenin im April 1917 sein Schweizer Exil verließ, um über Deutschland und Skandinavien in das von Krieg und Revolutionen zermürbte Russland einzureisen, und im gleichen Monat die USA dem Deutschen Reich den Krieg erklärte, verlegte man unser 64er-Regiment im Juni wiederum in den Osten.

Als die Panzeroffensive des Generals Foch – dem die Briten und Amerikaner auf französischem Boden unterstellt waren – die deutschen Stellungen bei Amiens im

August 1918 durchbrach, konnte weder jener Schwarze Tag des deutschen Heeres noch die Vertreibung unserer türkischen Waffenbrüder aus Damaskus durch den Engländer Lawrence von Arabien das Deutsche Reich dazu veranlassen, die Waffen niederzulegen. Wenn die oberste Heeresleitung weiterhin an einen Sieg glaubt – der Friedensvertrag von Brest-Litowsk im März 1918 zwischen Russland und dem Deutschen Reich bestärkt sie vermutlich darin –, scheint ein Wiedersehen in einer ungewissen und fernen Zukunft zu liegen. Deshalb sitzen Karl und ich von Neuem in einem Zug, der gen Westen rattert. Hier sollen wir – vereint mit den vielen anderen, außerordentlich dezimierten Regimentern – gegen unsere unzähligen Feinde die Stellung in Frankreich halten, um mannhaft bis zum letzten Blutstropfen für Volk und Vaterland zu kämpfen.

Wann wird dieser Wahnsinn endlich aufhören? Wann können wir wieder zu unseren Lieben nach Hause? Ich verzehre mich in großer Sehnsucht nach meiner zärtlichen Frau und dem inzwischen knapp fünfjährigen Lenchen. Bitte richte auch Luise und dem kleinen Paul viele Grüße aus. Erwähne aber nicht, dass es um Karl nicht gut bestellt steht. Denn durch die vielen Entbehrungen, in körperlicher und seelischer Hinsicht, hat sich sein Lungenleiden explizit verschlechtert.

Der Morgen ist hereingebrochen, ohne dass man die Sonne am Horizont aufgehen sah. Bald werden wir das neue Kampfgebiet erreicht haben. Deshalb muss ich den Brief beenden, damit er den anderen Feldpostbriefen der Kameraden beigefügt werden kann und Euch – hoffentlich bei guter Gesundheit – bald erreicht.

Es verzehrt sich in Liebe und Sehnsucht, der Gatte und Papa Hugo.

Sorgfältig faltete er den Brief zusammen und blickte auf Karl, der sich mit stark angewinkelten Beinen auf einer Holzbank im Zugabteil hingelegt hatte und laut röchelnd in einen unruhigen Schlaf gefallen zu sein schien. Deprimiert starrte er durch die stark verschmutzte Fensterscheibe auf das fahle Grau des wolkenverhangenen Himmels, um danach seine Augen über die französische Landschaft schweifen zu lassen. Eigentlich hätten die Bäume um diese Jahreszeit ein buntes Kleid tragen müssen, sinnierte er wehmütig. Jedoch die durch Granattrichter entstellte Erde glich eher einer bizarren Mondlandschaft. Und da, wo vorher ein kleiner Wald gestanden haben musste, schaute man auf zerfetzte Baumstümpfe, während die durch Flammenwerfer entlaubten Bäume ihre kahlen Äste in einer stillen Anklage gen Himmel reckten. Wir haben erneut die Todeslinie erreicht, dachte er furchtsam, als mehrere zerstörte Ortschaften an seinem Abteilfenster vorbeihuschten, und in den Grabenlabyrinthen wird sich der Knochenmann abermals eifrig und ohne Mitleid seine unzähligen Opfer aussuchen können.

*

Unbehaglich hockte Oberleutnant Meul in seinem Unterstand und dachte krampfhaft darüber nach, wen er bei dem nächtlichen Himmelfahrtskommando einsetzen sollte. Ich werde auf gar keinen Fall selbst die Führung des Spähtrupps übernehmen, fuhr es ihm rebellisch durch den Sinn. Schon bei dem Gedanken, auch nur einen einzigen Fuß in das von Minen durchzogene Niemandsland setzen zu müssen, wurde ihm speiübel. Angestrengt durchforstete er in Gedanken die lichten Reihen der Gruppenführer seines Zuges. Nach sorgfältigem Abwägen fiel seine Wahl auf Oberfeldwebel Schmitz. Plötzlich zog er erschrocken den Kopf ein, als vom Frontgraben der enorme Widerhall eines ihrer Mörser sein

Trommelfell zu zerreißen drohte. Ein Glück, dass wir so überaus effektive Waffen unser Eigen nennen dürfen, wie die *Dicke Berta,* deren Reichweite fast 15 Kilometer beträgt, stellte er aufgeräumt fest, ehe er besorgt weiter überlegte. Aber wenn es stimmt, dass uns die Alliierten erneut mit ihren gepanzerten Tanks gegenüberstehen, dann sehe ich nicht nur für die Zukunft schwarz, sondern einen an Kriegsmaterial überlegenen Feind, der uns für immer in die ewige Schwärze befördern wird.

Mit einem betont lauten Räuspern riss Franz seinen durch dunkle Vorahnungen verängstigten Vorgesetzten in die raue Wirklichkeit zurück. Aufgrund des seit Stunden andauernden Artilleriebeschusses hatte er einen beschwerlichen Weg bis zu den hinteren Versorgungsgräben zurückgelegt. Sein Atem flog, als er keuchend hervorpresste: »Melde mich wie befohlen zur Stelle!«

Um seine bängliche Unruhe zu verbergen, sprang Meul ruckartig auf die Beine und befahl mit forscher Stimme: »Bevor wir für die nächsten Tage einen Angriff planen können, muss heute Nacht ein Spähtrupp zu den feindlichen Linien vordringen, um die Kampfstärke des Gegners auszuloten!« Erregt zupfte er am rechten Ohrläppchen. »Wie man Major Schneider vom Bataillonsstab versicherte, müssen die zu unserer Verstärkung verlegten Regimenter jeden Augenblick per Bahn eintreffen. Ebenso die schweren Langrohrgeschütze, die man mit 110-Millimeter-Granaten bestücken kann. Ihre Aufgabe wird es sein zu erkunden, wie die Lage im Allgemeinen und wie hoch die Zahl der Panzer auf der gegnerischen Seite im Besonderen ist. Wen nehmen Sie aus Ihrer Gruppe mit?«

Franz zog den Stahlhelm vom Kopf und strich sich die feuchten Haare aus der Stirn. Zögerlich antwortete er: »Bei solch einem gefährlichen Unternehmen höchstens zwei. Wir werden vor Mitternacht aufbrechen.«

»Erscheint mir sinnvoll!«, bemerkte der Offizier militärisch knapp, atmete erleichtert auf und befahl unwirsch, ohne seinem Gegenüber in die Augen zu sehen: »Wegtreten!«

»Wir werden um Mitternacht zu dritt die Kampfstärke des Feindes erkunden«, bemerkte Franz mit betont teilnahmsloser Stimme, als er geduckt neben Gerke und Renk seinen Platz im Frontgraben wieder eingenommen hatte.

»Himmelfahrtskommando?!«, begehrte Gerke erschrocken auf. Angstvoll stierte er mit geöffnetem Mund zu seinem Gruppenführer hinüber, dessen ausdruckloser Blick auf das Niemandsland hinter dem Stacheldraht gerichtet blieb.

»Die oberste Heeresleitung wird nicht ruhen, bis sie uns alle im Massengrab verscharrt hat«, konstatierte Renk, derweil seine Backenzähne knirschend aufeinanderrieben.

Ungeachtet des Stakkatos von MG-Salven ließen sich im Niemandsland plötzlich zwei riesenhafte Raben auf einer halb verwesten Leiche nieder. Lauthals krächzend und wild mit den Flügeln schlagend versuchten sie sich gegenseitig die Beute streitig zu machen. Franz' Nackenhaare stellten sich auf, als er auf die schwarzen Gestalten aus dem Totenreich blickte, und es bemächtigte sich seiner jenes unabänderliche Gefühl, dass der Sensenmann schon jetzt die Schneide seines Erntegerätes sorgsam schliff.

*

In den frühen Morgenstunden war die Unterbringung der neuen Regimenter auf der gesamten Frontlinie reibungslos verlaufen. Meul starrte zum dunkel verhangenen Himmel, ehe er mit abschätzendem Blick die beiden Füsiliere des 8. Brandenburgischen Regiments betrachtete, die neben ihm mit schussbereiten Maschinengewehren im Frontgraben Wache hielten. »Verdammtes Dreckswetter«, fluchte er leise. »Jedoch bestens geeignet für unseren Spähtrupp«, fügte er betont forsch hinzu. Kaum noch Herr seiner ängstlichen Ungeduld, bewegte er sich durch den tiefen Morast fünf Schritte vor und wieder zurück. »Schmitz müsste mit seinen Leuten schon lange wieder zurück sein«, murmelte er mehr zu sich selbst als zu den Untergebenen. Unwillig blickte er zu Karl, der unvermittelt von einer heftigen Hustenattacke überfallen wurde. »Unterlassen Sie das gefälligst!«, wisperte er übernervös. »Der Feind kann jedes Geräusch bis in seinen Frontgraben hören. Wenn Sie nachher abgelöst werden, gehen Sie gefälligst zum Sanitätsunterstand und lassen sich was verordnen!« Während der langsam verrinnenden Nachtstunden war es an ihrem Frontabschnitt erstaunlich ruhig geblieben. Nur vereinzelt hatte man weit entfernte Sperrfeuer oder Detonationen gehört. Jedes Mal war er danach überreizt aufgesprungen, weil er den Auftrag des Aufklärungskommandos als gescheitert ansehen musste, wenn seine Leute umgekommen wären. Und was hätte er Major Schneider mitteilen können, der ihm den ausdrücklichen Befehl gab, die Führung der immens wichtigen Erkundungsmission selbst zu übernehmen? Plötzlich konnte man deutlich die Worte »Stahlgewitter« vernehmen und sofort antwortete der Oberleutnant erleichtert mit der gleichen Parole. »Das muss Schmitz sein!«, raunte er in Hugos Ohr.

Blutbefleckt kletterte Franz über die Brüstung des Frontgrabens, nahm – von den grauenvollen Erlebnissen der letzten Stunden traumatisiert – vor Meul Haltung an und rasselte mit stierem Blick stereotyp sein Sprüchlein herunter. »Melde gehorsam das Ableben des Hauptgefreiten Renk und des Gefreiten Gerke. Auf dem Rückweg wurden beide von Minen zerrissen!«

Der Oberleutnant hatte die beiden gefallenen Soldaten gedanklich sofort ad acta gelegt. Sein eingeengter Denkbereich war in diesem Moment nur noch auf einen einzigen Punkt fixiert. Mit bebender Stimme fragte er: »Brachten Sie etwas in Erfahrung? Wie stark ist der Gegner?«

»Von einem bewaldeten Hügel konnten wir ausmachen, dass mehr oder weniger eine Panzerbrigade – wahrscheinlich Briten – mit ungefähr 40 Tanks hinter den feindlichen Linien liegt.«

»All das ist äußerst ungenau. Aber trotzdem, wie schätzen Sie die allgemeine Lage ein?«

Unentschlossen trat Franz von einem Bein auf das andere, derweil er sich das abwärtsrinnende Blut vom Kinn wischte.

»Sie werden doch wohl nach all den Jahren Fronteinsatz eine Meinung formulieren können«, belferte Meul unsicher und strich sich nervös den Schweiß von der Stirn.

»Möglich wäre, dass nach einem Angriff durch die Panzer die Infanterieeinheiten unsere Stellungen aufbrechen könnten, um danach mit ihrer Kavallerie unsere Linien zu stürmen. Sie haben mindestens 25 Tanks der Typen Mark IV und Mark V, die schneller und geländegängiger sind als die restlichen des Vorgängers Mark I. Alle Panzer waren unterschiedlich entweder mit sechs MGs oder mit zwei 5,7-Zentimeter-Kanonen ausgerüstet. Als wir den Gegner verließen, war alles ruhig.«

Mit resoluter Stimme erklärte Meul: »Da die Ablösung im Anmarsch ist, gehen die beiden Füsiliere des Brandenburgischen mit dem verletzten Oberfeldwebel zum Sanitätsstand. Ich werde bei Major Schneider sofort Rapport im Fernmeldeunterstand machen. Wegtreten!«

Die Soldaten des 64er-Regiments nahmen Haltung an und trotteten hinter dem Oberfeldwebel her, der, aus mehreren Wunden blutend, einige Meter vor ihnen entkräftet durch den sumpfigen Morast wankte.

Begriffsstutzig blickte Karl auf seinen Kameraden, dessen Zähne wie in einem Krampfanfall mahlten. »Was ist mit dir los?«

»Die Stimme des Oberfeldwebels«, keuchte Hugo kreidebleich und stützte sich auf Karl, da ihm seine Beine plötzlich den Dienst zu versagen drohten. »Niemals werde ich den Tonfall dieser gottverfluchten Stimme vergessen können!«

*

Meul drehte die Kurbel des Feldtelefons und wartete in stramm aufgerichteter Körperhaltung darauf, dass er dem Vorgesetzten seine persönliche Lageeinschätzung unterbreiten konnte. Als sich der Major am anderen Ende unwirsch meldete, nahm der Oberleutnant Haltung an, schlug die Hacken zusammen und klärte Schneider in epischer Breite über den derzeitigen Sachstand auf. »Bei der momentanen Überlegenheit des Feindes sollte noch einmal in aller Ruhe über die Strategie des Angriffs nachgedacht werden«, empfahl er zum Schluss beflissen, obwohl man bei dem in der Etappe weilenden Generalstab die hehre Meinung vertrat, die Regimenter erbarmungslos nach vorne zu schicken, weil nur noch eine Überrumplung des materialmäßig überlegenen Gegners zum Erfolg führen könnte.

»Sie hegen also die absolute Gewissheit – nachdem Sie sich mit eigenen Augen von der derzeitigen Lage des Feindes überzeugt haben –, dass im Moment auf keinen Fall mit einer Offensive gerechnet werden kann!?«

Wie immer, wenn sich Oberleutnant Meul durch arrogantes Palavern zu weit vorgewagt hatte und man ihn zwang, Farbe zu bekennen, besann er sich auf seine lange preußische Militärzeit, in der man die Offiziere des deutschen Heeres mannhaft gedrillt hatte, auf eine klare Frage bestimmt und unumstößlich zu antworten. Als er nach kurzem Zögern mit einem deutlichen »Ja« seine Meinung kundtat, beendete der Major ohne Gruß die Unterredung. Noch im gleichen Augenblick, als der Oberleutnant zaghaft den Hörer auflegte, wurden seine Knie weich und er ahnte, dass ihm in diesem Moment der größte Fehler seines Lebens unterlaufen war.

*

Hugo ließ den Oberfeldwebel während der Behandlung im Sanitätsunterstand nicht aus den Augen. Nachdem man Karl einen Hustensaft verabreicht und ihm Tabletten zugesteckt hatte, hörte Hugo mit geschlossenen Augen noch einmal angestrengt auf den Klang der Worte, die Schmitz mit dem Sanitäter austauschte. Ein Irrtum war vollkommen ausgeschlossen, auch wenn der Satan in Menschengestalt von damals heute über 50 Jahre hätte alt sein müssen. Misstrauisch und seelisch aufgewühlt verfolgte er in Karls Begleitung den am Kopf stark bandagierten Oberfeldwebel bis zu seinem Unterstand und verbarg sich in der Nähe des Eingangs. Beschwörend hielt er den Zeigefinger vor den Mund, als Karl zum Sprechen ansetzen wollte, und lauschte gebannt.

»Julius!« Franz lehnte sein Gewehr an die Wand und rüttelte grob am Arm des schlafenden Kameraden.

Der Gefreite fuhr erschrocken in die Höhe. »Gott sei Dank, du bist von diesem Himmelfahrtskommando heil zurückgekehrt«, flüsterte Julius überglücklich. »Was ist mit Renk und Gerke?«

Als Schmitz mit versteinertem Gesicht stumm den Kopf schüttelte, brach sein Kamerad laut in Tränen aus und zitterte unvermittelt am ganzen Leib wie Espenlaub.

»Reiß dich zusammen!«, brüllte Franz und schüttelte Julius entnervt so lange, bis der Geschockte sein Schluchzen wieder unter Kontrolle brachte. »Hör zu!« Aus seinem Rucksack holte er einen braunen Lederbeutel hervor. »Wie ich dir erzählte, schrieb Maria in ihrem letzten Brief, dass beim zweiten Bombardement auf Cöln sowohl unser Haus als auch der Feinkostladen zerstört wurde. Keinem passierte etwas, weil alle just zu diesem Zeitpunkt Benjamins achten Geburtstag bei Cillis Eltern feierten. Dieses unglaublich wertvolle Schmuckstück«, er holte das diamantbestückte Goldhalsband heraus, »ist alles, was die Familie noch besitzt. Sollte ich fallen, wirst du die kostbare Pretiose meiner Frau übergeben. Vielleicht kann es helfen, die vielen hungrigen Mäuler unserer Familie zu stopfen.«

Wie versteinert starrte Hugo auf das Collier, dessen funkelnder Anblick schmerzhafte Blitze in seinem Kopf entzündete, die imaginäre Bilder aus der Kindheit heraufbeschworen. Zitternd umklammerte er seine Pistole, wie ein Ertrinkender den rettenden Strohhalm. Vor seinem inneren Auge erschien der Schattenumriss eines Kolosses. Dann entstand das Zerrbild einer erhobenen, riesigen Männerhand, die eine Peitsche umklammert hielt. Während die *neunschwänzige Katze* auf den Rücken eines verängstigt wimmernden Kindes niedersauste, ertönten die Angst einflößenden Worte: »Wenn du je von der Halskette erzählst, breche ich dir zuerst alle Knochen und schneide dir anschließend die Gurgel durch.«

Wie von allen Furien gehetzt stürzte er sich mit entsicherter Pistole auf den Oberfeldwebel. »Dies ist das Collier meiner verstorbenen Mutter!«, schrie er ihm hysterisch entgegen. Reaktionsschnell griff Franz nach dem Gewehr, legte an, betätigte den Abzug und bemerkte mit Entsetzen, dass seine Waffe noch gesichert war. Zur gleichen Zeit, als die Kugeln des Füsiliers seinen linken Oberschenkel zerfetzten, schien urplötzlich die Hölle zu explodieren. Der Feind hatte die Offensive eröffnet und feuerte aus allen Rohren.

14

Templin, Uckermark
10. November 1918

Die Dämmerung war aufgrund des wolkenverhangenen, regnerischen Wetters schon früh hereingebrochen, als vor dem roten Backsteinhaus in der Kantstraße ein Fahrzeug mit quietschenden Bremsen hielt. Käthe zog die kleine Spitzengardine am Küchenfenster zurück und atmete erleichtert auf, als sie auf der Straße Luise mit dem Kind aus dem Kleinlaster ihres Arbeitgebers steigen sah. Mit leisen Schritten ging sie über den engen Flur. Beruhigt horchte sie auf Marlenes tiefe Atemzüge, die aus ihrem gemeinsamen Schlafzimmer hinaus auf den Gang drangen, bevor sie lautlos die Pforte öffnete. Behutsam nahm sie Paul vom Arm der vor Anstrengung keuchenden Mutter, die daraufhin sorgfältig die Eingangstür verriegelte. »Hast du das Allerneueste gehört?«, überfiel sie Luise mit einem erregten Wortschwall.

»Nein!«

Käthe drückte dem Kleinen einen Kuss auf sein Stupsnäschen. »Als ich heute Morgen an der Ecke im Lebensmittelgeschäft die letzten Rübchen erstehen konnte, erzählte man sich, dass Zar Nikolaus II. zusammen mit seiner gesamten Familie von aufständisch-bolschewistischen Truppen in Jekaterinburg erschossen wurde. Außerdem wisperte man hinter vorgehaltener Hand, dass in Kiel und Wilhelmshaven die Matrosen unserer Hochseeflotten Ende Oktober gemeutert haben sollen. Angeblich weigerten sie sich, in das Gefecht gegen die britischen Verbände zu gehen. Seitdem hätten die Matrosen in ganz Deutschland, gemeinsam mit den revolutionären Arbeiter- und Soldatenräten, in vielen Städten die Verwaltungen besetzt. Und gestern erreichte die Revolution unsere Reichshauptstadt

Berlin. Man forderte öffentlich zum Bruch mit der Monarchie auf. Außerdem geht das Gerücht um, dass der Sozialdemokrat Scheidemann von einem Fenster des Berliner Reichstages die **Republik**, während zwei Stunden später Karl Liebknecht vom Balkon des Berliner Schlosses **die freie sozialistische Republik** ausgerufen hätte. Im ganzen Land herrscht seitdem ein einziges Durcheinander und man spricht davon, dass der Krieg zu Ende sei. Ob das alles nur Gerüchte sind oder …«

»Das sind keine Gerüchte!«, fiel ihr Luise ins Wort. »Auf den Straßen sind unruhige Zeiten ausgebrochen. Von Röddelin bis hier haben wir viele Protestgruppierungen mit Hunderten von Demonstranten gesehen. Jene, die für den linksradikalen Spartakusbund und die USPD Transparente trugen, skandierten lauthals: ›Alle Macht den Räten!‹« Sie hängte eiligst die schwere Eisenkette vor den Eingang, ehe sie ängstlich weitersprach: »Aber auch die liberalere und gemäßigte Gegenseite machte auf mich einen sehr aufgeregten und äußerst gewaltbereiten Eindruck.«

Noch bevor sie die Küchentür hinter sich geschlossen hatten, hielt der kleine Paul seiner Tante mit ausgestreckten Ärmchen ein Stück Speck unter die Nase, das er während der ganzen Zeit wie einen kostbaren Schatz an seine Brust gepresst hielt. »Schinken!«, rief er, roch daran wie ein alter, versnobter Gourmet und krähte aufgekratzt: »Hm, lecker!«

Obwohl Käthe beim Anblick und Geruch des über lange Zeit entbehrten Geräucherten das Wasser im Mund zusammenlief und sie am liebsten sofort hineingebissen hätte, fiel sie prustend in das Kichern ihrer Freundin ein, nachdem sie den vierjährigen Buben auf die Erde gestellt hatte.

»Mein Arbeitgeber ist völlig vernarrt in Paul«, lachte Luise, »deshalb schenkt er ihm zum Abschied jedes Mal etwas besonders Nahrhaftes.« Nach dem langen und arbeitsreichen Tag setzte sie sich erschöpft auf den wackligen Küchenstuhl, dessen Rückenlehne schon lange das Opfer wärmender Flammen geworden war.

»Deshalb nimmst du ihn ja auch jeden zweiten Tag mit auf den kleinen Bauernhof, wenn du dort den Haushalt machst«, scherzte Käthe, schnitt mit dem Küchenmesser ein winziges Stück Schwarte vom nahrhaft-fetten Speck, steckte es in den Mund und verdrehte genüsslich die Augen, als sich der Geschmack der selten genossenen Köstlichkeit auf ihrer Zunge ausbreitete.

»Seit sich die Bauersfrau das Bein gebrochen hat, kann ihr geplagter Mann – neben der Landwirtschaft und dem Versorgen der Tiere – nicht auch noch die Hausarbeit bewältigen. Und wie mir scheint«, spaßte Luise verschmitzt, derweil ihre Freundin noch immer verzückt auf der Speckschwarte herumkaute, »gefällt es auch dir, dass ich anschließend jedes Mal in Naturalien entlohnt werde.« Behutsam nahm sie ein Stückchen sorgfältig verpackte Butter, sechs große Kartoffeln, einen Kopf Weißkohl und eine Kanne Milch aus ihrem Rucksack. Mit freudestrahlenden Augen legte sie die Kostbarkeiten auf den Küchentisch.

»Heute Abend gibt es ein Festessen mit Speck«, sagten beide wie aus einem Mund und stimmten anschließend ein glückliches Gelächter an, das der kleine Paul mit seinem fröhlichen Krähen untermalte.

»Hat Bauer Gutmann inzwischen etwas über den Verbleib seines einzigen Sohnes erfahren können?«, fragte Käthe. Sorgsam achtete sie darauf, die Kartoffeln so dünn wie möglich zu schälen.

»Nein«, seufzte Luise. »Sein letzter Feldpostbrief aus Frankreich war vom Februar 1918; danach hörten seine Eltern nichts mehr von ihm und alle Nachforschungen blieben erfolglos.«

»Morgen hätte ich Gelegenheit, bei den Hamburger Pflegerinnen des *Vaterländischen Frauen-Hülfs-Vereins* Erkundigungen einzuziehen. Denn ich weiß, dass man in der Hamburger Rote-Kreuz-Zentrale eine Auskunftsstelle für Vermisste eingerichtet hat, bei der nicht nur der Soldat, sondern auch die Zivilbevölkerung Erkundigungen einholen kann.«

»Bist du dir sicher, dass bei der landesweit grassierenden Grippeepidemie Hamburg Rote-Kreuz-Helferinnen für das Prenzlauer Reservelazarett abzweigen kann?«

»Das sagte man mir fest zu«, beharrte Käthe. »Wenn nicht, dann müsste ich die weit über hundert verwundeten deutschen Soldaten, die wir morgen aus den Ostgebieten am Prenzlauer Bahnhof erwarten, alleine mit Dr. Findeisen betreuen. Alle anderen unseres Stabes fesselte die Grippe inzwischen ans Bett und wir mussten in unseren Reihen – auch wegen der schlechten Ernährung – schon einige Todesfälle beklagen. Außerdem teilte mir Schwester Gertrude mit, dass in Hamburg sogar die Vorstandsdamen des Frauen-Hülfs-Vereins für die Pflege der Soldaten eingesprungen wären, weil bei ihnen ebenso Hilfsschwestern ausgefallen sind. Sogar 200 Zigaretten will sie aus ihrer *Annahmestelle der allgemeinen Liebesgaben-Versorgung* abzweigen, welche die Schwestern des Hülfs-Vereins bei der opferfreudigen Hamburger Bevölkerung gesammelt haben. Kannst du dir vorstellen, wie glücklich die verwundeten Soldaten sein werden, wenn sie endlich, nach langen, entbehrungsreichen Kriegsjahren, in die Heimat zurückkehren und man sie liebevoll betreut?«

In stiller Vorfreude auf den nächsten Tag deckte Käthe den Tisch und Luise ging auf Zehenspitzen in das Schlafzimmer der Freundin, um deren Tochter zu wecken. »Lenchen«, flüsterte sie der Kleinen ins Ohr, die sich verschlafen die Augen rieb und herzhaft gähnte. »Heute gibt es etwas ganz Feines zu essen.«

Mit strahlenden Augen blickte Marlene auf das große Glas Milch neben ihrem gefüllten Teller, als sie in die heimelige Küche trippelte. Mit Genuss tranken sie die frische, gewärmte

Milch, ehe sich alle voller Appetit über das köstlich duftende Essen auf ihren Tellern hermachten.

Nachdem man gesättigt war, blickte Käthe zum Küchenfenster, an dessen Glas dicke Regentropfen prasselten. »Wie mag es unseren Männern gehen?«, fragte sie mit traurigem Blick. »Ob sie ausreichend mit Essen und Trinken versorgt werden? Jedes Mal, wenn ich verwundete Soldaten pflege, hoffe ich immer, dass man sich genauso um unsere Männer kümmert. Hugos letzter Feldpostbrief war auf den 14. Oktober 1918 datiert, als die beiden wieder an die Westfront verlegt wurden.«

Die gehobene Stimmung war verflogen. Die Ungewissheit über den Verbleib ihrer Männer und die Sorge um ein Land, dessen Wirtschaft völlig am Boden lag und kurz vor dem Ausbruch eines Bürgerkrieges zu stehen schien, veranlasste die beiden Frauen, einander tröstend in die Arme zu nehmen und sich gegenseitig Mut zuzusprechen.

15

Sivry bei Verdun, Frankreich
6. Februar 1919

Der Zug dampfte durch die sternenklare Nacht und die schneidende Kälte kroch mit unbarmherziger Stetigkeit durch die Ritzen des Viehwaggons, in dem Hugo mit angewinkelten Beinen neben vielen verwundeten Soldaten hockte. Karls fiebrig heißer Kopf lag auf seinem Oberschenkel, wobei der keuchend hervorgestoßene Atem des Leidenden das Stöhnen der zum Teil erheblich verletzten deutschen Kriegsgefangenen übertönte. Nur die Kranken erhielten das Privileg, sich auf dem von menschlichen Exkrementen verunreinigten Stroh – das verklumpt und modrig-nass auf der Erde des Wagens lag – ausstrecken zu dürfen. An jeder neuen Station prügelten die vor Ort bereitstehenden französischen Wachmannschaften mit ihren Gewehrkolben neue deutsche Kriegsgefangene in den Waggon, sodass die Soldaten dicht aneinandergedrängt nur noch in verkrümmter Haltung eine hockende oder stehende Stellung einnehmen konnten.

An der vorletzten Station stellte eine schmierig aussehende Alte zwei riesige schmutzig-zerbeulte Blechkübel, gefüllt mit stinkender Fischsuppe, in den Wagen. Während sich die ausgehungerten Landser die Suppenkelle fast aus der Hand schlugen, überschüttete die zahnlose Alte mit hassverzerrtem Gesicht die Soldaten mit einem Schwall französischer Schimpfwörter. Als Hugo sich anschickte, einen Teil der *Bouillabaisse* für seinen kranken Kameraden einzufordern, hielt ihn ein junger Landser am Ärmel zurück und flüsterte, indem er angestrengt mit dem blutigen Stumpf seines linken Armes gestikulierte: »Wenn ich das richtig verstanden habe, dann hat die alte Hexe uns nicht nur die Suppe absichtlich versalzen, sondern so präpariert, dass man davon Durchfall bekommt.«

Nach einer knappen Stunde konnte man gewiss sein, dass der Kamerad die bösartig ausgestoßenen Verwünschungen richtig interpretiert hatte. Der Gang zur vorderen Waggonecke, in dessen Boden – zwecks Verrichtung der Notdurft – ein Loch klaffte, war ständig von ungeduldig Wartenden verstellt, sodass viele es nicht mehr bis zum Abort schafften. Der Gestank der menschlichen Exkremente vermischte sich mit dem süßlichen Geruch der eiternden und schwärenden Wunden der Versehrten. Dazu gesellte sich bei den völlig Entkräfteten zu den heftigen Durchfallattacken nach einer weiteren Stunde ein unbeschreiblicher Durst.

Als der Zug nach zwölf Stunden erneut hielt, stürzten sich die Kriegsgefangenen aus der Waggontür. Die französischen Wachposten vor dem Zug schüttelte mit eisigen Mienen abweisend die Köpfe, als sie von den Gefangenen auf Knien um Wasser angefleht wurden. Selbst die brutal ausgeteilten Kolbenhiebe konnten nicht verhindern, dass sich die vor Durst halb wahnsinnigen Deutschen auf die von Raureif überzogenen Eisenteile des Zuges stürzten, um gierig daran zu lecken. Als einige mit der Zungenhaut an den von starkem Frost überzogenen Eisenteilen hängen blieben, lachten die französischen Soldaten schadenfroh und einer von ihnen rief hämisch in einwandfreiem Deutsch: »Nachdem wir den Krieg gewonnen haben, können wir endlich Gleiches mit Gleichem vergelten! Denn wie lautete euer bösartiger Kampfruf, bevor ihr die Menschen in unserem Land überfallen und brutal abgeschlachtet habt: ›Jeder Schuss ein Russ! Jeder Stoß ein Franzos!‹«

Ohne Aufenthalt rollte der Zug weiter. Nach der dritten Nacht, die sie ohne einen Tropfen Wasser verbringen mussten, verdursteten viele verwundete und vom Durchfall geschwächte Soldaten qualvoll.

»Kamerad, weißt du eigentlich, wohin man uns transportiert?«, fragte Hugo mit rauer Zunge, die dick und geschwollen an seinem ausgedörrten Gaumen klebte.

Mühsam hob der junge Mann seinen Kopf und krächzte mit brüchiger Stimme: »Wir werden zurück in die Hölle von Verdun geschickt. Denn wie der französische Wachposten seinem Kameraden bei unserem letzten Aufenthalt zynisch mitteilte, sei es nicht nur Ironie des Schicksals, sondern ausgleichende Gerechtigkeit, wenn wir *Boches* all das wieder instand setzen müssten, was wir vorher zerstört hätten. Das heißt, dass wir mit wunden Fingern und gebrochenem Rückgrat die abertausend Tonnen von Stahl aus der Erde ziehen werden und das Land von Minen, Gasgranaten und sonstigen überaus gefährlichen Blindgängern befreien sollen.«

Entsetzt wandte Hugo den Blick von dem stumpf vor sich hinstarrenden Gesicht des Unheil verkündenden Sprechers zum schweißüberströmten Antlitz des Freundes, dessen Kopf noch immer in seinem Schoß ruhte. Der Krieg ist zwar beendet, aber ob Karl diese unmenschlichen Strapazen lebend überstehen wird, ist äußerst fraglich, dachte er gequält, ehe er vor Erschöpfung in einen unruhigen Schlaf fiel.

Plötzlich, unter lautem Quietschen, hielt der Zug abrupt. Erschrocken fuhr Hugo in die Höhe und starrte auf die Waggontür, die mit einem Ruck geöffnet wurde. Die davorstehenden französischen Soldaten zielten mit grimmigen Gesichtern in den Wagen und traten angewidert einen Schritt zurück, als ihnen die nach Pestilenz stinkende Luft aus dem Inneren entgegenschlug.

Mit steifen Gliedern stiegen die völlig Entkräfteten über ihre toten Kameraden ins Freie, wo sie von zerlumpten deutschen Kriegsgefangenen in Empfang genommen wurden, die sie mit teilnahmsloser Stimme aufforderten, sich in Dreierreihen aufzustellen.

Karls Beine versagten ihm den Dienst. Immer wieder sackte er neben Hugo zusammen, der die letzten Reserven seiner Kräfte aufbieten musste, um den Kameraden in aufrechter Stellung zu halten. Verzweifelt zog er den linken Arm des Freundes um seinen Nacken. »Karl, du musst durchhalten! Es ist nicht mehr weit bis zum Lager«, versuchte er ihm Mut zu machen.

Einer der zerlumpten Deutschen, aus dessen linkem, zerrissenem Hosenbein ein Holzstumpf hervorlugte, drehte sich vorsichtig zu ihnen um und legte Karls schlaff herabhängenden rechten Arm um seinen Hals. »Woher kommst du, Kamerad?«, fragte er Hugo mit leiser Stimme und drehte dabei ängstlich seinen Kopf nach allen Seiten.

»Aus der Uckermark, aus Templin«, raunte Hugo zurück.

»Das vernahm ich an eurem Dialekt. Mein Name ist Alfred Gutmann.« Seine düsteren Züge erhellten sich, als er freudig hinzufügte: »Ich wohne gleich in der Nähe, in Röddelin.«

»Hast du gehört, der hilfreiche Kamerad ist aus der Heimat«, wisperte Hugo seinem Freund aufmunternd ins Ohr. Mit dankbarer Freude nahm er zur Kenntnis, dass sich auf Karls Gesichtszügen die Andeutung eines Lächelns zeigte.

Als jäh das Stakkato französischer Befehle durch den makellos jungfräulichen Sonnenaufgang fetzte, setzte sich der endlose traurige Zug der Kriegsgefangenen im Gleichschritt in Bewegung. Karl wurde, wie die anderen Schwerverletzten, in die Mitte genommen, sodass keiner zurückbleiben musste. Obwohl vorwärts marschierend, war Hugos entsetzter Blick nach rückwärts gerichtet. Fassungslos schaute er auf die vielen Kameraden, deren leblose Hüllen man wie tote Viehkadaver aus den schmutzigen Waggons auf die hart gefrorene Erde warf, um sie anschließend wie unbrauchbaren Abfall übereinanderzustapeln.

»Hört zu!«, forderte Gutmann Hugo auf, sich nach ihm umzudrehen. »Wenn ihr gleich im Lager ankommt, wird –

meist durch weibliche Ärzte – die Arbeitsfähigkeit festgestellt. Da dein Kamerad Fieber hat, wird man ihn wahrscheinlich in die überfüllte Krankenbaracke einweisen, um ihn für die menschenunwürdigen Frondienste wieder aufzupäppeln. Wenn es heißt: Hose runter, kann ich dir nur raten«, seine Stimme nahm einen beschwörenden Ton an, als er tief in Hugos Augen blickte, »dich selbst und deine Gesäßmuskeln in einem abgeschlafften Zustand zu präsentieren, damit man dich der Abteilung für leichtere Arbeiten zuteilt. Vielleicht hast du bei diesem enormen Andrang das Glück, dass man deine Hinterbacken nur flüchtig betrachtet. Sollte man dich aber zur Überprüfung in die Gesäßmuskeln kneifen, erfolgt bei deinem verhältnismäßig guten Ernährungszustand die Einstufung in die Kategorie I. Dieser Gruppe werden die schwersten Arbeiten übertragen und danach wirst du in Bälde Bekanntschaft mit Gevatter Tod machen.«

»Aber die Haager Landkriegsordnung von 1907 garantiert den Kriegsgefangenen menschliche Behandlung und …«

Gutmann konnte es sich leisten, laut und verbittert aufzulachen, weil der scharfe Klang der vielen gleichmäßig marschierenden Stiefel auf dem harten Straßenpflaster jeden anderen Laut überdeckte. »Wenn du Offiziersgefangener wärest, die man in separaten Lagern besser als uns untergebracht hat, könntest du eventuell auf die Einhaltung der Haager Landkriegsordnung pochen. Der einfache deutsche Landser jedoch …«, Gutmann zögerte einen Moment, sein hasserfüllter Blick war auf die den Zug flankierenden französischen Soldaten gerichtet, die mit kräftigen Gewehrkolbenstößen unnachgiebig auf jeden einschlugen, der nach Luft japsend eine Sekunde am Straßenrand stehenzubleiben versuchte, »… muss sich als Kriegsgefangener unter der Knute der französischen Wachmannschaften beugen, wenn ihm sein Leben lieb ist. Denn zu unserer Bewachung setzt man Soldaten ein, die nach Kriegsende aus deutscher Gefangenschaft in ihre

Heimat entlassen wurden. Und sie geben uns ohne Erbarmen ausnahmslos das zurück, was sie vorher an Grausamkeiten in unseren Gefangenenlagern zu erleben genötigt wurden.«

Bestürzt schaute Hugo in Gutmanns Gesicht. Jedoch blieb ihm keine Zeit, weitere Fragen zu stellen, da sie unvermittelt durch den großen Torbogen auf einen durch Granaten aufgerissenen Hof marschierten. Der Anblick der vielen zerbombten Kasernengebäude, deren Dächer man notdürftig mit Brettern und Planen abgedeckt hatte, ließ die Vermutung zu, dass ihnen Wohnbereiche zugewiesen würden, die, nass und zugig, der beißenden Kälte nicht den mindesten Widerstand leisten konnten. Vor den vielen maroden Mauern der Unterkunftseingänge waren Dutzende von Leichen in zerrissenen deutschen Uniformen übereinandergetürmt, da der tief gefrorene Boden keine Bestattungen zuließ. Daneben standen mit gespreizten Beinen finster dreinblickende Wachmannschaften, die mit unbeweglichem Gesichtsausdruck das Ende ihrer Gummiknüppel in die Hand sausen ließen.

Ich befinde mich jetzt im 31. Lebensjahr, dachte Hugo deprimiert, und die meiste Zeit meines Daseins war ich dem Diktat, den Befehlen oder Repressalien anderer Menschen ausgesetzt. Niedergeschlagen blickte er auf die Krater- und Trümmerlandschaft um sich herum. Ob es nach dem entsetzlichen Krieg jemals wieder ein normales Leben für mich und die Meinen geben wird?, fragte er sich, und als er an sein nunmehr sechs Jahre altes Töchterchen dachte, weinte er bitterlich.

16

Köln-Ehrenfeld
4. Oktober 1919

»Auch wenn ich euch nie verjessen werde, datt ihr meine Schwiejertochter, die acht Enkelschen und mich in dat jroße Haus aufjenommen habt«, Anna saß zusammengesunken in ihrem Stuhl und betupfte mit dem Saum ihrer blau geblümten Schürze die rot geränderten Augen, bevor sie mit dankbarem Blick zu Cecilias Eltern aufsah, »so sehe ich noch immer des Nachts in meinen Albträumen, wie die feindlichen Soldaten mit den Händen die Bomben aus ihren Flugzeugen werfen, die neben janz vielen Jebäuden am Neumarkt auch unser Haus und den Feinkostladen innerhalb wenijer Minuten zerstört haben. Die Trümmer sahen jenauso aus wie anno 1898, als der wilde Sturm über den Süden von Köln jerast war, die Maschinenbau-Anstalt in Bayenthal zerstörte und in Poll die Kirchturmspitze durch die Decke in dat Jotteshaus jedrückt hatte. Zwei Leben waren zu beklagen und über 1000 Menschen haben ihr Hab und Jut verloren.« Ihr Atem ging heftig, als sie von schrecklichen Kindheitserinnerungen heimgesucht wurde. »Damals haben meine Eltern in Bayenthal alles verloren; wir waren obdachlos und mussten in bitterster Armut leben. Und nun ereilt mich erneut dat jleiche Schicksal.«

Anteilnehmend strich Cecilia über Annas Wangen. »Das Wichtigste ist, dass unser aller Leben verschont wurde«, versuchte sie ihre Tante zu trösten. »Aber ganz sicher wird jeder von uns Benjamins achten Geburtstag niemals vergessen können. Nichtsahnend rannten wir damals neugierig auf die Straße, als der Flugzeuglärm über unseren Häusern anschwoll. Und nachdem sich die Rauch- und Staubwolken gelegt hatten, zählten die verstörten Einwohner Kölns laut Zeitungsberichten 23 Bomben, welche auf die schöne Stadt gefallen waren, und die geschockte Bevölkerung musste um viele Tote und Verletzte trauern.«

»Du hast recht Cilli. Ich weiß, datt wir eijentlich dem juten Herrjott danken müssen, datt der schreckliche Krieg zu Ende is und datt Er uns mit dem Leben davonkommen ließ.« Anna schnäuzte sich laut und ungeniert in das Blau ihrer gestärkten Küchenschürze. »Aber wenn unser Kölner Oberbürjermeister Konrad Adenauer damit rechnet, datt für dat deutsche Kaiserreich und Seine Majestät mehr als 15.000 Kölner Soldaten im Krieg jefallen sin, dann müssen auch wir davon ausjehen, datt sich jejebenenfalls der Franz und der Julius ebenso unter den vielen bemitleidenswerten Opfern befinden.«

Beunruhigt schaute Cecilia zu ihrer Cousine Maria hinüber, die schon seit Stunden regungslos auf einem Hocker saß und stoisch aus dem Fenster der geräumigen Küche ihrer Mutter starrte. Es war das einzige Zimmer in dem riesigen Haus ihrer Eltern, das man wegen der Brennstoffknappheit beheizte. »Tante Schmitz«, versuchte sie der verwirrten Freundin ihrer Mutter ins Gedächtnis zurückzurufen, »seit dem Waffenstillstand von Compiègne war nicht nur der Krieg am 11. November 1918 beendet«, sie warf einen besorgten Blick auf ihren zweijährigen Sohn, der friedlich in seinem Bettchen neben dem großen eisernen Küchenherd schlummerte, und senkte ihre Stimme, »sondern der Kölner Sozialdemokrat Sollmann erinnerte die Kölner schon vorher daran, dass unser Deutsches Reich keine Monarchie mehr ist.«

»Der jute alte Kaiser Wilhelm rejiert uns nit mehr?« Verstört blickte die weißhaarige Oma in die Gesichter ihrer Verwandten.

»Auf dem Dach eines Autos stehend rief dieser große Sozialdemokrat schon am 8. November die sozialistische deutsche Republik aus«, bestätigte kopfnickend Cecilias Vater, ein lang aufgeschossener, magerer Mittsechziger. Mit gerunzelter Stirn strich er sich durch sein Haar, ehe er der konfus dreinblickenden alten Dame voller Leidenschaft weiter zu erklären versuchte: »Du kannst doch nicht vergessen haben, dass damals auch der Gouverneur der Festung Köln abdankte!?«

Anna Schmitz schüttelte ungläubig den Kopf und blickte irritiert auf den erstaunt dreinsehenden Erzähler, der nicht begriff, dass der erneute Verlust des geliebten Heims die alte Frau vollkommen verwirrte.

»Aber Anna«, begann er erneut, »aus jedem Zeitungsartikel oder Extrablatt lasen wir doch auch dir vor, dass – nachdem jene aufständisch agitierenden 200 Kieler Matrosen die inhaftierten Kölner Zivil- und Militärgefangenen befreit und die wichtigen Nachschublinien der Rheinbrücken besetzt hatten – es nur dem besonnenen Einschreiten von Sollmann und Adenauer zu verdanken war, dass es nach der überschwappenden norddeutschen Revolutionsbewegung in Köln nicht zu größeren Ausschreitungen gekommen ist.«

»Aber noch immer – und das seit knapp einem Jahr – haben wir die britischen Besatzungstruppen im Rheinland und unsere heldenhaften Abgeordneten tun nichts dagegen«, bemühte sich Cecilias Mutter Mathilde von dem zeitweiligen Gedächtnisverlust ihrer besten Freundin abzulenken. Erregt sprang sie von ihrem Stuhl auf. »Dafür unternahm unsere Volksvertretung kürzlich jedoch den tollkühnen Schritt – nach 19-jährigem Streit –, den Stadtnamen Cöln wieder mit *K* zu schreiben. Als wenn es in diesen schweren Zeiten nichts Wichtigeres zu tun gäbe«, fügte sie mit sarkastischem Unterton hinzu. Verärgert streifte sich die zur Fülle neigende Mittfünfzigerin den verwaschenen bläulichen Wollrock glatt, kämmte mit sorgfältig gezogenen Strichen ein paar gelockerte grau melierte Haarsträhnen aus der Stirn und befestigte sie mit geübten Handgriffen mittels des Haarkamms unter dem voluminösen Dutt in ihrem Nacken.

»Als im Dezember des vorigen Jahres das 55.000 Mann starke britische Militär über die Aachener Straße nach Köln einmarschierte, um für Ruhe und Ordnung zu sorgen«, flüsterte Maria mit monotoner Stimme, derweil ihr leerer Blick noch immer auf das von Nebelschwaden verhangene Küchenfenster gerichtet blieb, »fiel mir ein schwerer Stein vom Herzen. Denn zu dieser Zeit befand sich die Revolution schon in einer radikalen Phase. Ich traute mich mit meinen Kindern nicht mehr, die unsicheren Kölner Straßen zu betreten, um unter den rückmarschierenden deutschen Truppen nach Franz und Julius zu suchen.« Ein tiefer Seufzer entrang sich ihrer Brust. »Und wie ihr wisst, blieben ja auch meine Nachforschungen beim Internationalen Komitee des Deutschen Roten Kreuzes bis zum heutigen Tage erfolglos.«

Mitfühlend blickte Mathilde auf Maria. »Auch wenn damals der britische Generalgouverneur Ferguson die Unverfrorenheit besaß, eine nächtliche Ausgangssperre von 21 bis fünf Uhr morgens zu verhängen«, lenkte sie taktvoll ein, »muss ich zugeben, dass ich damals die gleiche Erleichterung fühlte wie Maria. Denn nach der Abdankung Seiner Majestät Kaiser Wilhelms II. gestaltete sich die politische Lage außerordentlich verwirrend, und die Angst vor dem Bolschewismus, der Anarchie oder dem Ausbruch eines Bürgerkrieges war sehr groß.« Gedankenverloren beugte sie sich über Julius' Bettchen und strich dem Enkel sachte über den goldblonden Lockenkopf.

»Obwohl die Siegermächte uns die alleinige Kriegsschuld aufbürdeten und wir Deutschen den sittenwidrigen Versailler Vertrag im Spiegelsaal des gleichnamigen Ortes unterzeichnen mussten, der uns zu enormen Reparationszahlungen zwingt«, erregt strich sich Wilhelm durch sein weißes Haar, »so müssen wir trotz allem Gott dafür danken, dass die gemäßigten Kräfte der SPD, Zentrumspartei und Linksliberalen sich mit der alten Verwaltung und den Militärs relativ rasch auf die Einführung eines demokratisch-parlamentarischen Staatswesens verständigen konnten. Dabei sah es anfangs gar nicht gut aus. Denn die radikal Linksgerichteten der USPD strebten unter Aufbietung aller Kräfte gemeinsam mit dem Spartakusbund eine Räterepublik an und …«

»Sicherlich! Vor allen Dingen diese Spartakus-Bolschewisten unter Karl Liebknecht und Rosa Luxemburg wollten rein gar nichts von einer Demokratie wissen, weil sie sich ausschließlich an den revolutionären russischen Ideologien von Lenin und Trotzki orientierten«, fiel ihm seine Gattin erzürnt ins Wort. »Und diese linken Ideen fanden ja auch leider während der ersten Monate nach dem Krieg eine große Anhängerschaft. Glücklicherweise konnten die vielen gewalttätigen Aufstände durch den Einsatz unserer regulären Truppen niedergeschlagen werden.«

Schmunzelnd blickte Wilhelm auf seine kämpferisch argumentierende Gattin. Seitdem den Frauen nach dem Krieg die Wahlberechtigung zugebilligt wurde und man das Dreiklassen- durch das allgemeine und gleiche Wahlrecht ersetzt hatte, war ihr bis dato verschüttetes politisches Interesse geweckt worden. Sie fühlte sich der Zentrumspartei zugehörig und verteidigte vehement die gemäßigten und klugen politischen Ansichten des Oberbürgermeisters Konrad Adenauer. »Weib«, hänselte er die Gattin, die mit glühenden Wangen – zur Gegenargumentation bereit – auf seine nächsten Worte wartete, »morgen finden die ersten Kölner Kommunalwahlen nach dem Krieg statt! Wirst du nach der Sonntagsmesse richtig und vor allen Dingen wen wirst du wählen?«

»Es handelt sich um eine geheime Wahl!«, konterte Mathilde streitlustig und fiel dann zögerlich in Wilhelms schallendes Gelächter ein, der – wie die anderen im Raum – genau diese Antwort von ihr erwartet hatte.

Als auch Cecilia verstohlen kicherte und sogar Maria zu ihnen hinüberlächelte, legte sich für kurze Augenblicke die dem Wetter angepasste trübe Stimmung im Raum. Allein Oma Anna blickte nach wie vor fragend von einem zum anderen. Die höchst streitbar geführte Diskussion der Verwandtschaft über die sich überschlagenden politischen Ereignisse der letzten Zeit schienen ihrem Gedächtnis komplett entfallen zu sein.

»Wir alle müssen Dank bekunden, dass die Wirren der ersten Nachkriegsmonate vorbei sind«, bekräftigte Wilhelm mit fester Stimme, »und wir sollten uns glücklich schätzen, dass der herausragende Sozialdemokrat Friedrich Ebert im August diesen Jahres zum Reichspräsidenten vereidigt wurde, nachdem er schon kurz zuvor die Weimarer Verfassung in Schwarzburg bei Weimar unterzeichnete.« Alarmiert blickte er auf den kleinen Julius, der sich während der leidenschaftlich geführten Debatte in seinem Bettchen aufgerichtet hatte und erschrocken die lauthals Streitenden ansah.

Sofort stand Maria auf und ging hinüber, um Julius sachte aus dem Bettchen zu heben. Ihn in ihren Armen wiegend, flüsterte sie dem Kleinen tröstende Worte zu. Kaum hatte sich das Kind beruhigt, als mit lautem Getöse die Küchentür aufgerissen wurde. Lärmend und mit erhitzten Köpfen stürzten die Jüngsten der Schmitz-Sippe in die geheizte Küche, denen im sicheren Abstand die beiden 18-jährigen Zwillingsmädchen folgten.

»Oma, Oma!«, rief der neunjährige Benjamin, wobei sich seine Stimme vor Erregung überschlug. »Wir haben die Klopapier-Heftchen auf dem Samstags-Schwarzmarkt verkauft!«

»Alle 20?«, fragte die Oma verdutzt und schüttelte erstaunt ihr weißes Haupt.

Als die drei Jahre ältere rothaarige Sofie mit glänzenden Augen die Worte ihres Bruders bestätigt und dabei begeistert mit dem Kopf nickte, erhob sich die alte Dame schwerfällig. Unter dem riesigen Küchenschrank holte sie eine Rolle mit Seidenpapier heraus, die sie aus den Trümmern ihres zerbombten Geschäftes hatte retten können, und fertigte gemeinsam mit den Enkeln am Nebentisch neue Klopapier-Heftchen. Eifrig reichte ihr Benjamin zwei handtellergroß zurechtgeschnittene Blätter aus altem Zeitungspapier und Sofie ein Seidenblatt in der gleichen Größe. Nachdem der Vorgang 15 Mal wiederholt worden war, zog die Oma als Befestigung durch den oberen Abschnitt eine Kordel.

»Jetzt kommt das Wichtigste!«, rief Benjamin zappelig. »Darüber haben die Leute laut gelacht, sodass immer mehr Menschen zusammenliefen und unser Klopapier kaufen wollten.« Ungeduldig wartete er darauf, dass die Großmutter den Schreibstift zur Hand nahm. Auf das oberste Blatt schrieb die alte Dame im Kölner Dialekt: Die ersten beiden Blätter sin für dat Jrobe, un dat Seidenweiche is zum Blankpolieren.

»Wat hat eure Kölner Kundschaft denn zu meinem kölschen Jeschreibsel jesagt?«, wollte die Oma schmunzelnd wissen.

Sofie lief eilig in die Küchenmitte. Nachdem sie alle Augen auf sich gerichtet sah, stellte sie ihr großes komödiantisches Talent zur Schau, indem sie versuchte, die dunkle Stimme eines Käufers zu imitieren: »Leev Pänz! Ich bin jo e' su jlöcklisch, datt wir kölsche Jecke uns och in e' su schwierije Zeiten nit unterkrieje loße.«

Lachend stellte Helene die beiden Jute-Umhängetaschen der jüngeren Geschwister auf den Tisch. »Die Beutel sind so schwer«, sagte sie und schüttete den Inhalt auf den großen Küchentisch, »dass Magdalene und ich die leckeren Liebesgaben tragen mussten, als wir die beiden vom Markt abholten.«

Das staunende Publikum blickte auf ein breites Sortiment von fast unerschwinglichen, knackig frischen Fressalien aus der Region. Das kostbare Lebensmittelspektrum erstreckte sich von Kartoffeln, vitaminreichen Möhren über Kohlköpfe und Bohnen bis hin zu Tomaten und rotbackigen Äpfeln.

»Die Sofie und ich gehören jetzt aber auch zu **denen**, die für das tägliche Essen der Familie sorgen, oder!?«

»Aber sischer dat, Benjamin!«, bestätigte Oma Anna die Frage des Buben mit freundlichem Lächeln. »Und eines weiß ich jetzt schon: Dat fussije *Itche* wird bestimmt mal eine jroße Schauspielerin und du janz jewiss ein tüchtijer Kaufmann.«

Magdalene legte einen Packen frisch gedruckter Notgeldscheine auf den Tisch, auf deren Vorderseite der Pfennig- oder Reichsmarkbetrag in Ziffern abgedruckt war und deren bunte Rückseiten verschiedenartige Kölner Motive aufwiesen. »Die Inflation schreitet durch die Finanzierung des Krieges, die Reparationszahlungen und die Leistungen für die Kriegsopfer und Hinterbliebenen immer weiter voran, sodass man mit dem Drucken der Reichsmarkscheine nicht mehr hinterherkommt, sagte Onkel Friedhelm, als er uns beiden heute den kümmerlichen Lohn zahlte.«

»Außerdem machte er uns Angst, dass die Arbeit in seiner Textilfabrik immer weniger werden würde«, fügte die Zwillingsschwester Helene freudlos hinzu, »wenn die englischen Besatzungstruppen uns verließen und es für ihn – da der Krieg vorbei – keinen Anlass mehr gäbe, den Soldaten Uniformröcke zu nähen.«

Die Anwesenden nickten bedrückt mit den Köpfen und die Frauen machten sich daran, gemeinsam das Abendessen vorzubereiten.

»Hoffentlich konnten die großen Jungen heute wieder etwas aus dem Schlachthof hinausschmuggeln, damit die Mahlzeit nicht so fade wie unter der Woche schmeckt«, bemerkte Wilhelm und deckte derweil voller Hingabe den Tisch. »Obwohl das Kuchenbackverbot noch immer fortdauert und man uns Kölnern inzwischen sogar verboten hat, Spitzbrötchen oder Röggelchen herzustellen, staune ich trotzdem immer wieder aufs Neue, wie wir es zusammen schaffen, für 14 hungrige Mäuler täglich etwas Nahrhaftes auf den Tisch zu bringen.«

»Wenn sich jeder Mühe gibt und alles zu Hause abliefert …«, antwortete grinsend der stämmige Josef, dessen karottenroter Haarschopf just hinter der geöffneten Küchentür hervorlugte.

»… und der jute Herrjott seinen Sejen dazujibt!«, unterbrach Oma Anna mit aller Strenge Josefs Satz.

»Amen!«, bekräftige Johannes, der zweite Drilling. Beschwingt schob er den dritten Drilling vor sich her bis zum Küchentisch. »So, Bruderherz, dann zeig der hungrigen Familie, was wir dir alles unter das Hemd gesteckt haben.«

Mit treuherzigem Blick streifte Jakob eine weite, grobmaschig gestrickte Jacke ab, griff unter sein dickes Flanellhemd und holte die blutige Hälfte eines Schweinekopfes, vier Paar Schweinsfüße und acht fette Ringelschwänze hervor. Dann entledigte er sich schnell seines nassen, blutdurchtränkten Hemdes und warf es fröhlich feixend über Sofies Schultern. Lachend ließ sich der 17-Jährige von seiner vor Wut und Ekel aufkreischenden kleinen Schwester auf den Boden werfen und wälzte sich mit ihr übermütig auf den Steinfliesen herum.

»Dat is nit nur jemeiner Diebstahl, sondern verstößt auch jejen dat siebte Jebot von den Zehn Jeboten von dem Moses!«, tadelte Oma Anna empört. »Dat müsst ihr alles heute Abend beim Pastor Severin beichten!«

»Aber Großmütterchen«, versuchte der hübsche Heinrich die alte Dame zu beruhigen. »Das ist Mundraub! Und selbst der gute Severin hat mir nach der letzten Beichte nur ein kurzes Vaterunser anstatt des sonstigen Rosenkranzbetens zur Buße auferlegt, weil doch die Zeiten so hart sind.« Mit einem charmanten Lächeln drückte er ihr einen dicken Kuss auf die welke Wange.

Zwar noch immer missvergnügt vor sich hinbrummelnd, wollte Oma Anna anschließend jedoch neugierig wissen: »Wie schafft ihr dat jedes Mal, die juten Jaben aus dem Schlachthof mitjehen zu lassen, ohne aufzufallen?«

»Wenn wir samstags im Schlachthof antreten, drehen wir dem Jakob einige Meter vor der Einlasspforte unsere dicken, langen Wollschals um den Bauch. Jakob gestikuliert beim Türsteher permanent mit seinem verkrüppelten Arm herum und markiert einen hinkenden und blöd brabbelnden Dorftrottel. Wenn die Arbeit beendet ist und wir nach Hause gehen, sind die Schals wieder ordentlich um unsere Hälse gewickelt und wir werden – wie alle anderen auch – von den Kontrolleuren nach Diebesgut abgetastet. Den geistig minderbemittelten und um die Taille gerundeten Jakob lässt der Türsteher Frings stets – voll des menschlichen Mitleids – ohne Inspektion durch das Tor gehen.«

»Ein guter Mensch, dieser Herr Frings«, resümierte Wilhelm und rieb sich voller Vorfreude genüsslich die Hände. Hungrig blickte er auf die brodelnden Riesenkochtöpfe und nach geraumer Zeit sog er genießerisch den Duft des Schweinefleisches ein, das zunehmend sein einzigartiges und appetitanregendes Aroma in der großen Küche verbreitete.

Als die Mahlzeit dampfend auf dem Tisch stand, setzte sich die 14-köpfige Familie mit knurrenden Mägen um die große Speisetafel. Gemeinsam faltete man die Hände, und nachdem Oma Anna das Tischgebet mit dem Wort »Amen!« beendet hatte, öffnete sich plötzlich knarrend die Küchentür.

Zwei zerlumpte, mager und hohlwangig aussehende Männer standen im Türrahmen. Weder schien sie die Verwandtschaft, die sich fassungslos von den Stühlen erhoben hatte, zu interessieren noch zeigten sie Freude über das Wiedersehen mit derselben. Ihre stumpfen Blicke blieben einzig und allein starr auf dem reich gedeckten Küchentisch haften.

17

Templin, Uckermark
13. März 1920

»Du solltest dich morgen nicht an dem ausgerufenen Generalstreik beteiligen.« Käthe schmiegte sich unter dem dicken Plumeau ängstlich an ihren Gatten. »Wenn Reichskanzler Bauer und Reichspräsident Ebert mit ihren Ministern schon vor den Putschisten aus Berlin geflohen sind, dann steht Deutschland zum wiederholten Mal kurz vor einem Bürgerkrieg, falls die reguläre Reichswehr die Aufständischen mit Waffengewalt bekämpfen muss.«

»Aber Käthe«, lenkte Hugo mit beruhigender Stimme ein, »alle freien Bürger müssen jetzt dafür einstehen, dass man eine vom Volk demokratisch gewählte Regierung nicht einfach wegputschen kann, nur um anschließend einen völlig unqualifizierten Generallandschaftsdirektor Kapp als Reichskanzler zu ernennen. Wobei diesem Stümper als erste Amtshandlung nichts Besseres einfällt, als den von Ebert kurz zuvor entlassenen General von Lüttwitz als Reichswehrminister einzusetzen. Wahrscheinlich wollen beide gemeinsam eine Militärdiktatur errichten, obwohl zwischen diesen Chaoten keine Einigkeit über ihre eigentlichen Ziele besteht. Zur Zeit herrscht in politischer Hinsicht die totale Konfusion und Unzufriedenheit. Das muss das Militär ja geradezu auf die Barrikaden treiben.«

»Nicht jeder konnte nach dem Krieg seine vorherige Tätigkeit wieder aufnehmen so wie du. Deshalb kann ich die Frustration der vielen aus dem Krieg zurückgekehrten Soldaten verstehen«, nickte Käthe und fuhr in überzeugendem Tonfall fort: »In der Zeitung stand, dass sich viele Landser, bedingt durch hohe Arbeitslosigkeit, in mehr als 120 Freikorps zusammengeschlossen hätten.« Durch mehrmaliges tiefes Durchatmen versuchte Käthe ihre vor Erregung laut gewordene Stimme wieder zu dämpfen. »Und weil der ebenfalls nach Dresden geflohene Reichswehrminister Noske damit begonnen hatte, die 250.000 Mann starke Reichswehr auf 100.000 Mann zu verringern, und zu allem Übel sowohl die Marinebrigade Erhardt als auch das Freikorps Loewenfeld auflöste, braucht sich keiner zu wundern, wenn aus Militärkreisen dagegen opponiert wird. Denn nicht nur die Elite der ehemaligen Frontkämpfer beschimpft die Unterzeichner des Versailler Vertrages als verräterische *Novemberrevolutionäre* und sieht in den Vertragsdogmen der Siegermächte eine Entehrung des deutschen Volkes, sondern …«

»Wir haben den Krieg verloren«, unterbrach Hugo und atmete bedrückt tief durch. »Die Alliierten legten die für das deutsche Volk erniedrigenden Bedingungen im Versailler Vertrag fest und unsere Regierung muss sie – auch gegen den Willen des Volkes – durchsetzen. Oder sollen die Siegermächte erneut gegen das am Boden liegende Deutschland Krieg führen? Wenn also unsere Regierung, zusammen mit dem Allgemeinen Deutschen Gewerkschaftsbund und der Arbeitsgemeinschaft freie Angestelltengewerkschaften, zum Generalstreik gegen den Kapp-Lüttwitz-Putsch aufruft, dann muss ein jeder, der weiterhin die demokratische Regierung will, diesem Ruf folgen. Selbst die Kommunistische Partei Deutschlands hat sich gegen jene meuternden Truppen ausgesprochen, und sollte auch diese Partei dem Generalstreik beipflichten, dann können wir davon ausgehen, dass man die Putschisten verjagt.«

»Wenn du morgen in aller Frühe mit Alfred Gutmann nach Prenzlau fährst und ihr euch den regierungstreuen Demonstranten anschließt, werdet ihr nicht nur den aufrührerischen Fanatikern der Deutschen Nationalen Volkspartei und ihren quer durch alle Fraktionen gehenden Sympathisanten gegenüberstehen, sondern auch der bewaffneten Reichswehr, die ebenfalls, in zwei Lager gespalten, völlig uneinig ist. Bitte, Hugo!« Käthe stöhnte laut auf. »Was wollt ihr bei dieser verworrenen und politisch gefährlichen Lage uns ewig zu Hause wartenden Frauen und Kindern denn noch antun? Denk an unser sprachloses Entsetzen, als Luise und ich mit den Kindern 1918 – einen Tag vor Weihnachten – am Prenzlauer Bahnhof standen! Als unsere suchenden Blicke euch nicht unter den Soldaten des 64er-Regimentes fanden, die von der Westfront zurückkehrten! Als wir nirgendwo Auskunft über euren Verbleib erhielten! Und dann knapp ein Jahr später, als wir euch am Bahnhof abholten, nachdem wir über das Rote Kreuz die freudige Mitteilung erhielten, dass ihr beide…« Käthes Stimme brach, als sie von einem Weinkrampf überwältigt wurde.

Hugo nahm seine Frau in die Arme. Er streichelte ihr über die bebenden Schultern, als die Erinnerung daran – gleich einem Perpetuum mobile – sich in furchtbaren Bildern immer wieder seines Gedächtnisses bemächtigte. »Rede dir den Schmerz von der Seele. Über das entsetzliche Grauen zu sprechen, kann uns allen vielleicht helfen, diese unmenschliche Barbarei zeitweise zu verdrängen. Denn das abscheuliche Kriegsinferno jemals vergessen zu können, wird unmöglich sein.«

»Es war so schrecklich, als wir dich – von Wunden übersät – neben Karls Leiche vorfanden, die leblos auf der Holzbank im Zugabteil lag. Als Marlene und ich dich ansprachen und du uns nicht erkanntest. Als Luise fassungslos auf den blutverkrusteten toten Gatten starrte und es nicht wahrhaben wollte, dass Karl niemals mehr …« Erneut weinte sie laut auf. »… und dann, der kleine Paul, der unentwegt an seines Vaters schlaffer Hand zerrte, um ihn von der Bank wegzuziehen. Niemals werde ich die verzweifelten, vor Anstrengung und Aufregung hervorgepressten Worte des Kleinen vergessen:

›Komm, Papa, jetzt kannst du dich ausruhen. Komm doch, Papa, Paul will mit dir spielen …‹«

»Auch in meiner wunden Seele wird der tragische Tod des Kameraden auf immer eingebrannt bleiben.« Hugos Stimme wirkte müde, als er monoton zu erklären suchte: »Durch die ständigen Albträume in der Nacht erlebe ich jedes Mal aufs Neue, wie Karl und ich vorsichtig die Erde von der Gasgranate entfernen; sorgsam darauf bedacht, dass der Blindgänger nicht explodiere. Und dann, als wir zum Holzkarren gingen, um die gefährliche Waffe darauf zu bergen …« Seine Worte stockten. »… danach erinnere ich mich nur noch an dieses schwarze Nichts, in das ich falle. Als ich, von höllischen Schmerzen gequält, in dem klammen Bett der kalten französischen Krankenbaracke wieder aufwachte, lag Karl schwer verwundet und krampfhaft röchelnd neben mir. Einen Tag danach pferchte man ganz plötzlich alle versehrten und für die Arbeit untauglichen deutschen Kriegsgefangenen in Zugabteile. Während der nicht enden wollenden Fahrt erzählte mir Alfred Gutmann, dass der Luftdruck der Explosion Karl die schützende Gasmaske weggerissen hätte. Und so starb er einen über Tage andauernden, elendiglich langsamen Erstickungstod auf seiner heiß ersehnten Fahrt in das Vaterland. Wobei diese Ohnmacht, Karl nicht helfen zu können, das Schlimmste war.«

Eng umschlungen trauerten sie gemeinsam um einen geliebten Freund, der bis zuletzt die trügerische Zuversicht in sich barg, sein einziges Kind in der geliebten Heimatstadt Templin aufwachsen sehen zu können.

»Hugo …«, begann Käthe erneut ihre Bitte vorzutragen, ehe sie sanft von ihrem Mann unterbrochen wurde.

»Nein, Käthe!« Hugo schüttelte energisch den Kopf. »Bei Kriegsende, während meiner letzten Bahnfahrt zur Westfront, betrauerte ich die vielen sinnlos geopferten Kameraden. Blickte erschüttert aus dem Zugfenster auf die zertrümmerte französische Landschaft mit ihren verbrannten Fluren und Wäldern. Sah die vielen dem Erdboden gleichgemachten Ortschaften, unter deren von Granattrichtern zerklüftetem Gelände Hunderte menschliche Einzelschicksale verschüttet lagen. Damals dachte ich, dass ein normales Leben nach diesem gnadenlosen Krieg niemals mehr möglich sei. Aber du siehst: Das Leben sucht und findet immer wieder einen Weg. Und wenn die besiegten Deutschen trotz allem ein Jahr nach Kriegsende eine neue Staatsform fanden, die ihnen ein Leben in Freiheit und Gerechtigkeit gewährleisten könnte, dann lohnt es sich, dafür zu kämpfen. Wir werden nicht zusehen, wie chaotische Putschisten uns und unseren Kindern die Chance nehmen, in einer demokratisch geführten Republik eine lebenswerte Existenz aufzubauen.«

Resigniert schmiegte sich Käthe eng an ihren Gatten und seufzte: »Ja, sicherlich hast du recht und wir müssen versuchen, neu zu beginnen.«

Templin, Uckermark
17. März 1920

»Obwohl die Parteiführung unter Gustav Stresemann bisher Zurückhaltung wahrte, haben sich Teile seiner Deutschen Volkspartei auch für die Putschisten entschieden.« Käthes Hand zitterte, als sie Luise eine Tasse heißen Muckefuck einschenkte. Fahrig rückte sie ihre Nickelbrille zurecht und blickte nervös auf die Wanduhr, deren Zeiger die sechste Stunde des späten Nachmittags anzeigten. »Hugo erzählte, dass es gestern bei der Massendemonstration in Prenzlau zu mehreren Schusswechseln gekommen sei und es Tote gegeben haben soll. Deshalb bin ich froh, dass die Männer heute an der Kundgebung vor dem Templiner Rathaus am Marktplatz teilnehmen.«

Luise schaute durch die Küchentür auf den Flur hinaus, wo Marlene und Paul sich voller Übermut balgend über den

Fußboden rollten. »Bevor Alfred mich mit Paul frühzeitig bei euch ablieferte, bat er noch einmal eindringlich darum, den Jungen nicht in die Schule zu schicken. Es ist rührend, wie er sich um das Kind bemüht. Auch seine Eltern, die Paul und mir – seit dein Gatte zurückgekehrt ist – großzügig Unterkunft gewährten, behandeln mich in ihrer kleinen Bauernkate wie eine willkommene Schwiegertochter.« Ein Lächeln huschte über ihr Gesicht, als sie resümierte: »Die Hausarbeit muss ich jedes Mal einfordern, weil die wohlmeinende Frau Gutmann darauf drängt, dass ich nur für Pauls gute Konstitution und dessen Schulaufgaben verantwortlich zeichnen solle.«

»Aber das ist doch wunderbar, Luise. Sicher hat Alfred dir schon einen Heiratsantrag gemacht!?«

»Ja«, ihre Freundin errötete zart. »Aber es ist mir unmöglich, dem Antrag nachzugeben; die tiefen Wunden sind noch zu frisch.«

Käthe nickte verstehend. »Seit vier Tagen halten wir die Kinder im Haus, weil die Straßen viel zu unsicher sind. In Thüringen und Sachsen sollen die linksgerichteten Gruppen der USPD versucht haben, den Generalstreik in eine erneute Revolution umzuwandeln. Man hört sogar, dass jene Linksradikalen im Ruhrgebiet die weit über 100.000 Demonstranten mit Waffen versorgt haben sollen.«

»Mit Gewehren?«, fragte Luise beklommen. »Dann kann ich nur hoffen, dass man nicht auch Alfred eine Schusswaffe gibt.«

»Warum?«

Unruhig rutschte Luise auf ihrem Hocker herum. »Frau Gutmann und ihr Gatte erzählten mir in der Frühe völlig aufgelöst, dass sie Alfred des Nachts aufrecht sitzend in seinem Bett vorfanden. Er hielt eine Pistole gegen seine Schläfe gerichtet und drückte laut ›Hurra‹ schreiend ununterbrochen den Abzug. Glücklicherweise war die Waffe nicht geladen.

Am Frühstückstisch hatten wir jedoch alle den Eindruck, dass von dem nächtlichen Vorfall nichts mehr sein Gedächtnis belastete. Käthe, ich fürchte mich ein wenig vor Alfred. Zu was könnte dieser psychisch verwirrte Kriegsveteran sonst noch fähig sein?«

»Auch Hugos Panikattacken schienen heute Nacht wesentlich stärker ausgeprägt zu sein«, erwiderte ihre Freundin mit ernstem Gesicht. »Ich nehme an, dass die von Gewalt und Brutalität durchdrungenen Unruhen der vergangenen Tage der Auslöser waren. Ich erkundigte mich bei den Ärzten über jene beunruhigende Symptome. Sie nennen es *Granatenschock* oder *Schützengraben-Neurose*. Man beobachtet bei den Heimkehrern, dass monatelanger Beschuss und beengtes Liegen im Schützengraben unkontrollierbare Aggressionen hervorrufen können. Diese über Jahre andauernde Todesangst sowie die unmenschlichen Repressalien, die sie während der Gefangenschaft erdulden mussten, scheinen manisch-depressive Erregungszustände hervorzurufen, die den Kriegsveteran auf einem beständigen Grat zwischen Draufgängertum und Feigheit, Hyper- und Inaktivität wandeln lässt.«

»Das ist ja furchterregend!«, rief Luise bestürzt. »Und was kann man dagegen tun?«

»Nichts, außer darauf hoffen, dass die psychotischen Zustände mit der Zeit abklingen«, erklärte Käthe.

Plötzlich wurde der Haustürschlüssel knirschend im Schloss gedreht. Erschöpft und schweißüberströmt stand Hugo im Türrahmen. Er hatte Alfred die vier Etagen huckepack hinaufgetragen. Sofort stürmte er ins Schlafzimmer, warf den Kameraden auf das Bett und zog ihm die blutverschmierte Hose herunter. »Luise, bring die Kinder in die Küche und schließ die Tür. Sag ihnen, dass sie sich mucksmäuschenstill verhalten sollen.«

Aufgeregt folgte Luise den Anweisungen. »Was ist passiert …?«, wollte sie wissen, während sie die zitternden Hände der zutiefst erschrockenen Kinder umklammert hielt und mit ihnen zögernden Schrittes in Richtung Küche ging.

»Es eilt!«, wandte er sich an seine Frau, ohne auf Luises drängende Frage einzugehen. »Entfern die hölzerne Gehhilfe an Alfreds linkem Bein, leg eine dicke Mullbinde auf seinen verwundeten rechten Oberschenkel und mach einen Druckverband.«

Mit geübten Griffen kam die versierte Rote-Kreuz-Schwester den Anweisungen nach und versorgte fachmännisch die stark blutende Wunde.

Hastig deckte Hugo den noch immer unter Schock stehenden Kameraden mit dem Federbett zu, wobei er den amputierten rechten Beinstumpf unverhüllt herausschauen ließ. Danach nahm er ein Fieberthermometer aus dem Schrank, tauchte es in Luises Tasse mit heißem Muckefuck, die sie auf dem Flurschränkchen abgestellt hatte, legte Tabletten auf die Nachtkonsole und warf die blutbesudelte Hose in den Schlafzimmerschrank. Nachdem er sich mit einem Rundumblick vergewissert hatte, dass alle verräterischen Spuren beseitigt waren, zwinkerte er seinem blassen Freund beruhigend zu und legte den Zeigefinger auf den Mund, ehe er die Tür leise hinter sich zuzog.

Unter Anspannung stehend, nahmen Käthe und Luise in der Küche ihre vor Schreck verstummten Kinder auf den Schoß und fragten wie aus einem Mund: »Was ist geschehen?«

»Wir müssen damit rechnen, dass gleich Beamte der Sicherheitspolizei oder Reichswehr die Wohnung durchsuchen werden. Deshalb sollten wir den Eindruck erwecken, dass Alfred schon seit Tagen fiebernd das Bett hütet, weil er unter konstant wiederkehrenden Komplikationen leidet, welche die kriegsbedingte Beinamputation hervorruft.«

»Um Gottes willen, erzähl uns, wie er zu der Verletzung kam«, forderte Käthe ihren Gatten auf.

Hugo holte tief Luft. »Wir standen in einer unüberschaubaren Menge eingezwängt vor dem Rathaus und hörten den vielen Rednern zu. Plötzlich stierte einer der Verschwörer auf Alfreds Gehhilfe, richtete sein Gewehr auf ihn und rief verächtlich: »Wären die Soldaten während des Krieges im Baltikum ihren Befehlen rigoros nachgekommen, anstatt sich zu verkriechen, dann hätten die Kameraden meines Korps nach dem Krieg nicht gegen die dort kämpfenden Bolschewisten vorrücken müssen.«

»Dann könnte jener Aufständische ein Soldat aus dem Baltikum-Freikorps gewesen sein, der – unter Duldung der Alliierten – mit seinen Kameraden gegen die bolschewistischen Truppen kämpfte und im Mai 1919 Riga eroberte«, mutmaßte Käthe und deutete auf den fett gedruckten Leitartikel der Tageszeitung, die auf dem Tisch lag. »Laut der ausführlichen Kolumne in unserem Tageblatt fühlten sich die Soldaten von unserer Regierung verraten, als die deutschen Behörden ihren Nachschub unterbrachen, nachdem das Korps den Abzugsbefehl einfach ignoriert hatte. Man kann sich die Enttäuschung der Landser gut vorstellen«, seufzte sie, stellte Marlene auf die Erde und ging zur Spüle, um ihrem Gatten ein angefeuchtetes Handtuch zu reichen.

»Wahrscheinlich!«, nickte Hugo zustimmend, derweil er sich die verräterischen Schmutzspuren der vergangenen Stunden von Gesicht und Händen wischte, ehe er fortfuhr: »Plötzlich verdreht Alfred die Augäpfel, sodass man nur noch das Weiße sehen konnte, riss dem Zyniker das Gewehr aus der Hand und schoss blindlings um sich. Als man daraufhin zurückfeuerte und Alfred von einem Querschläger getroffen wurde, nahm ich ihn huckepack und hastete durch die Straßen bis zu unserer Kirche. Zeitweise verlor ich die uns verfolgenden Soldaten aus den Augen. Jedoch ich bin felsenfest davon überzeugt, dass bald einige Uniformierte die Häuser absuchen werden. Deshalb kommt es jetzt darauf an,

Ruhe zu bewahren und mit schauspielerischem Geschick den Eindruck zu erwecken, dass Alfred nicht der Schütze gewesen sein kann. Anderenfalls wird man ihn eventuell als Verschwörer verhaften.«

»Hat er denn jemanden verletzt oder gar …«

»Nein, nein!«, beruhigte Hugo Luises ängstlichen Einwand. »Zum Glück schoss er nur in die Luft.«

Erleichtert atmete Luise auf. »Konntet ihr mit euren Demonstrationen etwas erreichen?«

»Ja!«, sagte Hugo stolz. »Noch während wir den Erklärungen der konträr argumentierenden Parteien zuhörten, stürzte plötzlich ein Redner der Zentrumspartei auf das Podium und verkündete mit lauter Stimme, dass der Tod der vier Arbeiter, die man gestern in Prenzlau erschoss, nicht umsonst gewesen wäre, denn der Kapp-Putsch sei erfolgreich niedergeschlagen worden. Nicht nur der Generalstreik – angeblich soll es der größte in der Geschichte Deutschlands gewesen sein – habe wesentlich zum Misslingen des Aufstandes beigetragen, sondern auch die Tatsache, dass die Verschwörer keine Unterstützung in der Berliner Ministerialverwaltung fanden. Mit großer Freude teilte er uns mit, dass Wolfgang Kapp nach Schweden geflohen und General Freiherr von Lüttwitz zurückgetreten sei. Danach entlud sich der Zorn der Enttäuschten und die Geschichte mit Alfred nahm seinen Lauf, wobei …«

Hugos Bericht wurde durch anhaltendes lautes Klingeln und den Lärm von genagelten Stiefeln unterbrochen, der von der Treppe des Hausflurs in die Wohnung drang.

18

Köln-Ehrenfeld
13. November 1922

Aus einem tief verhangenen Himmel prasselte dicker Graupel gegen die Fensterscheiben und tauchte die unbeheizte Großraumküche in eine deprimierende Düsternis. Ächzend stützte sich Franz mit beiden Händen auf der großen Tischplatte ab, ehe er sich mühsam von seinem Hocker erhob. »Seitdem die gottverfluchten Alliierten wegen der miserablen deutschen Wirtschaftslage auf Reparationszahlungen in Form von Geld verzichteten und dafür Sachleistungen wie Stahl, Holz und Kohle von uns verlangen, haben wir die größte Wirtschaftskrise seit Gründung der Weimarer Republik«, sagte er hasserfüllt. Eine grotesk anmutende Mimik verzerrte sein käseweißes Gesicht, als er mit einer tiefen Zornesfalte zwischen den Brauen und zusammengekniffenen Augen auf die große Uhr an der verrußten Wand neben dem eisernen Herd starrte. Der dumpfe Gong kündigte die sechste Stunde des späten Nachmittags an. Langsam humpelte er zur Anrichte, um sich einen Becher mit Wasser aus einem Tonkrug zu füllen.

Wilhelm, der das große wollene Tuch seiner Gattin um die fröstelnden Schultern gewickelt hatte, stülpte sich mit klammen Fingern eine von Motten zerfressene schwarze Wollmütze über sein weißes Haar. Aufgebracht sprang er von einem instabilen Stuhl hoch, der – seiner Rückenlehne beraubt – splitternd barst, sodass die einzelnen Holzteile mit lautem Getöse über den steinernen Boden polterten. Obwohl er sich fest vorgenommen hatte, auf Franz' ständig wiederkehrende Hasstiraden mit Gelassenheit zu reagieren, übermannte ihn jedes Mal die gleiche Wut und Verzweiflung über das Versagen der Regierung. Wie die meisten Deutschen vertrat auch er die Meinung, dass die unerfüllbaren Bestimmungen des Versailler Vertrages nicht nur eine Demütigung des deutschen Volkes darstellten, sondern erwartete mit vielen Gleichgesinnten, dass man sie boykottiere. Wie jedes Mal, wenn Franz sich mit seinen giftigen Beschimpfungen in Rage redete, brachte er es nicht fertig, sich zurückzunehmen, und ließ auch dieses Mal lautstark seinen zornigen Gedanken freien Lauf. »Nachdem im März vorigen Jahres – aufgrund der Verzögerung der Reparationszahlungen – französische und belgische Truppen die Städte Duisburg und Düsseldorf in der entmilitarisierten Zone besetzten, um dadurch die Kontrolle über die Duisburger Ruhrorthäfen zu erlangen«, verbittert presste er die Lippen zusammen, »sicherten sich diese charakterlosen Siegermächte die Kontrolle über den gesamten Export von Kohle, Stahl und Fertigprodukten des Ruhrgebietes.«

»Die Frage ist, ob die Alliierten ihre Drohung wahr machen und das gesamte Ruhrgebiet besetzen werden, wenn das Deutsche Reich sich außerstande sieht, die im Londoner Ultimatum vom Mai 1921 festgesetzten Reparationen im Wert von 132 Milliarden Goldmark zu zahlen«, warf Julius ein; ein kläglicher Versuch, die auf dem Siedepunkt angelangte Diskussion zu entschärfen. Er stand vor dem Küchenfenster, in dessen dunkler Scheibe sich das Konterfei seines verhärmten und hohlwangigen Gesichtes widerspiegelte, das von langen weißblonden Zotteln umrahmt war. Als sich der 25-Jährige beim eigenen Anblick angeekelt über die nervös zuckenden Augenlider strich, zitterten seine Hände heftig.

»Darauf wartet der französische Blutsauger Poincaré doch nur!«, rief Franz. Wutentbrannt knirschte er mit den Zähnen. »Das würde diesem hinterlistigen Ministerpräsidenten die beste Ausgangsbasis für eine mögliche Besetzung des gesamten rheinisch-westfälischen Industriegebietes bieten!«

Unbeherrscht warf er den halb geleerten Zinnbecher gegen die Wand, der scheppernd zu Boden fiel.

Erschrocken zuckten Wilhelm und Julius zusammen. Gebannt starrten sie auf das Rinnsal, welches langsam am weiß getünchten Mauerwerk herunterlief.

»Dann würde die jetzt schon enorme Arbeitslosenzahl ins Unermessliche steigen«, flüsterte Julius entnervt, derweil sein stierer Blick an dem nassen Fleck haften blieb.

Julius' resignierter Tonfall brachte Franz erneut in Rage. »Trotzdem wird man uns nicht unterkriegen! Wer, wie wir, in diesem erbarmungslosen Krieg gekämpft und selbigen überlebt hat, wird sich nicht von Hungersnot, Inflation, steigenden Lebenshaltungskosten und der sich rasant ausweitenden Arbeitslosigkeit entmutigen lassen. Denn noch haben meine Drillinge und ich die tägliche Dreistundenarbeit auf dem Schlachthof und ein Dach über dem Kopf. Und solange wir nicht wegen der Wohnungsknappheit verwahrlost auf der Straße dahinvegetieren müssen, wie viele Witwen und Waisen, versehrte Kriegsgefangene, entwurzelte Heimkehrer und die unübersehbare Anzahl von Arbeitslosen, wird uns niemand der Hoffnung berauben, den Lebensunterhalt durch unserer Hände Arbeit zu verdienen.« Seine glänzenden Augäpfel waren aus den Höhlen getreten und er gestikulierte wild mit den zu Klauen gebildeten Händen während der emphatisch vorgebrachten Rede.

Dann trat unvermittelt eine Veränderung in seinem Auftreten ein, als er sich – plötzlich stocksteif dastehend – mit starrem Blick in einem herrischen Ton an Julius wandte. »Wie steht es mit deiner Arbeit auf dem Bau, du verdammter Weichling?«

Bestürzt sah Julius auf eine bedrohlich wirkende Gestalt, deren Verwandlung urplötzlich eine neue menschliche Identität hervorgebracht zu haben schien. Unter dem gebieterischen und unnachgiebigen Ausdruck in Franz' versteinerter Miene wand sich Julius wie ein Aal, bevor er stotterte: »Die Bautätigkeit stagniert seit Langem«, eingeschüchtert senkte er den Blick gen Boden, ehe er irritiert weitersprach, »und vorgestern hat man uns ungelernte Hilfsarbeiter nach Hause geschickt.«

Unvermittelt lief Franz' Gesicht vor Jähzorn rot an. »Du Versager ließest dir die Existenz nehmen?«, rief er außer sich. »Niemand darf es wagen, uns Kriegsveteranen, die wir den letzten Blutstropfen für Volk und Vaterland opferten, vom Arbeitsplatz zu verdrängen.« Zornbebend fasste er unter seine Jacke aus derbem Tuch, entknotete mit flatternden Fingern die Riemen einer Peitsche, die er um seine Körpermitte geschlungen hielt, und zerrte eine neunschwänzige Katze hervor. »Feigheit vor dem Feind wurde im Krieg unmittelbar durch standrechtliches Erschießen geahndet.« Mit irrem Blick umklammerte er den mit Leder benähten Griff der Knute. »Aber ich will Gnade vor Recht ergehen lassen und dich Schwächling nur züchtigen.« Knallend ließ er die neun Stränge aus geteertem Hanftauwerk durch die Luft sausen, ehe er mit schriller Stimme fortfuhr: »Muttersöhnchen und Versager hat man mannhaft zu disziplinieren! So züchtigte mein Großvater – der Kommandant eines Schiffes war – seinen Sohn und dementsprechend formte mein Vater auch mich.«

Als Franz dem schreckensblassen Julius hinkend näherkam, reagierte Wilhelm, ohne auch nur einen Augenblick zu zögern. Hastig warf er das wollene Tuch auf den Tisch und durchmaß die Küche mit drei Riesenschritten. Bevor die mit Takelgarn umwickelten und in Abständen verknoteten Hanfschnüre auf dem Rücken des zur Salzsäule erstarrten Julius niedersausen konnten, bemächtigte sich Wilhelm nach einem kurzen Handgemenge des neunschwänzigen Folterinstruments. Auge in Auge standen sich die beiden Kontrahenten gegenüber und fixierten einander sekundenlang stumm. Dann verdrehte Franz jäh die Augen, sackte laut stöhnend zusammen und stürzte wie ein gefällter Baum auf die eiskalten Fliesen.

Kein Laut war zu hören. Nur die eintönig tickenden Schallwellen der Wanduhr wirkten in der geradezu ohrenbetäubenden Stille wie Kanonenschläge, die in der frostigen Finsternis als Echo von den kahlen Wänden widerzuhallen schienen.

Zu keiner Regung fähig, starrten Wilhelm und Julius auf das verkrümmte Häuflein Mensch, das schwer atmend vor ihren Füßen lag, als plötzlich die Küchentür aufgerissen wurde. Im Türrahmen standen, völlig durchnässt, Mathilde und Maria, die schmutzig-nasse Jutesäcke auf ihren Rücken schleppten.

Cecilia, die ihren schlafenden Sohn auf dem Arm trug, versuchte sich an ihrer Mutter vorbeizudrängen: »Auf dem Nachhauseweg von Oma Annas Krankenhausbesuch konnten wir den *Klütten-Pitter* an der Ecke überreden, uns ein paar von seinen wertvollen Briketts abzutreten«, erklärte sie froh gelaunt, »damit wir gleich ein Feuer …« Gemeinsam mit dem Lächeln erstarben die Worte auf ihren Lippen, als sie der verkrümmten Gestalt auf dem Fußboden ansichtig wurde.

Verzagt lehnte Maria den rußigen Jutesack gegen die Küchenanrichte, deren Türen schon lange der Brennstoffknappheit zum Opfer gefallen waren, entledigte sich rasch ihres durchnässten Mantels und kniete neben dem Gatten nieder. »Hatte er schon wieder einen Anfall?«, fragte sie erschüttert, wobei sie den Pulsschlag an Franz' Halsschlagader prüfte. Dann nickte sie bittend in Julius' und Wilhelms Richtung.

Wortlos trugen die beiden Männer den Ohnmächtigen in den Nebenraum und legten ihn vorsichtig auf einen verschlissenen Diwan. Hastig öffnete Wilhelm Franz' Hemdknöpfe und blickte betreten auf die vielen kleinen Dellen, die sich wie winzige Pockennarben über seinen gesamten Brustbereich erstreckten. »Das sind uralte Vernarbungen, die von

Peitschenhieben herrühren«, stellte er fassungslos fest. Ehe er Franz in eine dicke Wolldecke wickelte, fragte er Julius erschüttert: »Was meinte die zarte Maria eben, in Dreigottesnamen, mit *schon wieder*?«

Deprimiert zuckte Julius die Achseln. »Diese Frage kann ich dir nicht beantworten.« Seine Hände zitterten stark und er steckte sie hastig in die Hosentasche, ehe er betrübt fortfuhr: »Im Krieg hat Franz mir und vielen anderen Kameraden wiederholt mutig das Leben gerettet. Mehrfach ist er für seine Tapferkeit und Unerschrockenheit belobigt und mit Ehrenbekundungen überhäuft worden. Aber jetzt erkenne ich ihn einfach nicht mehr wieder. Der bestialische Krieg hat sein Wesen vollkommen verändert. Zeitweise habe ich das Gefühl, einem Fremden gegenüberzustehen.«

»Hat dir Cilli nichts über Franz' Jähzornanfälle berichtet? Schließlich ist Maria nicht nur ihre Cousine, sondern auch ihre beste Freundin.«

»Aber Schwiegerpapa«, seufzte Julius. »Cilli ist deine Tochter. Dir und Mathilde erzählte sie ja auch nichts. Wahrscheinlicher jedoch ist, dass die vornehm-zurückhaltende Maria sich selbst und auch den Kindern untersagte, jemandem die familiären Angelegenheiten zu offenbaren. Seitdem sie die notdürftig zusammengeflickte Ruine ihres zerbombten Hauses wieder gemeinsam mit Oma Anna bewohnen, erwähnte selbst die kecke rothaarige Sofie – die Geheimnisse noch nie für sich behalten konnte – nicht ein einziges Mal, was sich in den häuslichen vier Wänden abspielte.«

»Wenn Franz gewalttätig gegen seine Familie sein sollte, so muss Maria uns darüber Aufklärung geben«, beharrte Wilhelm mit fester Stimme, »denn sonst können wir sie und die Kinder nicht schützen.«

Maria stand seit geraumer Zeit im Türrahmen. Die heiße Tasse Tee, die sie dem Gatten bringen wollte, tanzte auf der Untertasse vor und zurück, weil sie ihre heftig zitternde Hand nicht unter Kontrolle bringen konnte. »Ist er schon wieder aufgewacht?«, begehrte sie mit bebender Stimme zu wissen.

»Nein. Aber sein Puls schlägt gleichmäßig.« Vorsichtig nahm Wilhelm die Tasse aus Marias Hand, legte schützend den Arm um ihre schmächtigen Schultern und geleitete sie wie ein willenloses Wesen in die Küche zu einem Stuhl. »Setz dich, armes Kind«, empfahl er mit ruhiger Stimme und stellte das dampfende Gefäß auf die Tischplatte. »Trink erst einmal ein paar Schlückchen von dem heißen Brennnesseltee. Man sagt ihm nach, dass er Tote aufwecken soll«, meinte er gutmütig lächelnd. Dann drehte er sich um und stellte sich abwartend mit den anderen an den wärmenden Herd, auf dem der Wasserkessel begonnen hatte, leise zu summen.

Als sich aus Marias Brust ein tiefer Seufzer löste, wandten sie die Köpfe zu ihr, darauf hoffend, dass sie ihr Herz ausschütten möge.

»Ihr habt recht«, begann Maria scheu den Bericht. »Wir müssen nicht nur die Kinder vor Franz' aus heiterem Himmel auftretenden Wutattacken behüten, sondern ihn auch vor sich selbst schützen.« Mit einem zerschlissenen Seidentüchlein suchte sie den Erregungsschweiß von der Stirn zu trocknen. »Solange wir noch in Tante Mathildes Haus wohnten, nahm Franz sich zusammen, obwohl er auch dort nächtelang schreiend immer wieder aus dem Schlaf hochschreckte. Einmal wachte er aus einem fürchterlichen Albtraum auf, humpelte – nicht mehr Herr seiner Sinne – zum Fenster, griff nach der Gardinenkordel und knotete sie sich um den Hals.«

Bestürzt eilte Cecilia zu ihrer Cousine und umarmte sie tröstend. »Diese schrecklichen Szenarien hast du uns nie offenbart. Das sind selbstzerstörerische Reizbarkeiten, Maria! Und dies ist nicht nur grauenvoll, sondern auch überaus gefährlich für euch alle. Aber seit wann wandte er gegen dich und die Kinder Gewalt an?«

»Seitdem er in der Garage – die ja wie durch ein Wunder bei dem Bombenangriff heil geblieben war – sein Opel-Cabriolet mit einer Eisenstange zertrümmerte. Als der Lärm zu uns herüberdrang, liefen wir zutiefst erschrocken zum Schuppen hinüber. In einem Anfall wilder Raserei zerstörte Franz sein geliebtes Fahrzeug und schrie dabei in einer Stimmlage, die nichts Menschliches mehr an sich hatte: ›Mit dieser gottverdammten Beinverletzung werde ich niemals mehr ein Auto fahren können!‹«

»Vermochte es denn keiner, mit ihm zu reden, ihn zur Vernunft zu bringen?«

Marias Augen blickten hilfesuchend in Julius' Richtung. »Seit er zurückgekehrt ist, erzählte er weder über seine Kriegserlebnisse noch wie er zu der grauenvollen Beinverstümmelung kam.«

Erneut überfiel Julius ein heftiges Zittern. Hilflos wandte er Maria den Rücken zu und formte mit versagender Stimme den Satz: »Die meisten Soldaten fühlen sich außerstande, über jene Kriegsgrauen zu reden.«

»Nur wenn wir über unsere Sorgen und Nöte sprechen«, Wilhelm legte sanft seine Hand auf Marias Schultern, »können wir einander helfen. Erzähle von deinem Kummer. Was geschah weiter?«

Fahrig wischte sich Maria über die geröteten Augen. »Als er anschließend fluchend aus der Garage stürmte und im Schutt von Oma Annas zerbombtem Haus die neunschwänzige Katze seines Vaters fand«, erklärte Maria niedergeschlagen, »rastete er völlig aus und erhob wutentbrannt die Peitsche gegen den sanften Heinrich, der ihn zu beruhigen suchte. Seit dieser Zeit zückt er bei den geringsten Widerworten der Kinder, ohne jegliche Vorwarnung, das abscheuliche Ding und gebärdet sich, als ob zwei konträre Seelen in seinem verwirrten Inneren wohnen. Besonders Benjamin muss jedes Mal unter seinem maßlosen Zorn leiden. Sobald er den Jüngsten erblickt, schwingt er knallend die Peitsche und schreit ihm gellend nach: ›Ich verfluche den Tag, an dem du geboren wurdest, weil du zu nichts nütze bist. Verdiene deinen Lebensunterhalt selbst, denn ich habe schon genug Mäuler zu stopfen.‹ Und wenn der arme Junge – der zwölfjährig in einem schwierigen Alter zwischen Jugend und Mannbarkeit steht – sich schutzsuchend in meine Arme flüchtet, verfällt Franz geradezu in Raserei, umklammert den Peitschengriff und droht: ›Weichlinge, Versager und Muttersöhnchen hat man mannhaft zu disziplinieren!‹ Was soll denn aus einem Jungen werden, der den Vater zutiefst verehrt und bewundert, von selbigem aber als unnütz bezeichnet und ungeliebt abgewiesen wird?«

Bestürzt wiegte Cecilia die Unglückliche in ihren Armen, weil ein schier unüberwindbarer Weinkrampf Marias zuckende Schultern nicht mehr zur Ruhe kommen ließ.

»Selbst Oma Anna, vor der er immer größten Respekt zeigte, kann ihren Einfluss nicht mehr geltend machen«, stammelte Maria unter temporärem Schlucken, nachdem sie halbwegs ihrer Erregung Herr geworden war. »Und vor drei Tagen empfing er unsere 20-jährige Tochter Magdalene – die genau wie ihre Zwillingsschwester das heiratsfähige Alter fast schon überschritten hat – mit Peitschenhieben, nur weil sie es wagte, gegen acht Uhr abends von einem Besuch bei ihrem Freund Hans zurückzukehren. Siedend vor Wut tobte er: ›Wenn du noch ein einziges Mal diesen arbeitslosen und verfluchten, der lutherischen Kirche zugehörigen Versager triffst, stürze ich dich eigenhändig von der Turmspitze des Kölner Doms!‹ Angsterfüllt flüchtete sich Magdalene in Oma Annas Arme. Und als der Stiefsohn auch gegen sie die Peitsche erhob, brach die herzensgute Frau vor seinen Füßen zusammen. Erst in diesem Augenblick kam Franz wieder zur Besinnung und half uns, die unter einem schweren Schock stehende alte Dame ins Krankenhaus zu bringen.«

»Zeigte dein Gatte danach wenigstens Reue, als er sah, was er mit seiner unbeherrschten Wut anrichtete?«, fragte Mathilde fassungslos. Ihre Stimme zitterte vor Betroffenheit, als sie gewärtig wurde, welch furchtbare Familientragödie sich in den vergangenen Monaten im Hause ihrer besten Freundin abgespielt haben musste.

Verzweifelt sackte Maria in sich zusammen und murmelte resigniert: »Das ist ja das Seltsame. Jedes Mal, wenn er wieder als der Franz aufwacht, den wir alle kennen und lieben, kann er sich an nichts mehr erinnern.«

Behutsam umfasste Wilhelm Marias kalte Hände. »Ich kenne einen zwar steinalten, aber hervorragenden Nervenarzt, der sich auf Kriegsneurosen spezialisierte, da er selbst als junger Mann im Krieg, anno 1870/71, gegen die Franzosen zu Felde zog«, versuchte er tröstend auf sie einzuwirken. »Bei vielen verwirrt heimkehrenden Veteranen soll seine Behandlung eine positive Wirkung gezeigt haben und …«

Wilhelms Rede wurde schlagartig unterbrochen. Die Küchentür schlug krachend gegen die Wand, als sie dem kräftig gebauten Josef aus der Hand rutschte, der gemeinsam mit Johannes und Jakob im Türrahmen stand. »Kommt alle auf die Straße!«, riefen die 19-jährigen Drillinge aufgewühlt im Chor.

»Um Gottes willen, was ist geschehen?« Mit aschfahlem Gesicht sprang Julius auf, der sein schlafendes Kind in den Armen hielt. Erschreckt wachte der kleine Julius auf und seine geweiteten Augen schauten ängstlich drein, als er in das bleiche Antlitz seines Vaters blickte, der am ganzen Leib schlotterte.

»Der heutige Montag wird in die Geschichte eingehen, denn die von Köln-Kalk über Deutz verlaufenden Hungerdemonstrationen scheinen hier in Ehrenfeld ihren Höhepunkt zu finden!«, rief Jakob erhitzt. Die zur Faust geformte Hand seines verkürzten rechten Armes war kämpferisch nach oben gereckt. »Denn die riesenhafte Ansammlung von Proletariern aller Couleur geht dazu über, die Fensterscheiben der Lebensmittelgeschäfte einzuschlagen, damit sich jeder so viel nehmen kann, wie er zu tragen imstande ist.«

»Das ist ein Sohn nach meinem Geschmack!«, tönte es dröhnend aus dem Nebenzimmer. Mit rosigen Wangen stand Franz im Türrahmen. Übereilt bückte er sich nach einem Gegenstand, um ihn unbemerkt unter die Jacke zu stecken.

Wie auf Kommando wandten sich alle Köpfe erstaunt nach rückwärts.

Aufgeräumt trat Franz in die Küche und ging auf seine Söhne zu, um ihnen belobigend die Schultern zu klopfen. »Solange ein Vater solch tatkräftig männliche Nachkommenschaft sein Eigen nennen darf, hat er nicht umsonst gelebt«, verkündete er pathetisch. Dann blickte er auf Julius' zitternde Gestalt und empfahl ihm mit eindringlicher Stimme: »Kamerad! Auch wenn wir Schlimmes im Krieg erlebten, so wirst auch du für deinen Sohn ein Vorbild sein können. Gemeinsam mit den darbenden Aufständischen dort draußen werden wir kämpfen und dafür sorgen, dass unsere Familien nicht hungern müssen. Cilli wird so lange euren Sohn beaufsichtigen, während wir draußen – zur Not auch mit Gewalt – gegen die Knute der Siegermächte, die Unfähigkeit unserer Regierung und die Knappheit an Lebensmitteln und Brennstoffen mannhaft zu Felde ziehen.«

Derweil die Männer Franz' Ansprache mit lauten Beifallsbekundungen zustimmten, um anschließend mit knurrenden Mägen, aber voller Tatendrang nach draußen zu stürmen, nahm Franz dem widerstrebenden Kriegskameraden das Kind aus den Armen und überreichte Cecilia lächelnd den verschreckten Knaben. Danach zog er den Freund mit sanfter Gewalt bis in den Flur und rügte ihn flüsternd: »Wenn du nichts für dich erstreiten willst, dann kämpfe wenigstens für deinen Sohn, damit er …«

Verärgert riss sich Julius los. »Ich liebe den Kleinen wie meinen Sohn, aber das Kind ist nicht mein Sohn!«, brach es erbost aus ihm hervor.

Begriffsstutzig sah Franz in die Augen seines Gegenüber und wiederholte konfus Julius' rätselhaften Satz: »… ist nicht dein Sohn?«

»Dazu wäre ich gar nicht in der Lage!« Aus Julius' Stimme klang die Bitterkeit eines früh gealterten Menschen, den ein grausamer Krieg nicht nur seiner Jugend, sondern auch der Manneskraft beraubt hatte. »Nicht alleine die Gräueltaten des Krieges ließen mich impotent werden. Wie bei vielen anderen Kriegskameraden trug auch bei mir das tage- und nächtelange Liegen in nasskalt-schlammigen Schützengräben dazu bei, meine Prostata krankhaft zu verändern, sodass ich noch nicht einmal nach der Heimkehr die Ehe mit meiner über alles geliebten Cilli vollziehen konnte.«

»Ja, aber«, stammelte Franz entgeistert, »wer ist denn dann der Vater von …«

Mit finsterem Blick und zusammengezogenen Augenbrauen fiel ihm Julius in die Parade: »Der kahlköpfige Jupp vom Schlachthof nutzte im berüchtigten Kohlrübenwinter die Hilflosigkeit der hungernden Bevölkerung aus. Bei der Grippeepidemie wären Sofie und Benjamin fast gestorben, hätte Cilli nicht für die ausgezehrten und dem Tode nahen Kleinkinder um ein Stück Fleisch gebettelt. So ließ dieser Unhold keine Möglichkeit aus, um über sie herzufallen und …«

Blitzartig machte Franz' stumme Fassungslosigkeit einem von emotionaler Wut durchdrungenen Verstehen Platz. Mit vor Wut gerötetem Gesicht griff er unter seine Jacke, um die Neunschwänzige hervorzuziehen. »Das wird dieser Vergewaltiger mit dem Leben bezahlen. Dies schwöre ich, so wahr mir Gott helfe!«, fiel er seinem Kameraden mit hysterisch-schriller Stimme ins Wort.

Entsetzt blickte Julius auf seinen Kriegskameraden: »Aber Franz!«, rief er und presste die zitternde Faust vor den Mund. »Du wirst doch nicht …«

»Im Krieg musste ich auf Befehl unzählige Menschen erschießen, die mir nie etwas zuleide taten. Und nun glaubst du wirklich, dass es nach dem Krieg mein Gewissen belastet, wenn ich ein menschliches Schwein erschlage?« Ohne Julius auch nur eines einzigen Blickes zu würdigen, stürmte Franz mit gezückter Peitsche auf die Straße, wo sich die ausgehungerte Kölner Bevölkerung zu einem Mob zusammenballte, der den bohrenden Hunger durch Lebensmittelplünderung zu stillen suchte.

19

Röddelin, Uckermark
Juni 1925

»Rabbi Joshua ist immer noch nicht da!«, klagte Aaron Gutmann und rang verzweifelt die Hände, nachdem er sich mit einem Taschentuch über die Stirn gewischt hatte. Seine Augen wanderten unruhig vom wolkenverhangenen Himmel zu jenem von acht Händen gehaltenen Hochzeitsbaldachin aus weißer Seide, unter dem seit geraumer Zeit sein in einen weißen Anzug gekleideter Sohn wartete.

Mit gesenkter Stimme rief Hugo dem Besitzer des kleinen Bauernhofes zu: »Nun beruhigen Sie sich doch, Herr Gutmann. Setzen Sie sich so lange zu uns.« Etwas belustigt griff er nach Käthes und Marlenes Händen. Gemeinsam mit den anderen Hochzeitsgästen saß die kleine Familie in angespannter Erwartung an der langen mit Girlanden und Grünzeug geschmückten Hochzeitstafel, während sich anscheinend ein jeder von der allgemeinen Aufregung hatte anstecken lassen.

Ächzend ließ sich der 72-jährige Gutsbesitzer auf einem freien Stuhl nieder. »Wenn ich meinem Vater nicht auf dem Sterbebett versprochen hätte, seinen Enkel nach jüdischem Brauch zu verheiraten, hätten wir bei Alfreds und Luises Vermählung nicht so viel Aufhebens gemacht.« Aufgewühlt polierte er seine schweißglänzende Glatze. »Vor allen Dingen, weil Luise zum Judentum übertreten musste, bevor der Rabbiner aus Berlin bereit war, den beiden seinen Segen zu erteilen.«

Kurz darüber nachsinnend kam Hugo zu dem Entschluss, den nervösen Vater des Bräutigams in ein Gespräch über dessen Lieblingsthema, die *Politik,* zu verstricken, um ihn ein wenig abzulenken. »Ich finde, dass der Termin der Hochzeit von ihnen gut gewählt wurde, weil Deutschland endlich zur Ruhe gekommen ist. Denn nach den verzweifelten Hungeraufständen der vergangenen Jahre, der Ermordung des Finanzministers Erzberger und Reichsaußenministers Rathenau sowie der kompletten Besetzung des Ruhrgebietes durch die 100.000 Mann starken französischen und belgischen Truppen geriet die schon seit 1914 spürbare Inflation und die damit verbundene Arbeitslosigkeit außer Kontrolle.«

»Herr Hanke! Sie sollten bei Ihrer Aufzählung der vielen politischen Auswüchse der vergangenen chaotischen Jahre auf keinen Fall den fehlgeschlagenen Putschversuch Adolf Hitlers in Bayern unerwähnt lassen«, warf der Gutsbesitzer erregt ein, der keine Gelegenheit ausließ, um gegen den verhassten Vorsitzenden der Nationalsozialistischen Deutschen Arbeiterpartei zu wettern, der sich mit seinen antisemitischen Äußerungen nicht nur Freunde gemacht hatte.

»Ganz richtig, Herr Gutmann!«, bestätigte Hugo, zufrieden darüber, dass sich der übernervöse alte Herr ein wenig beruhigt hatte. »Auch wenn sich damals der unter Hochverrat stehende Führer der NSDAP vor dem Volksgericht in München aufgrund seiner rhetorischen Fähigkeiten vom Angeklagten zum Ankläger wandelte …«

»… indem er die deutsche Kapitulation zum eigentlichen Hochverrat hochstilisierte, die ihn sozusagen zum *Putsch gegen jene Landesverräter* autorisierte, die den Versailler Vertrag unterschrieben«, warf Gutmann verbittert ein. »Woraufhin das Gericht ihn zwar zu fünf Jahren Festungshaft verurteilte, es aber mit der Begründung ablehnte, jemanden aus Deutschland zu weisen, *der im vaterländischen Geist und edelsten Willen so deutsch denkt und fühlt wie Hitler.* Obwohl der Paragraf 9 des Republikschutzgesetzes dies bei verurteilten Ausländern zwingend vorsieht.«

»Was zur Folge hatte, dass man Hitler schon nach neun Monaten wegen guter Führung aus der Festung Landsberg entließ«, fügte Hugo hinzu. »Aber wir sind uns trotzdem einig, lieber Herr Gutmann, dass dieser österreichische Möchtegern mit seiner rechtsradikalen Partei in unserer deutschen Republik niemals eine Rolle spielen wird.« Als ihm der Gutsbesitzer erleichtert zunickte, fuhr er mit einem zufriedenen Lächeln fort: »Jedoch alle Extremen der rechten und linken Blöcke ließen keine Gelegenheit aus, um Aufstände und Putschversuche zu organisieren. Seit Kriegsende erlebten wir in der jungen Republik durch die ständig wechselnden Kabinette mit ihren unentwegt richtungsändernden neuen Reichskanzlern das blanke Chaos. Aber nachdem im Januar 1924 die Rentenmark eingeführt war, welche die kolossale Inflation beendete, und der Generalfeldmarschall von Hindenburg vor knapp zwei Monaten das Erbe des verstorbenen Reichspräsidenten Ebert antrat, wird unsere desolate Wirtschaft – davon bin ich felsenfest überzeugt – goldenen Zeiten entgegensehen.«

Aaron Gutmanns Augen blitzten vor Stolz, als er anmerkte: »Ich bin ganz Ihrer Meinung, werter Herr Hanke! Auch wenn wir bedenken müssen, dass Hindenburg nunmehr 77-jährig ist, so kann man trotzdem versichert sein, dass er dieses Amt ebenso mit Herzblut und großem Sachverstand führen wird. Natürlich können Sie nicht wissen, dass ich im Deutsch-Französischen Krieg 1870/71 – in dem König Wilhelm I. Napoleon III. besiegte – in der Schlacht von Sedan als blutjunger Rekrut dem Regiment des Leutnants von Hindenburg angehörte?«

»Nein!«, behauptete Hugo mit gespielter Ernsthaftigkeit, obwohl der Gastgeber bisher noch nie eine Gelegenheit ausgelassen hatte, über seine Kriegserlebnisse zu berichten. »Mir ist nur bekannt, dass Hindenburg 1911 seine Militärlaufbahn beendete und dass man den General bei Kriegsbeginn 1914 reaktivierte, um ihn – zusammen mit Ludendorff – als Oberbefehlshaber in der 8. Armee einzusetzen.«

»Lieber Herr Hanke! Sie können sich vorstellen, dass ich die Biografie meines ehemaligen Vorgesetzten mit Engagement verfolge«, schwärmte Gutmann, erhob sich von seinem Stuhl und schlug die Hacken zusammen, bevor er in aufgerichteter Haltung fortfuhr: »Leider konnte ich – bedingt durch meine schwere Kriegsverletzung – im letzten Krieg nicht mehr unter Hindenburgs Kommando kämpfen«, seine kleine, von schwerer Arbeit gebeugte Gestalt schien zu wachsen, als er die folgenden Sätze voller Rührung, aber mit großem Nachdruck deklamierte, »sonst hätte ich – zusammen mit meinem großen Vorbild – am 30. August 1914 die in Ostpreußen eingedrungene russische Narew-Armee bekämpfen und vertreiben können. Wie Sie wissen, ging Hindenburg aus dieser Vernichtungsschlacht als der *Sieger von Tannenberg* in die Geschichte ein. Dafür verlieh man ihm, neben all seinen anderen hohen Auszeichnungen, die Sonderstufe zum Großkreuz des Eisernen Kreuzes und er erhielt anschließend das Oberkommando über sämtliche Truppen der Ostfront, um …«

Gutmanns glühend vorgetragene Laudatio stockte, als er zu seiner Gattin Miriam hinüberschaute, die ihm heftig mit beiden Händen zuwinkte. Sie stand neben einem lang aufgeschossenen Herrn mittleren Alters, der zu seinem dunklen Anzug einen runden schwarzen Hut trug.

Der Rabbiner ließ seinen Blick wohlgefällig über das gesamte Hochzeitsarrangement schweifen. Die drohenden Regenwolken waren unterdessen vom Winde verweht, sodass die gleißenden Sonnenstrahlen das Wasser des kleinen Teiches verzauberten, über dessen silbrig glänzender Oberfläche sich grün und blau schimmernde Libellen im Liebestaumel vereinten. Der Sommergarten war erfüllt vom Summen der Bienen, die sich in Scharen über den Nektar der vielen blühenden Blumen hermachten, um damit die Nachkommenschaft in ihren Bienenstöcken aufzuziehen.

»Wenn die Herrschaften jetzt auf mich verzichten könnten«, entschuldigte sich der Gastgeber mit einer militärisch knappen Verbeugung. »Die Hochzeitszeremonien werden gleich beginnen, und wenn Sie, liebe Familie Hanke, dazu Fragen haben, wenden Sie sich vertrauensvoll an Frau Rosenkranz. Ich bin davon überzeugt«, er zwinkerte der Dame freundlich zu, die neben Käthe saß, »dass sie Ihnen gerne das jüdische Hochzeitsritual erklären wird.« Erneut wischte er sich mit dem Taschentuch über die Stirn und eilte zu Rabbi Joshua, um ihn unter den von vier Männern gehaltenen Baldachin zu eskortieren.

»Frau Rosenkranz, warum wird die Hochzeit eigentlich im Freien abgehalten?«, fragte Marlene. Ihre großen dunklen Augen sahen interessiert auf die rundliche Dame mit den brünetten Locken, die festlich gewandet neben ihrer Mutter saß.

Rachel Rosenkranz' gütige Augen blickten bewundernd auf die zwölfjährige kleine Schönheit. »Die Zeremonien werden im Freien abgehalten, damit die Brautleute Gottes Segen ungehindert empfangen können. Und die *Chuppa* aus Seide, unter die Luise gerade von ihrem Sohn Paul und der zukünftigen Schwiegermutter geleitet wird, soll an biblische Zeiten erinnern, als die Israeliten noch in Zelten wohnten.«

Käthe betupfte mit einem Seidentüchlein die feuchten Augen, setzte die Nickelbrille zurück auf die Nase und schwärmte: »Ist Luise mit dem duftig weißen bis zum Boden reichenden Kleid nicht eine wunderschöne Braut?«, fragte sie bewegt, als ihre Freundin mit verschleiertem Antlitz anmutig neben Alfred trat. Der Bräutigam trug zu seinem eleganten Anzug ein *Kippot* auf dem Hinterkopf, das man aus weißem Samt gefertigt und mit Perlen verziert hatte. Luise umrundete ihren zukünftigen Gatten sieben Mal und nahm dann den Platz neben ihm ein.

Feierlich sprach Rabbi Joshua den Segen über einen mit Wein gefüllten Becher. Der Bräutigam trank daraus und ließ auch Luise daraus trinken. Anschließend steckte er ihr einen Ring an den rechten Zeigefinger und sagte mit lauter Stimme: »Entsprechend dem Gesetz von Moses und Israel bist du mir durch diesen Ring angelobt.«

Rabbi Joshua hielt ein Dokument in den Händen und erhob laut seine Stimme, als er aus der *Ketuba* vorlas.

Frau Rosenkranz erklärte mit leiser Stimme: »In diesem Ehevertrag verpflichtet sich der Mann, seine Frau zu ehren, Sorge für ihre Ernährung und Kleidung zu tragen und ihre sexuellen Bedürfnisse zufriedenzustellen. Seine Pflicht ist es, für die Braut einen finanziellen Betrag zu hinterlegen. Dadurch ist sie abgesichert, wenn der Mann vorzeitig sterben sollte. Im Falle einer unverschuldeten Scheidung wird ihr die gesamte *Ketubasumme* ausgezahlt.«

»Es ist erstaunlich«, entschlüpfte es Käthe verdutzt, »wie umsichtig die Bedürfnisse und Rechte der Ehefrau im uralten jüdischen Gesetz abgesichert waren.«

»Oh ja!«, bekräftigte Frau Rosenkranz kopfnickend und erklärte weiter: »Wie Sie gerade sehen, unterschreiben mehrere jüdische Männer als Zeugen den Ehevertrag. Und just in diesem Moment verliest Rabbi Joshua Segenssprüche, woraufhin dem Brautpaar erneut ein Schluck Wein aus dem Ehebecher kredenzt wird. Damit ist der Bund fürs Leben besiegelt.«

Als der Rabbiner Alfred ein Glas reichte, das der Bräutigam mit dem Fuß zertrat, fragte Marlene neugierig nach dem Sinn der Handlung.

»Dieser Brauch soll an die Zerstörung des Jerusalemer Tempels im Jahre 70 nach Christus erinnern. Zugleich mahnt es aber auch die Menschen, bescheiden und gottesfürchtig zu sein.« Frau Rosenkranz überreichte Käthe und ihrer Tochter eine kleine Tüte mit Reis und Nüssen. »Bevor man dem Brautpaar Augenblicke des Alleinseins gewährt, werden wir sie mit dem Spruch *Masel Tov* beglückwünschen und mit den Symbolen der Fruchtbarkeit bewerfen, damit anschließend endlich die Feierlichkeiten mit einem Festschmaus, Gesang und Tanz beginnen können.«

Als die Hochzeitsgäste auf das Paar zuliefen, um es lachend und scherzend zu umrunden, stellte sich Marlene wissbegierig auf Zehenspitzen, um die Ursache des Ansturms erkennen zu können. Mit fröhlicher Begeisterung klatschte sie Beifall, als man Luise und Alfred auf zwei Stühle setzte, in die Höhe hob und mit ausgelassener Heiterkeit durch den von schwerem Blütenduft durchdrungenen Garten trug.

»Papusch«, nannte Marlene ihren Vater bei seinem Kosenamen, nachdem sie gemeinsam reichlich dem köstlichen Festmahl zugesprochen hatten, »wenn ich einen Mann gefunden habe«, übermütig nippte sie am Weinglas ihrer Mutter, »dann möchte ich auch nach jüdischem Brauch verheiratet werden. Ich habe noch nie etwas Aufregenderes und Schöneres gesehen.«

»Alles, was du willst, mein Herz!«, rief Hugo voller Überschwang, während seine Augen glücklich auf dem Nachwuchs ruhten.

Käthe betrachtete die beiden mit stiller Freude. Obwohl so manches Mal Zweifel in ihr aufkamen ob der richtigen Erziehung des einzigen Kindes, weil der Gatte die Heranwachsende oft zu sehr verwöhnte. »Marlene«, lachte sie zu ihrer Tochter hinüber, »das ist aber nur möglich, wenn du einen genauso fleißigen und aufrichtigen Sohn Israels mit nach Hause bringst, der dem wackeren Alfred gleicht.«

20

Köln-Ehrenfeld
28. Februar 1927

Wilhelm trat vor die steinerne Spüle, setzte eine rote Pappnase auf die Spitze seines großen Riechorgans und betrachtete sich lachend im kleinen halb blinden Spiegel über dem Becken. »Nach 13 Jahren wird heute erstmals wieder der Rosenmontagszug durch unsere geliebte Domstadt gehen«, feixte er überglücklich zu Julius hinüber, der missmutig auf die dicken Regentropfen blickte, die mit großem Getöse gegen das Küchenfenster klatschten. »Das haben wir vor allem unserem verehrten Oberbürgermeister Adenauer zu verdanken, der beredt das preußische Innenministerium davon überzeugte, dass man den Kölnern – trotz der vielen Paragrafen gegen Massenansammlungen auf den Chausseen – den Straßenkarneval nicht verbieten könne.« Im Walzerschritt tanzte er zu Julius hinüber, der sich gerade in ein eng sitzendes, leuchtend grünes Frauenkleid gezwängt hatte und sich alte Stoffreste in den Ausschnitt stopfte.

»Das ist aber nur möglich, weil die englischen Besatzungstruppen im vorigen Jahr abgezogen sind«, murmelte Julius. Aufgebracht zerrte er mit Daumen und Zeigefinger den tiefen Kleiderausschnitt von der behaarten Männerbrust. Verärgert blickte er auf die Stofflappen, die bis auf die Kleidertaille durchgerutscht waren und ihm anstatt des gewünschten Aussehens einer vornehmen Dame die Kontur einer kurz vor der Entbindung stehenden Wöchnerin verliehen.

Wilhelms Augen wurden feucht, als er in Erinnerung schwelgend sagte: »Nach dem Abzug der Engländer hielt Adenauer in der Nacht vom 31. Januar auf den 1. Februar vor dem Domplatz eine außerordentlich gefühlsbetonte Rede vor Tausenden von Menschen. Selbst am Radioempfänger konnten Mathilde und ich hören, dass die Kölner vor Ergriffenheit weinten.«

Seit geraumer Zeit schauten Cecilia und Maria belustigt aus dem Nebenzimmer Julius' erfolglosen Verkleidungsbemühungen zu. Leise lachend ging Cecilia auf ihren überreizten Gatten zu, nahm ein überdimensionales Korsett vom Tisch und wickelte ihm das altmodisch-starre Monstrum um den entblößten Oberkörper. »Setz dich, damit ich das Mieder hinten zuschnüren kann!«, forderte sie ihren Ehemann auf. Nachdem Julius ihrem Wunsch nachgekommen war, drückte sie ihm das Knie in den Rücken und zerrte unter schweißtreibendem Kraftaufwand die rückwärtigen Schnüre zusammen. Anschließend stopfte sie das Oberteil mit den Stofffetzen aus.

»Vielleicht kannst du mir noch ein wenig Rouge auf die Wangen pudern«, bat Julius keuchend, da ihm für kurze Zeit die Luft wegblieb. Nachdem er mehrmals laut schnaufend durchgeatmet hatte, setzte er sich eine aus gelben Wollresten gefertigte Perücke mit Zöpfen auf den Kopf.

»Gerne«, erwiderte Cecilia aufgeräumt und bemalte seinen Mund dick mit rotem Lippenstift. »Es ist neun Uhr und *d'r Zoch* soll um 14 Uhr losgehen. Man rechnet mit einer halben Millionen *Jecken* am Zugwegrand. Wenn wir noch einen guten Stehplatz bekommen wollen, müssen wir spätestens in einer halben Stunde zur Haltestelle der Straßen-Omnibus-Gesellschaft gehen.« Sie blickte zu ihrer 43-jährigen Cousine hinüber, die geduldig auf dem zerschlissenen Diwan saß und geistesabwesend an dem mit bunten Flicken benähten Clownanzug herumzupfte. »Wenn es ums Kostümieren geht«, lachte sie Maria fröhlich zu, »dann müssen ausnahmsweise einmal die Damen auf die Herren warten.« Sie ging, eine Flasche Selbstgebrannten in der Hand, nach nebenan, nahm an der Seite ihrer Cousine Platz, schenkte den Schnaps in zwei

Gläschen und prostete Maria aufmunternd zu. »Wie geht es Franz?«, fragte sie betont gleichgültig und erschrak sogleich, als Maria zusammenzuckte.

»Gut!«, antwortete Maria überschnell und mit ungewohnt schriller Stimme. Nach einigem Zögern versuchte sie unter gekünsteltem Lachen leise zu erklären: »Sein Einkommen beim Schlachthof ist für Anna und mich mehr als ausreichend. Die Drillinge sind zwar noch unverehelicht, aber seit zwei Jahren mit einer gut gehenden Metzgerei selbstständig. Helene ist nach der Heirat vor vier Jahren zu ihrem gottgläubigen Landwirt Paffrath in die Eifel gezogen und blickt im Mai der zweiten Niederkunft entgegen. Unser hübscher Heinrich bestand nach mehreren Anläufen vor drei Monaten endlich beim Schornsteinfegermeister Höhner die Gesellenprüfung, und Sofie verdingt sich unter dem Schauspiel- und Funkintendanten Hardt als Rundfunksprecherin. Jedoch steckt sie heimlich alles Geld – weil Franz diesen Berufszweig als brotlose Kunst verachtet – in ihre Ausbildung zur Schauspielerin. Im August vorigen Jahres ergatterte sie sogar eine kleine Nebenrolle, als Zuckmayers *Der fröhliche Weinberg* im Reichshallentheater erfolgreich aufgeführt wurde.«

»Und wie entwickelte sich das schwer belastete Vater-Sohn-Verhältnis zwischen Benjamin und Franz?«, fragte Cecilia etwas zögerlich. Sie blickte auf das tief gesenkte Haupt ihrer Cousine und stellte deprimiert fest, dass ihr einstmals dickes rotes Haar schütter wirkte und eine gelblich weiße Farbe angenommen hatte.

»Nachdem Benjamin seine Kaufmannsprüfung bestand und anschließend bei der Schutzpolizei eingetreten war, hat er sich sofort kasernieren lassen. Danach war Franz' immer neu aufflammender Zorn jeder Boden entzogen.«

»Darüber solltest du dich freuen«, erwiderte Cecilia mit sorgendurchfurchter Stirn, »denn Julius' Angstattacken, die sowohl während des Tages – vor allen Dingen aber unter der Nacht – auftreten, haben sich mit den Jahren noch verschlimmert. Erst wenn er täglich eine erkleckliche Menge an Spirituosen zu sich genommen hat, hört das heftige Zittern des Körpers und der Hände auf. Ich habe es immer wieder verdrängt, aber nach all den Jahren muss auch ich mir eingestehen, dass mein Gatte alkoholabhängig geworden ist.«

»Aber Cilli, das ist ja furchtbar!«

Resigniert fuhr sich Cecilia über die Augen. »Hat Benjamin euch eigentlich seit seiner Kasernierung schon wieder besucht?«, fragte sie, um von ihrem eigenen Kummer abzulenken, und war zutiefst über Marias heftige Reaktion erschrocken, als unvermittelt Tränen über die bleichen Wangen ihrer Cousine liefen.

Es dauerte mehrere Sekunden, bis sich Maria wieder in der Gewalt hatte. »Beim Abschied verdeutlichte mein Jüngster, dass er dieses *entmenschte Scheusal*, das seine Schwester Magdalene in den Tod getrieben hätte, niemals mehr wiedersehen wolle. Ende November jährt sich der Freitod meiner Tochter zum vierten Mal«, sagte sie und Cecilia umfasste mitfühlend die eiskalten Hände der Unglücklichen. »Franz untersagte Magdalene damals, ihren geliebten Hans jemals wiederzusehen. Als sie trotzdem wiederholt zu spät nach Hause kam, züchtigte er seine Tochter brutal mit der Neunschwänzigen und sperrte sie zuletzt über eine Woche in einen fensterlosen Abstellraum. Wir sahen uns außerstande, etwas zu unternehmen. Bis Benjamin das Klagen seiner Schwester nicht mehr ertrug und sie aus dem dunklen Verlies befreite. Nervlich völlig am Ende, lief Magdalene auf die Straße, während mein Jüngster seinen Vater davon abhielt, mit gezückter Peitsche hinter ihr herzulaufen. Das war das letzte Mal, dass ich meine Tochter lebend sah. Am nächsten Tag überbrachte uns ein Polizist die schockierende Nachricht, dass Magdalene vom 17. Stock des Hochhauses am Hansaring gesprungen sei. Dabei wäre sie einen Monat später 21 Jahre alt und damit volljährig geworden. Dann hätte sie doch von zu Hause weggehen können.«

Cecilia streichelte mitfühlend den Arm ihrer Cousine. Von Schmerz überwältigt, dachte sie an jene verhängnisvolle Tragödie zurück. Nachdem die katholischen Würdenträger Magdalene ein kirchliches Begräbnis verweigert und man die Selbstmörderin in ungeweihter Erde verscharrt hatte, zog sich Franz' Familie vom öffentlichen Leben zurück. Der Kontakt zu Freunden und Verwandten riss völlig ab und Oma Anna erlitt – aufgrund der großen Schande vor Gott und den Menschen – zwei Monate später einen schweren Schlaganfall. Erst als ihre Mutter Mathilde und sie sich vor wenigen Wochen entschlossen – gegen den entrüsteten Widerstand der streng katholischen Verwandtschaft –, die Beziehung zu Franz' Familie wieder aufzunehmen, fühlten sie sich wie von einer schweren Zentnerlast befreit.

Marias Augen waren ängstlich geweitet, als ihre kalten Finger das Handgelenk der Cousine umklammerten. Mit bebender Stimme fragte sie: »Cilli, du erinnerst dich an den kahlköpfigen Jupp? Und du weißt, dass er nach dem gewalttätigen Hungeraufstand im November 1923 spurlos verschwand?«

Bei der Erwähnung des Namens wich jegliche Farbe aus Cecilias Gesicht. »Hat Franz dir die Wahrheit über den Vater meines Kindes mitgeteilt?«, raunte sie und hielt, unter unerträglicher Anspannung stehend, den Atem an.

Maria nickte unmerklich, ehe sie mit belegter Stimme fortfuhr: »Nachdem man daraufhin die vakant gewordene Stelle des Schlachthofvorstehers mit meinem Gatten besetzt hatte, offenbarte mir Franz, wie du dich damals für unsere Jüngsten aufopfertest und was dieser Unmensch dir antat.« Tief bewegt umarmte sie ihre Cousine und fuhr bedrückt fort: »Anschließend beendete Franz seine Erzählung mit den eiskalten und hasserfüllten Worten: ›Seit ich im Krieg auf

Befehl unschuldige Menschen erschießen musste, belastet mein Gewissen das Töten eines menschlichen Schweins nicht mehr als das Zerquetschen einer lästigen Mücke.‹«

»Du meinst, Franz hat den Kahlkopf …?«

»Es wäre auf jeden Fall möglich. Du darfst nicht vergessen, dass er aus dem Krieg als eine gespaltene Persönlichkeit zurückkehrte.« Maria hielt einen Moment inne und rang in stummer Verzweiflung die Hände, ehe es unvermittelt aus ihr herausbrach: »Ich habe mit niemandem über meine Befürchtungen sprechen können, obwohl ich diese Ahnungen seit vier Jahren als eine große Bürde mit mir herumtrage. Jedoch ich kann nicht ausschließen, dass Franz etwas mit seinem Verschwinden zu tun haben könnte. Einige Wochen bevor man den Kahlkopf vermisste, erzählte er mehrfach von seinen Gesprächen mit der Geschäftsleitung, die ihm angeblich Jupps Posten in Aussicht gestellt hatte, wenn sich der trinksüchtige Vorsteher des Schlachthofes nicht bald vom Alkohol lossagen würde.«

Cecilia legte ungestüm den Zeigefinger auf den Mund und veranlasste Maria, ihre zum Schluss immer lauter werdende Stimme zu mäßigen. »Pst! Die Männer blicken schon herüber!«, flüsterte sie aufgewühlt, fasste nach einigen Minuten des Nachdenkens einen Entschluss und insistierte mit leiser, aber fester Stimme: »Beruhige dich erst einmal, Maria! Ich bin felsenfest davon überzeugt, dass Franz kein Mörder ist und du dich in diese abstruse Vorstellung nur verrannt hast, weil eine sehr schwere Zeit hinter dir liegt. Deshalb musst du mir hier und heute versprechen«, sie packte Maria an den Schultern, schüttelte sie erregt und sah ihr beschwörend in die Augen, »dass du erstens niemals mehr diesen ungeheuerlichen Verdacht aussprechen wirst und zweitens niemandem verrätst, wer der wahre Vater meines Sohnes ist! Versprich es mir, beim Augenlicht deiner Kinder!«

Maria nickte bejahend mit dem Kopf, legte wie früher, als sie noch glückliche Kinder waren, drei Finger der rechten

Hand auf ihr Herz und wisperte zurück: »Cilli, ich verspreche es dir, bei allem, was mir heilig ist!«

Julius und Wilhelm traten gemeinsam in das Nebenzimmer, blickten zuerst auf Marias verweinte Augen und dann auf die angebrochene Schnapsflasche. »Nun ja!«, rief Wilhelm betont fröhlich. »Die Damen haben sich schon auf die fünfte Jahreszeit mit Schabau eingeschworen.« Er schaute auf Julius' heftig zitternde Hände und bat ihn mit ruhiger Stimme: »Hol doch bitte auch für uns zwei Stamper, damit wir alle gemeinsam die Karnevalssession mit hochprozentig Geistigem feierlich einläuten können. Ach übrigens, ich vermisse das mir angetraute Weib und meinen Enkel.«

Derweil Wilhelm die vier Gläschen füllte, erklärte Maria: »Mathilde möchte bei ihrer besten Freundin im Haus bleiben, und wie du weißt, weicht der kleine Julius nicht von ihrer Seite. Oma Anna hat sich ganz leidlich von ihrem Schlaganfall erholt. Aber den Rosenmontagszug auf der Straße in dem großen Menschengedränge zu feiern, traut sie sich noch nicht zu.«

Wilhelm nickte verstehend. »Die beiden Freundinnen haben sich nach der langen Zeit sicher viel zu erzählen«, konstatierte er und blickte irritiert auf Maria, die ihre Hand über dem Schnapsglas ausbreitete, das er gerade füllen wollte.

»Bitte nicht, Onkel Wilhelm.«

»Einen kleinen Rachenputzer in Ehren kann niemand verwehren!«, rezitierte Wilhelm mit beschwichtigendem Lächeln.

»Du siehst doch, dass selbst ein Gläschen des scharfen Gebräus mich zum Heulen bringt«, stotterte Maria schüchtern; ein kläglicher Versuch, ihr verweintes Aussehen zu erklären.

Um die aufkommende traurige Stimmung im Keim zu ersticken, stand Cecilia schnell auf, griff zum Stamper und kippte den Schnaps entschlossen die Kehle abwärts. Betont forsch setzte sie die schwarze Melone auf, die sie sich passend zu ihrem Charlie-Chaplin-Kostüm gekauft hatte. »Wir werden zwar heute nicht wie Chaplin als Goldgräber nach Klondike gehen, um einen *Goldrausch* zu erleben«, sagte sie in Anspielung auf den herausragenden Hauptdarsteller aus dem gleichnamigen Stummfilm, den sie im größten Kino Westdeutschlands – der Schauburg – in der Kölner Breiten Straße gesehen hatte, »aber ich versichere euch, dass ich gewillt bin, mir heute einen nachhaltigen Rausch anzutrinken, weil uns *Kölsche Jecke* das Backen von Röggelchen und Kuchen sowie die Teilnahme am Rosenmontagszug wieder erlaubt wurde.« Schmunzelnd füllte Wilhelm seiner Tochter erneut das Glas und Cecilia prostete mit erhobenem Arm und leicht angeheitert ihren Angehörigen zu. »Die langen Jahre der Entbehrungen lassen wir ab dem heutigen Tag hinter uns. Denn ich prophezeie euch, dass wir uns endlich einer besseren Zukunft nähern.« Fröhlich gestimmt trällerte sie mit ihrem klangvollen Sopran Willi Ostermanns Lied *Et hätt noch emmer, emmer jot jejange.* Von ihrer Heiterkeit angesteckt, fiel einer nach dem anderen beschwingt und ausgelassen in den Refrain ein.

*

Nachdem sie unter Schieben und Drängen im überfüllten Bus gerade noch einen Stehplatz ergattern konnten, erreichten sie gegen Mittag die Kölner Altstadt. Trotz des strömenden Regens zeigte es sich, dass kein Durchkommen bis zum Dom möglich sein würde. Menschenmassen, mit Narrenkappen kostümiert und lauthals singend, bewegten sich in übersprudelnder Lebensfreude durch die vielen Kölner Gassen.

»Wie lautet das Motto des Rosenmontagszuges?«, fragte Maria wissbegierig und Cecilia freute sich ungemein, dass der blasse Teint ihrer Cousine inzwischen einem gesunden *Rosa* Platz gemacht hatte.

»Aus der neuen Zeit.«

»Das scheint darauf hinzudeuten, dass auch die Kölner goldene Jahre auf sich zukommen sehen«, kommentierte Wilhelm und hakte sich noch fester in Cecilias und Marias Arm ein, damit man sich im dichten Gedränge nicht aus den Augen verlor.

»Seht nur! Wir stehen vor dem Salon Morette«, rief Julius plötzlich aus. Der Vierertrupp hielt abrupt vor einem eleganten Hutgeschäft in der Schildergasse und die Damen begutachteten entzückt die vielen herrlichen Kopfbedeckungen in der Auslage. »Hier arbeitet aus dem Kölner Dreigestirn der Kölner Bauer, *Seine Deftigkeit* August Waimann.«

»Das wundert mich nicht«, bestätigte Maria fachkundig, »denn der mächtige Hut des *Kölschen Boors* ist mit 125 sündhaft teuren Pfauenfedern geschmückt. Julius, wer wurde in dieser Session eigentlich zum Prinz Karneval gekürt?«

»Bis Aschermittwoch ist das *Seine Tollität* Ferdinand Leisten und zur Kölner Jungfrau hat man *Seine Lieblichkeit* Hans Holz auserkoren.«

»Schaut alle nach vorn«, rief Maria plötzlich unvermittelt, nachdem sie einige Straßen weiter gezogen waren. Sie richtete ihren tropfnassen Zeigefinger auf eine fachmännisch zusammengezimmerte Bretterbude am Gassenrand, von der köstliche Düfte zu ihnen herüberwehten. »Unter dem Dach von dem Büdchen steht Franz mit den Drillingen. Sie verkaufen Röggelchen mit Käse, Flünz, heiße Würstchen, Bier und Schabau.«

»Alaaf Köllen!«, rief Franz erfreut den Neuankömmlingen zu. Mit einem Satz sprangen die Drillinge behände über die aus grobem Holz gezimmerte Theke und riefen wie aus einem Mund: »Alaaf, Tante Cilli!«

Franz ging langsam durch die Budentür und sein Gesicht war vor Schmerz verzerrt, als er mit kurzen, schnellen Schritten auf die Besucher zuhinkte. Da er, zusammen mit seinen Söhnen und den vielen begeisterten Jecken vor dem Tresen, schon seit geraumer Zeit hochprozentigen Schnaps in sich hineingeschüttet hatte, fiel die Begrüßung mit der lang entbehrten Sippe außergewöhnlich frenetisch aus. Als sie sich nacheinander, unter Tränen der Freude, gegenseitig stürmisch in die Arme nahmen, hätte es sie fast zu Boden gerissen. Jedoch die fröhlich schunkelnde und vor trunkener Ergriffenheit tief bewegte Masse Mensch nahm das ineinander verschlungene Verwandtenknäuel schützend in die Mitte, um mit ihnen gemeinsam Ostermanns Karnevalslied *Wer hät dat vun d'r Tant jedaach* anzustimmen.

Julius nahm ein Röggelchen mit Käse vom Tresen und biss hungrig in den *halven Hahn.* Die restlichen Mitglieder der Familie machten sich mit großem Appetit über die köstlich duftenden Würstchen, die deftige Blutwurst und das schmackhafte Bier her. Erneut wurde ein Ostermann-Lied intoniert, dessen subtiler Text an die langen Hungerjahre erinnern sollte. Schunkelnd sangen die Kölner aus alkoholbenetzten Kehlen das Lied: *Die Wienanz han e'nen Has em Pott, Miau, Miau, Miau.* Auf dem Höhepunkt der feuchtfröhlichen Vergnüglichkeit angekommen, ließ es sich Julius nicht nehmen, das Karnevalslied *Däm Schmitz sing Frau ess durchjebrannt* den dichten Regenschwaden entgegenzuschmettern, wobei er abwechselnd seinem Kriegskameraden Franz Schmitz und dessen Frau Maria voll des Übermutes zublinzelte.

Als der angetrunkene Jakob daraufhin seinem Vater mit dem Finger drohte und ihm scherzhaft »Reiß dich zusammen, Papa, sonst läuft die Mama dir noch weg« entgegenlallte, knirschte Franz vor Wut laut mit den Zähnen.

In der Zwischenzeit waren die Straßen der Kölner Innenstadt komplett verstopft, sodass der Vierertrupp seine Bemühungen einstellte, sich bis zum Dom durchzuschlagen. Eingekeilt zwischen abertausend farbenfroh kostümierten und fröhlich schunkelnden Menschen, stellten sie sich an den gegenüberliegenden Gassenrand, wo schon die ersten Vorhuten des Rosenmontagszuges an ihnen vorbeizogen.

»*D'r Zoch kütt*«, klang es erregt aus vielen Kölschen Kehlen und ein großes Aufgebot an Polizisten drängte die vor Glückseligkeit zwar außer Rand und Band, aber trotzdem diszipliniert feiernde Kölner Bevölkerung an den Zugwegrand. Dann marschierten die ersten Musikkapellen an ihnen vorbei. Im Gleichschritt folgten kostümierte Marketenderinnen, die mit farbenfrohen Uniformjacken, federgeschmückten Dreispitzhüten und wadenlangen Röcken bekleidet waren. Fröhlich lachend gingen sie zu Julius und Wilhelm hinüber, um den Herren der Schöpfung ein feuchtes *Bützje* auf die Wangen zu hauchen und Maria und Cecilia duftende *Strüßjers* in die Hände zu drücken. Dem Motto *Narrenkappenfahrt* entsprechend hatte man einen großen Leiterwagen mit einer überdimensionalen Karnevalsmütze dekoriert. Nervenstarke Kaltblüter zogen das schwere Gefährt. Die bunt behüteten Narren, hoch auf dem Wagen, wurden es nicht müde, den nach *Kamelle* schreienden Kindern schwungvoll Süßigkeiten zuzuwerfen. Eifrig bückte sich Cecilia für ihren Sohn nach jedem Bonbon und Maria half ihr dabei, die Leckereien in einem eigens dafür mitgebrachten Leinensack zu verstauen. Als das Reiter-Musikkorps Jan van Werth Willi Ostermanns Lied *Woröm sulle mer denn als ens widder in de Heija jon* spielte, sangen alle Kölner leidenschaftlich das von der Bevölkerung heiß geliebte Karnevalslied mit.

Plötzlich klammerte sich Maria an den Arm ihrer Cousine und deutete mit dem Kopf zu einem wilden Handgemenge auf der gegenüberliegenden Straßenseite. Neben der Imbissbude stand Franz. Er hielt die neunschwänzige Katze in der erhobenen Hand und ließ sie mit hasserfüllten Augen auf Jakobs Rücken niedersausen. Unter Aufbietung aller Kräfte versuchten Johannes und Josef den vor Wut rasenden Vater daran zu hindern, den körperbehinderten Sohn zu züchtigen. Als in diesem Augenblick das Fahrzeug der Bickendorfer Karnevalsgesellschaft vorbeifuhr, auf deren Wagen die Nachbildung eines großen Zeppelins mit dem Schild *Seiner Tollität Luftschiffflotte L11* montiert war, rüttelte Maria unvermittelt heftig an der Schulter ihrer Cousine. »Erinnerst du dich noch an die fröhliche und unbeschwerte Zeit, als der Graf im August 1909 mit seinem Zeppelin auf dem Butzweiler Hof landete?«, fragte sie mit belegter Stimme. »Zwischen dem sorglosen Damals und dem deprimierenden Heute liegen 18 Jahre. Oh Cilli, was hat dieser grausame Krieg mit uns gemacht? Was ist nur aus Franz geworden, dem einstmals liebevollen Vater und freundlichen Gatten?«

21

Berlin
Mittwoch, 1. Mai 1929,
früher Morgen

Routinemäßig sicherte Benjamin die gereinigte Pistole und steckte sie mit einem Ruck in das schwarze Futteral an seinem Koppel. »Die 17-tägige Kasernierung hier in Berlin ist – Gott sei's gedankt, getrommelt und gepfiffen – vorüber und ich bin heilfroh, dass es jetzt endlich losgeht.« Er tastete nach dem Schlagstock an der linken Gürtelseite und strich anschließend den grünen, wadenlangen Polizeimantel glatt. Von seiner hölzernen Kleiderkiste, die neben dem Feldbett stand, nahm er zwei Seiten einer Tageszeitung. Nachdem er sie zerknüllte hatte, spuckte er darauf, beugte sich hinunter und polierte die schwarzen Lederstiefel so lange, bis sich das silberne Sternemblem seines schwarz gelackten Tschakos in den Stiefelspitzen widerspiegelte.

Benjamins beleibter Polizeikollege Ferdinand Herzl stemmte sich mit finsterer Miene im eisernen Bettlager zur sitzenden Stellung hoch. Mit gespreizten Fingern fuhr er durch den zerzausten Blondschopf und seine blauen Augen funkelten vor Empörung, als er ärgerlich prophezeite: »Mit deinem preußischen Pflichtbewusstsein und maßlosen Übereifer wirst du uns alle noch mal unter die Erde bringen!« Dann gähnte er laut und brummte misslaunig auf Benjamins gebeugtes Haupt hinab: »Du konntest es ja noch nie erwarten, dich vom Pöbel auf der Straße totschießen zu lassen. Und wenn der blödsinnige preußische Innenminister Grzesinski im September nicht das Redeverbot dieses Demagogen Adolf Hitler aufgehoben hätte, wäre unsere Kölner Hundertschaft niemals hier nach Berlin beordert worden, um Maikundgebungen

161

zu verhindern.« Leise fluchend rollte er sich auf den Bauch, zog das bis zu den Knien reichende Schlafkleid hoch und kratzte sich lange und genüsslich das entblößte Hinterteil. »Und wenn dieser antisemitische Volksverhetzer daraufhin nicht die ohnehin schon unruhige innenpolitische Lage mit seiner Rede im Berliner Sportpalast aufgeheizt hätte, wäre es anschließend bei den vielen gewaltsamen Zusammenstößen nicht zu Toten und Verletzten gekommen, sodass sich die unzähligen verschieden denkenden Politgemüter bis heute schon lange wieder beruhigt hätten. Und wenn die Kommunistische Partei nicht zu Maikundgebungen aufgerufen hätte, säßen wir jetzt alle gemütlich in unserer Kölner Kaserne bei einem Krug Bier mit 'nem dicken Käs auf 'nem knusprigen Röggelchen.« Erzürnt schaute er auf seine Kameraden, die schon abmarschbereit auf den heutigen Einsatz warteten und Grimassen schneidend sein ständiges »und wenn, und wenn« nachäfften. »Ja, ja! Verspottet mich ruhig! Euch wird das Grinsen schon noch vergehen. Die Kommunisten werden sich einen Dreck um das Verbot des Berliner Polizeipräsidenten Zörgiebel scheren, unter freiem Himmel politische Versammlungen abzuhalten! Die KPD hält am Aufruf zu den Maikundgebungen fest und …«

»Sag deinem fülligen Freund, dass er endlich seine dämliche Schnauze halten soll!« Aufgebracht lief Richard Weiden durch den langen Schlafsaal und baute seine untersetzte, 1,63 Meter kurze Gestalt vor Benjamin auf. Betont langsam zog er die Taschenuhr heraus und drohte – zehenwippend – mit wutunterdrückter Stimme: »Es ist genau sieben Minuten vor fünf Uhr. Und sollten wir alle wiederum ein abendliches Ausgangsverbot aufgebrummt kriegen, nur weil der feiste Ferdi erneut halb bekleidet zum Appell antritt, dann reiße ich dem Fettwanst zuerst seinen koscheren jüdischen Arsch auf und trete euch beiden anschließend mit aller Entschiedenheit in die pensionsberechtigten Beamteneier.«

Während Herzl entsetzt aus dem Feldbett sprang und sich in großer Eile anzog, richtete Benjamin seine gebückte Gestalt mit einem Ruck zur vollen Größe auf. Um Zeit zu gewinnen, nahm er den Tschako vom Schädel, strich sich mit zusammengezogenen Augenbrauen durch das volle kastanienbraune Haar und legte die Kopfbedeckung bedächtig auf die Holzkiste. Bei einem Nahkampf waren seine Chancen zwar nicht aussichtslos, weil er den durchtrainierten Kollegen um 20 Zentimeter überragte und knapp 15 Kilo schwerer war, jedoch musste man sich vor den harten Faustschlägen und außerordentlich schnellen Reflexen des amtierenden deutschen Weltergewichtmeisters in acht nehmen.

»Was für vulgäre Ausdrücke, Kamerad!« Benjamin trat vorsichtig einen halben Schritt zurück und musterte Weiden mit abschätzenden Blicken. »Liegt es an der allgemein fortschreitenden Verrohung der deutschen Sprache, wie meine vornehme Mutter stets zu sagen pflegt? Oder hat der Kollege Weiden eventuell nie eine Erziehung genossen?« Provozierend hob er die zu Fäusten geballten Hände in Augenhöhe und machte einen Schritt auf den Amateurboxer zu. Derweil sich ein herausforderndes Grinsen in seinem Gesicht breitmachte, nahm er aus den Augenwinkeln mit Besorgnis zur Kenntnis, dass sich die Kameraden eng um sie scharten.

Urplötzlich und ohne Vorwarnung versetzte Weiden ihm mit der Faust einen harten Leberhaken.

Einen kurzen Augenblick spürte Benjamin nichts; dann durchzuckte ihn ein brutal stechender Schmerz und er klappte – nach Atem ringend – wie ein Taschenmesser zusammen.

Bevor der deutsche Meister zum nächsten Schwinger ausholen konnte, wurde seine Hand nach hinten gerissen. Blitzschnell drehte sich Weiden auf dem Absatz herum. Überrascht blickte er nach oben in die zu Schlitzen verengten und wütend funkelnden Augen des 2,01 Meter großen und 105 Kilogramm schweren Polizeianwärters Jan Kubinski.

Zwischen Kubinskis eng stehendem schwarzen Augenpaar bildete sich eine steile Zornesfalte. »Der *Polizeianwärter mit sechs Dienstmonaten* kann auswählen, ob ich ihm die Pranke zerquetschen oder ob ich den *laufenden Meter* höchstpersönlich in den Schwitzkasten nehmen soll, um ihn anschließend samt seines unterentwickelten Zwerggehirns aus dem Fenster zu werfen«, rollte es drohend über die mächtigen Stimmbänder des muskelbepackten Hünen. Als er laute *Ho, Ho-* und *Buh*-Rufe hinter sich vernahm, drehte sich der Riese bedächtig um die eigene Achse und zischte den Kameraden warnend zu: »Vorsicht, Männer! Wer sich einmischt, kriegt eine aufs Maul, bevor er auch nur einmal *piep* sagen …«

Kubinskis Einschüchterungsversuch blieb unvollendet. Die angestauten Aggressionen während der über zwei Wochen andauernden Kasernierung entluden sich explosionsartig. Ganz unvermittelt brach zwischen den Uniformierten eine wilde Schlägerei aus. Gereizt fielen sie übereinander her und schlugen wahllos auf jeden ein, der gerade in Reichweite stand.

Plötzlich hallten Schritte von genagelten Stiefeln über den Flur. Im Türrahmen stand *Hauptwachtmeister-Diensttuer* Paschold. Hinter seinem breiten Rücken hatten sich die Kameraden aus den Nebensälen aufgebaut und warteten voller Schadenfreude auf das von Kraftausdrücken gespickte Donnerwetter, das sich unweigerlich über die Köpfe der raufenden Kollegen ergießen musste.

Fassungslos blickte Paschold auf das Tohuwabohu im riesigen Schlafsaal, das weder vor den wuchtigen Feldbetten noch vor den schweren Holzschränken und Kleiderkisten haltgemacht hatte. Nicht nur sein Gesicht, sondern auch die schweißglänzende Glatze lief puterrot an. Seine untersetzte Gestalt schien zu wachsen, als er sich auf die Zehenspitzen stellte und erbost die Hände in die Hüften stemmte. »Ja, is dat denn die Möschlischkeit?«, schrie er mit einer sich überschlagenden Fistelstimme. »Dat hätt' e' Noohspill für all die Piefeköpp he em stinkenden Kabuff!« Als Paschold verhaltenes Gekicher hinter sich vernahm, wurde ihm bewusst, dass er – aufgrund des ungeheuerlichen Verhaltens der Untergebenen – in seinen urkölschen Jargon gefallen war. Leidenschaftlich vertrat er die Meinung, dass es sich für seine herausgehobene Stellung als Polizeioffizier nicht gebühre, im Dialekt Erklärungen von sich zu geben oder gar Befehle zu erteilen. »Dat undisziplinierte Jehabe von Polizeianwärtern, die im Sinne des militärisch-preußischen Jedankenjuts von Ehre, Anstand und Pflichtbewusstsein ausjebildet und jedrillt werden, macht mich nit nur jeck, sondern jeradezu raderdoll«, versuchte er unter größter Kraftanstrengung seinen Kölner Dialekt durch markig ausgesprochenes und hochdeutsch (wie er meinte) artikuliertes Gedankengut aufzupäppeln.

Ferdinand Herzl, der einzig und allein, mit beiden Händen an der Hosennaht, strammstehend neben dem Saaleingang Haltung angenommen hatte, zuckte bei jedem drohend hervorgestoßenen Wortgebilde des Vorgesetzten ängstlich zusammen.

Um Zeit für eine wiederholte geschliffene Ansprache (wie er meinte) zu finden, blies Paschold vor jedem neu zu bildenden Satz mehrfach die Backen auf. Dieses seltsame Gebaren hatte ihm bei den Beamten im Laufe der Zeit den Spitznamen *asthmatischer Karpfen* eingebracht. »Ich kann nur hoffen«, zischte er aufgebracht mit prallen Backen und gerundeten Lippen, »datt der undisziplinierte Sauhaufen jleich seine ajjressiv-überschüssije Kraft auf der Straße jejen den demonstrierenden Kommunistenmob austoben wird.« Auf seiner Glatze bildeten sich stressbedingte Schweißtropfen, die bis zum Kinn liefen, um von dort auf den Kragen der makellosen Uniformjacke zu tröpfeln. »Deshalb erjehen hiermit foljende Befehle. Erstens: Alle Jejenstände werden in diesem demolierten Eunuchenboudoir innerhalb der nächsten drei Minuten wieder jerade jerückt. Zweitens: Nach weiteren zwei Minuten steht dat primitive Neandertaler-Korps vorschriftsmäßig ausstaffiert zum Apell bereit. Drittens: Dem jesamten siamesischen Männerpuff erteile ich wejen fortjeschrittenem Vandalismus – mit Ausnahme des Polizeianwärters Herzl, der, wie et sisch jehört, vorschriftsmäßig bekleidet und stramm dastehend seine Befehle erwartet – für die nächsten drei Tage ein abendliches Ausjehverbot.«

Berlin
Mittwoch, 1. Mai 1929,
früher Abend

Hugo fuhr im Weddinger Arbeiterviertel um die nächste Ecke in die Kösliner Straße und bremste hart. Zehn Meter vor seinem Lkw marschierte eine Gruppe von mehr als 30 Demonstranten, die sich mit erhobenen Fäusten – lautstark die *Internationale* singend – auf sie zubewegten. Erschrocken sah er in die bleichen Gesichter seiner Familie, die wie versteinert neben ihm saß, ehe seine gehetzten Blicke über die mehrstöckigen Häuserzeilen flogen. Der laue Frühlingswind schien die letzten blutrot gefärbten Strahlen der untergehenden Sonne in die purpurnen Fahnen zu wehen, die links und rechts der Straße vor sämtlichen Fenstern hingen. Es erweckte den Anschein, als ob das gleißende Licht von dort auf die Köpfe der Aufrührer tropfte, um das Feuer zur Rebellion noch heftiger zu entfachen. »Schließt die Fenster und verhaltet euch ruhig!«, befahl Hugo und hielt angespannt den Atem an.

Augenblicklich kam Käthe der Aufforderung ihres Gatten nach, zog Marlene mit der rechten Hand von der Autotür und drehte mit der anderen das Fenster in die Höhe. Das ängstliche Vibrieren war deutlich zu hören, als sie mit stockender Stimme bemerkte: »Ich habe mich eben schon über die halbseitige Straßenbarrikade gewundert, an der wir uns mit dem Auto gerade noch so vorbeimogeln konnten. Ich dachte, dass sich jeder an das Demonstrationsverbot halten würde und …«

Bestürzt hielt sie inne, als plötzlich ein Polizei-Lastwagen, der vor dem Kühler ein großes Panzerschild montiert hatte, mit quietschenden Reifen um die obere Straßenecke bog. Die Köpfe der singenden Marschierer ruckten – wie an einer unsichtbaren Schnur gezogen – nach rückwärts. Im Fahrzeug justierten die Polizisten das Maschinengewehr in Richtung der Demonstranten, die nach einer Schrecksekunde laut schreiend auseinanderstoben. Sie suchten Zuflucht in den dunklen Hauseingängen oder drängten sich in panischer Angst an Hugos Lkw vorbei, um Schutz hinter der Barrikade zu finden. Die dunkle Öffnung des todbringenden Maschinengewehrs zielte nun unvermittelt auf die vor Grauen erstarrten Insassen im Argus-Laster.

»Duckt euch!«, schrie Hugo, drückte die Körper der Frauen flach auf die Sitzbank und legte sich schützend über sie.

Das Polizeifahrzeug, dessen Führerhaus oben offen war, stoppte scharf mit blockierenden Bremsen. »Am Fenster im ersten Stock bewegt sich was!«, rief Benjamin beunruhigt. Er saß mit Herzl und Paschold im Laster, zog mit fliegenden Fingern die Pistole aus dem Futteral und entsicherte sie.

Herzls unruhig flackernde Augen schauten nervös zum fahnenbehängten Balkon im ersten Stock, auf den Benjamins zitternder Zeigefinger deutete. Abrupt schwenkte er den Lauf des MGs auf das geöffnete Fenster, als sich in dessen Scheiben jäh ein grelles Mündungsfeuer widerspiegelte. Ohne Paschold s Schießbefehl abzuwarten, nahm er die gesamte Häuserfront unter Beschuss und stellte das Feuer erst ein, als Benjamin – von einem Querschläger getroffen – laut aufschrie.

Derweil sich Paschold in markig kölschen Flüchen über Herzls unbesonnenes Handeln erging, sprang der in Bereitschaft wartende Polizeitrupp von der Lasterladefläche und stürmte mit schussbereiten Waffen hinter den fliehenden Aufrührern her.

»Schlagt dem verdammten Kommunistenpack die Köpfe ein!«, brüllte Weiden. Weit vor seinen Kollegen passierte er gerade Hugos Argus-Lkw und hetzte hinter einem älteren Mann her, der auf die aus Fässern und Holzkisten gefertigte Barrikade zuhielt. Die Straße vor der Brustwehr war aufgerissen und die Pflastersteine lagen als Wurfmaterial sauber übereinandergestapelt neben fünf aufgetürmten Sandsäcken. Seinen Schlagstock über dem Kopf schwingend kam er dem humpelnden Alten bedrohlich nah, sodass er ihn zuletzt am Bund seiner zerknitterten Drillichhose zu fassen bekam. Bevor sein Gummiknüppel auf dessen Schädel niedersausen konnte, trat aus dem Schatten des hölzernen Bollwerks eine Mittfünfzigerin, um deren klapperdürre Gestalt ein abgewetzter Mantel schlotterte. Sein Blick wanderte irritiert vom hasserfüllten Gesicht der Alten zu ihren klobigen Fingern, die sie um einen schweren Pflasterstein gekrallt hielt.

Ohne Zögern riss die verhärmt aussehende Arbeiterin den Arm in die Höhe, um das steinerne Geschoss gegen den verhassten Feind zu schleudern. In dem Augenblick, da auch ihr aufrührerischer Gefährte sich dem Griff des Polizisten zu entziehen suchte, indem er blitzschnell eine Drehung um 180 Grad vollzog, dabei gleichzeitig eine Waffe aus dem Hosenbund riss und sie auf Weiden richtete, fetzte ein Schuss durch die Abenddämmerung. Parallel zum billigen Strohhut, der der Alten von den zerzausten grauen Haaren gerissen wurde, klaffte ein schwarzes Loch zwischen ihren erstaunt dreinblickenden Augen, aus dem Blut über die Nasenwurzel quoll.

Fassungslos blickte Jan Kubinski auf die rauchende Pistole in der Hand. Dann wanderte sein Blick zur alten Frau, die lautlos auf die Erde gesunken war und sich nicht mehr rührte.

168

Weiden handelte prompt, schlug den Gummiknüppel zweimal mit voller Wucht auf den Kopf des geschockten Kommunisten und trat ihm mit der Stiefelspitze ins Gesicht, als der Alte schon wehrlos am Boden lag. »Halt keine Maulaffen feil und räum die Barrikade weg!«, brüllte er in Richtung des zur Salzsäule erstarrten Recken, der ihm gerade zuvor das Leben gerettet hatte.

In Kubinskis Riesenkörper kam Bewegung. Wutentbrannt stapfte er auf Weiden zu. »Er lag regungslos am Boden!«, schrie er auf ihn herab, wobei seine leichenblasse Gesichtsfarbe plötzlich von Zornesröte überzogen wurde. »Musstest du widerliches Schwein ihn auch noch ins Gesicht treten?« Ehe Weiden reagieren konnte, packte der Hüne ihn mit beiden Händen am Kragenrevers, zog ihn mit einem Ruck in die Höhe und schleuderte den verblüfften Kollegen mit einem wilden Aufschrei in die aufgetürmten Pflastersteine. Es brauchte die Kraft von drei Polizisten, um den vor Empörung laut schnaubenden Koloss zu bändigen, der sich abermals auf Weiden stürzen wollte.

»Jebrauch deine ajjressiv-überschüssije Kraft jefälligst dazu, um Barrikaden wegzuräumen und Juerillas zu verhaften!«, imitierte ein blutjunger Polizeikollege Pascholds Dialekt. »Oder willst du dich den Befehlen des *Karpfens* widersetzen?« Bedeutungsvoll wies er mit einer Kopfbewegung nach rückwärts auf den Vorgesetzten, der mit eingezogenem Kahlkopf auf dem Trittbrett des gepanzerten Fahrzeugs stand und unter hektischen Armbewegungen lautstarke Befehle im kölschen Jargon erteilte.

Verstört schüttelte Kubinski seinen quadratischen Schädel. »Müller drei! Wenn du nicht sofort deine schmierigen Pfoten von mir nimmst, dann…«, begann er und blickte drohend auf die Hände des Kollegen, die seinen rechten Arm festhielten. Dann spähten seine Augen in Richtung des gepanzerten Lkws. Als er der erbost aufgeblasenen Backen des *asthmatischen Karp-*

fens ansichtig wurde, kam er schlagartig wieder zur Besinnung. Verdrossen befolgte er Müllers Aufforderung und half den Kollegen bei der Bergung der Toten und dem Abtransport des noch immer besinnungslosen Alten. »Heute Abend mach ich dich fertig!«, zischte er hasserfüllt zu Weiden hinüber, der sich schon wieder vom Boden aufgerappelt hatte, schmerzgepeinigt über sein verlängertes Rückgrat strich und seinen Kollegen benommen beim Wegräumen der Barrikaden zusah.

»Schmitz vier!«, befahl der kahlköpfige Polizeioffizier, als er wieder im Wageninneren Platz genommen hatte. »Sie steijen unter jrößter Vorsicht aus«, erregt blies Paschold die Backen auf und starrte dabei auf den immer größer werdenden Blutfleck an Benjamins linkem Oberarm, der den dicken Mantelstoff bis zum Ellenbogen durchtränkt hatte, »nehmen dat Auto vor uns in Jewahrsam und machen die Jasse frei. Dann lassen Sie sich von den Leuten zum nächstjelejenen Arzt fahren. Dat kann noch lange dauern, bis die Kranken- oder Leichenwagen hier sind.«

Benjamin sicherte seine Pistole, steckte sie ins Futteral und setzte den Tschako auf. Bedächtig griff er nach dem Hebel unter der zersplitterten Fensterscheibe, ehe er langsam die Wagentür öffnete. »Niemand zu sehen«, stellte er beruhigt fest und stieg – nach allen Seiten sichernd – vorsichtig aus.

»Luren Sie jefälligst auch auf die Jiebel nach oben, Schmitz! Ebenso könnten sich Juerillas auf den Dächern verberjen.« Erregt wischte sich Paschold die dicken Schweißtropfen von der Stirn.

Mit eingezogenem Kopf und in geduckter Haltung schlich Benjamin zum Argus-Lkw. Laut trommelte er an die Fensterscheibe und fuhr erschrocken zurück, als im Inneren der Körper eines bildhübschen Mädchens vor dem Wagenfenster jäh nach oben schnellte. Sein starr staunender Blick blieb an der faszinierenden Schönheit haften, ungeachtet der Tatsache, dass sich im Hintergrund noch zwei weitere Menschen zögernd zur sitzenden Stellung aufrichteten.

»Papusch, da draußen steht ein Schupo!«, flüsterte Marlene erschrocken, derweil ihr dicht bewimpertes dunkles Augenpaar auf dem blutdurchtränkten Ärmelstoff des Uniformierten haften blieb.

»Er scheint verletzt zu sein!«, konstatierte Käthe fachkundig und handelte als versierte Krankenschwester instinktiv. Ohne Umschweife öffnete sie die Wagentür und zerrte den wie paralysiert dastehenden Ordnungshüter nach innen auf den Sitz neben ihre Tochter. Sie wuchtete eine Notfalltasche vom Boden des Lasters auf die Ablage über dem Armaturenbrett. »Hilf dem jungen Mann aus dem Mantel, aber vorsichtig!«, forderte sie Marlene auf und suchte auf dem Grund des Erste-Hilfe-Behälters nach einer Schere.

Benjamin wandte sich an den Fahrer: »Ich habe Order, Sie aus der Gefahrenzone zu bringen«, stotterte er; es kostete ihn große Mühe, seinen bewundernden Blick von Marlene abzuwenden, die ihm geschickt aus dem Mantel half. Nachdem er mehrmals tief durchgeatmet hatte, wirkte sein Ton forscher, als er vorwurfsvoll anfragte: »Ich hoffe, dass Sie nicht ebenso zu diesen aufrührerischen Kommunisten gehören, die das Verbot des Polizeipräsidenten missachten, um an öffentlich veranstalteten Straßenkundgebungen teilzunehmen, wie die …«

»Nein, nein!«, unterbrach Hugo abrupt und beeilte sich, den Motor seines uralten klapprigen Lkws anzulassen. »Wir haben im Sportpalast den Rednern einer SPD-Maifeier zugehört und wurden auf der Rückfahrt zu unseren Bekannten hier in diese wüste Schießerei hineingezogen.«

Mühsam brachte Benjamin ein »Ach so« zustande und hoffte inständig, dass sein heftiges Herzklopfen von Marlene nicht wahrgenommen wurde. Seit sein verletzter linker Arm auf ihrem Schoß ruhte, damit ihre Mutter die Schere ansetzen konnte, hielt er den Atem an und sein Puls raste wie wild.

Käthe schaute auf die blutverkrustete Wunde, nachdem sie behutsam den Hemdärmel vom Bund bis zum Oberarm aufgeschnitten und die Schusswunde gesäubert hatte. »Das Glück war mit Ihnen«, stellte sie beruhigt fest und netzte ein kleines Mullviereck mit Jod. »Es ist nur ein Streifschuss. Da Sie den Lkw sowieso aus der Kampfzone bringen sollen, mache ich Ihnen den Vorschlag, uns bis zum Hause der Bekannten zu begleiten, dann könnte im Nachbarhaus …«

»… Dr. Levi die Verletzung in seiner Praxis behandeln«, brachte Marlene mit geröteten Wangen den Gedankengang ihrer Mutter auf den Punkt, »der wohnt nämlich gleich neben den Rosenkranzens.«

Nachdenklich schaute Hugo zum jungen Polizisten – der nach wie vor seine Tochter anzuhimmeln schien – und brummte leise vor sich hin: »Bin gespannt, was Frau Rosenkranz' verliebter Sohn dazu sagt.« Dann nickte er zustimmend mit dem Kopf und empfahl mit lauter Stimme: »Lotsen Sie uns mal an dem gepanzerten Polizeifahrzeug vorbei, junger Mann.« Während er den Argus-Lkw langsam anfuhr, wies er empört mit dem Zeigefinger nach vorn, wo ein Demonstrant nach dem anderen unter Knüppelhieben auf die Laderampe des Lasters geprügelt wurde. Trotzig hoben die Verhafteten die geballten Fäuste und schrien: »Nieder mit der SPD-Marionette Zörgiebel! Es lebe der Kommunismus!«, bevor man ihnen Handschellen anlegte.

»Der Einsatz Ihrer Kollegen scheint sich gelohnt zu haben«, kommentierte Hugo; bitterster Sarkasmus klang aus seiner Stimme. »Was jedoch die außerordentlich gewaltbereite Polizei betrifft, so möchte ich hiermit mein Missfallen über deren brutale und inhumane Vorgehensweise zum Ausdruck bringen. Ähnlich barbarisches Handeln erlebte ich im letzten Krieg anno 1914.«

Benjamins Gesicht lief rot an. Krampfhaft suchte er nach erklärenden Worten. »Wahrscheinlich liegt das an der langen Kasernierung. Einige Hundertschaften wurden hier in Berlin mehr als drei Wochen ohne Ausgang in ihren Unterkünften festgehalten und auf die zu erwartenden Straßenkämpfe vorbereitet, ehe sie endlich heute zum Einsatz kamen.«

»Du kannst den jungen Polizisten nicht für die rücksichtslosen Ausschreitungen seiner Kollegen verantwortlich machen«, tadelte Käthe ihren Gatten. »Schließlich hat er sein Leben für die Aufrechterhaltung der öffentlichen Ordnung aufs Spiel gesetzt und …«

»… wurde dabei von den Gesetzesbrechern schwer verletzt«, beendete Marlene den angefangenen Satz ihrer Mutter und nickte dazu so heftig, dass ihre langen braun gelockten Haare in Unordnung gerieten.

Hugo, der auf die unzureichende Erklärung des Ordnungshüters gedanklich schon eine scharfe Erwiderung formuliert hatte, klappte seinen bis dahin geöffneten Mund umgehend wieder zu. Klugerweise verzichtete er auf eine gepfefferte Gegenrede, da seine Familie sich in abtrünniger Weise auf die Seite des angeschossenen Beamten geschlagen hatte. Geschickt lenkte er sein Fahrzeug am gepanzerten Polizeiwagen vorbei und versuchte dem aufrührerischen Arbeiterviertel schnellstens den Rücken zu kehren.

Mit Unbehagen bemerkte Marlene, dass der junge Polizist sie unablässig verstohlen von der Seite anblickte. »Das ist mein erster Berlinbesuch«, bemerkte sie verlegen. Nervös nestelte sie an Benjamins Mullbinde, mit der ihre Mutter den Arm des Verletzten bandagiert hatte. »Weil ich vor zwei Tagen meinen 16. Geburtstag hatte, durfte ich an der Filmpremiere *Die Frau, nach der man sich sehnt* teilnehmen.«

»Das ist ein Film mit Marlene Dietrich, Fritz Kortner und Oskar Sima«, platzte es aus Benjamin heraus.

Marlenes gesenkter Kopf ruckte nach oben. »Sehen Sie sich auch so gerne Filme an?« In ihren großen dunklen Augen schienen kleine funkelnde Sterne zu tanzen, als sie vor Begeisterung in die Hände klatschte.

»Wenn sich die eigene Schwester der Schauspielerei verschrieben hat, bleibt dem jüngeren Bruder gar nichts anderes übrig, als mit ihr über all die vielen Leinwandgrößen zu fachsimpeln.«

»Ihre Schwester ist Schauspielerin?« Ein ehrfürchtiges Staunen huschte über Marlenes ebenmäßige Gesichtszüge und nach kurzem Zögern gestand sie: »Ich werde auch Schauspielerin, genau wie meine Namensvetterin Marlene Dietrich!« Aufmüpfig schaute sie ihre Mutter von der Seite an, die geradeaus durch die Windschutzscheibe starrte und seufzend die Augen gen Himmel hob. »Papusch, du stimmst mir doch zu! Oder?«

»Aber sicher, mein Herz; alles, was du willst!«, bestätigte Hugo und grinste verstohlen in sich hinein, als seine Gattin ihm einen bitterbösen Blick zuwarf.

»Und was meinen Sie dazu?« Marlenes dunkel-samtige Kulleraugen forderten Benjamin unmissverständlich auf, Partei für sie zu ergreifen.

»Nun ja«, begann Benjamin und senkte unsicher das Haupt, als Käthes Augen ihm hinter den Gläsern ihrer altmodischen Nickelbrille durchbohrende Blicke zuwarfen. »Auch in meiner Familie hält man diesen Berufszweig für brotlose Kunst und Sofie musste deshalb den Schauspielunterricht heimlich nehmen, sonst …« Sein diplomatisch taktierender Diskurs wurde übergangslos unterbrochen, als Hugo von der Pankstraße nach rechts in eine kleine Nebenstraße bog.

Vor ihnen stand ein Spritzenwagen, der den harten Wasserstrahl auf eine Gruppe von über 50 Demonstranten gerichtet hielt. Mit erhobenen Händen suchte man sich gegen die Fontäne zu schützen. Allein die Gewalt des Wassers war stärker, sodass die Menschen laut schreiend in alle Himmelrichtungen auseinanderstoben.

Benjamin stülpte sich den auf der Ablage deponierten Tschako über, stieg aus und salutierte vor dem Uniformierten, der neben einem in Bereitschaft stehenden gepanzerten Polizeiwagen stand. Hastig wechselte er mit dem Kollegen einige Worte und ging rasch zu Hugos Fahrzeug zurück. »Setzen Sie den Lkw rückwärts. Mein Kollege rechnet jeden Augenblick mit einem erneuten Schusswechsel. Vor knapp zehn Minuten wurde ihre Einheit von den Dächern beschossen. Seine Empfehlung lautet: kleine Nebenstraßen meiden, weil von den Aufständischen in den meisten Gassen Barrikaden errichtet wurden, die kein Durchkommen mehr zulassen.«

Noch bevor Benjamin im Führerhaus Platz genommen hatte, versuchte Hugo unter größter Eile sein bejahrtes Gefährt zu wenden. Nach mehreren schweißtreibenden Anläufen stand er endlich mit der Schnauze des Lkws in entgegengesetzter Richtung. Kaum hatte er das Gaspedal bis zum Boden durchgetreten, als in ihrem Rücken vereinzelte Schüsse durch die Straßenschlucht hallten, die von mehreren Maschinengewehrsalven beantwortet wurden.

Sechs Augenpaare richteten ihre bangen Blicke nach rückwärts und nahmen mit Schaudern zur Kenntnis, dass ein menschlicher Körper vom Dach eines mehrstöckigen Hauses fiel und mit lautem Knall auf das harte Kopfsteinpflaster der Gasse klatschte.

Hugos verkrampfte Hände hielten das Steuerrad und seine zu Schlitzen zusammengezogenen Augen blickten stur nach vorn durch die Windschutzscheibe. »Es bleibt abzuwarten, ob wir heute noch ungeschoren das Heim der Rosenkranzens erreichen werden«, sagte er mit zitternder Stimme und zum ersten Mal nach langer Zeit stiegen wieder grauenvolle Bilder aus vergangenen Tagen in ihm hoch.

22

Köln-Ehrenfeld
13. Juli 1931

Wilhelm stand vor dem Spiegel über der steinernen Spüle und entfernte mit dem bunten Baumwollhandtuch die Reste des weißen Rasierschaums vom Kinn. Erschrocken fuhr er zusammen, als es an der Haustür Sturm läutete. »Ich geh ja schon!«, rief er missgestimmt zurück, als Mathilde ihn vom ersten Stock aus auf den unverschämten Ruhestörer aufmerksam machte. »Auch wenn ich schlecht höre – dieser Höllenlärm würde selbst Tote aufwecken.« Mit drei Bürstenstrichen glättete er eilig sein widerspenstiges weißes Haar und griff nach dem Gehstock, bevor er in kurzen Schritten über den Flur zur Eingangspforte trippelte.

Mit geröteten Gesichtern standen Anna und Maria im Türrahmen und versuchten, nach Atem ringend, ihrer Erregung Herr zu werden. »Die Darmstädter Nationalbank ist zahlungsunfähig«, keuchte Maria aufgeregt. Tief durchatmend schob sie ihre Schwiegermutter durch die schwere Eichentür.

Stoßweise atmend umklammerte Anna Wilhelms Arm. »Hinter vorjehaltener Hand munkelt man, datt bei dem heutijen Sturm auf die Kölner Sparkassen mehr als 2,5 Millionen Mark abjehoben wurden und man deshalb jewillt is, die Land- und Stadtzahlstellen zu schließen.« Ein Lächeln huschte über ihre runzligen Gesichtszüge, als sie zufrieden anmerkte: »Wat bin ich jlücklich, datt ich dat bissjen Jeld, dat ich habe, sicher in meinem Sparstrumpf unter der Matratze versteckt habe.«

»Um Gottes willen!« Mathilde, die voller Neugier, auf Zehenspitzen stehend, nach unten gelauscht hatte, war besorgt die Stufen hinuntergeeilt und stand gespannt vor den debattierenden Verwandten. »Aber woher wisst ihr das?«

»Zufälligerweise weilte Franz heute in der Kölner Innenstadt. Als er die riesige Warteschlange vor seiner Kasse sah, stellte er sich sofort an.« Nervös wischte Maria die feuchten Finger an ihrem wadenlangen grauen Leinenrock ab. »Die Höchstgrenze, die man jedem auszahlte, belief sich auf 300 Mark. Daraufhin rief Franz uns sofort an, um euch zu warnen.«

»Ich lauf sofort rüber und versuch Geld bei der Sparkasse Ehrenfeld abzuheben.« Mit fliegenden Fingern band sich Mathilde ein Kopftuch um ihr stark ergrautes Haar und stand schon wieder auf dem Treppenabsatz. »Wilhelm, such nach unserem blauen Buch. Ich renn schnell nach oben, um Cillis Sparbuch zu holen.« Ihr Gesicht war von hektischen Flecken übersät, als sie die Stiegen hinaufhetzte.

»Wo is dat Cilli?« Erschöpft stützte sich Anna auf den Arm ihrer Schwiegertochter und blickte fragend in Wilhelms Gesicht, dessen leicht geröteter Teint übergangslos von einer wächsernen Blässe überzogen wurde.

»Ihr Mann schwankte heute Morgen schon vor acht Uhr stockbetrunken durch die Räume«, sagte Wilhelm mit gesenktem Kopf. »Lautstark randalierend warf Julius mit dem Frühstücksgeschirr nach uns und war einfach nicht mehr zu beruhigen. Der herbeizitierte Arzt musste den zeitweise Tobenden und dann wieder wirr Redenden mit einer Beruhigungsspritze außer Gefecht setzten. Mein Schwiegersohn ist inzwischen nicht nur für sich selbst, sondern auch für uns alle eine Gefahr«, flüsterte er und Maria bemerkte bestürzt, dass ihr alter, gebrechlicher Onkel mit Mühe die Tränen zurückhielt. »Zusammen mit Dr. Schmitz-Söder leitete unsere Tochter heute Morgen endlich die längst fälligen Schritte ein, um Julius in die Nervenheilanstalt in Endenich bei Bonn einweisen zu lassen. Julius hat im wahrsten Sinne des Wortes seinen Verstand versoffen. Inzwischen sieht er überall die sprichwörtlichen *weißen Mäuse* und erkennt seine nächsten Angehörigen nicht mehr.« Fahrig wühlte er in der Schublade des Flurschränkchens nach dem Sparbuch.

Mathilde eilte erneut die Treppe hinunter. »Klein Julius' Sparbuch habe ich auch gefunden. Wo ist unser …« Ausgepumpt hielt sie inne, als Wilhelm ihr das abgegriffene blaue Heft in die Hand drückte. Nervös schaute sie zur Wanduhr. »Es ist genau zwölf Uhr. Ich bete zu Gott, dass man mir von allen drei Konten wenigstens die 300 Mark gibt. Wer weiß, wann die Kasse das nächste Mal wieder etwas an ihre Sparer auszahlen kann.« In der Erregung stülpte sie über das bunt gemusterte Kopftuch ihren gelben Strohhut und rief im Hinauslaufen: »Braut einen starken Kaffee! Ich werd ihn nachher sicher nötig haben.«

Wilhelm hielt noch immer die geöffnete Eichentür in der verkrampften Hand, als auf der Straße das Quietschen von Bremsen und lautes Hupen schon längst verklungen war. In der Hektik wäre Mathilde fast in einen Lastwagen gelaufen. »Oh mein Gott«, stöhnte er und versuchte durch tiefes Durchatmen seinen rasenden Puls unter Kontrolle zu bringen. »Ein Unglück kommt ja bekanntlich selten allein, und das war nunmehr der dritte Schreck in der Morgenstunde.« Seufzend ließ er die Tür ins Schloss gleiten und trippelte, den anderen voran, in die große Wohnküche.

»In den letzten Monaten konnte jeder sehen, dass es mit Cillis Mann bergab ging«, nahm Maria erneut das Gespräch auf. »Aber steht es um Julius wirklich so schlecht, dass ihr ihn einweisen musstet?« Sie setzte den Wasserkessel auf den Herd und blickte mit gefurchter Stirn zu ihrem Onkel. »Warum sprecht ihr nie über eure Sorgen? In Zeiten wie diesen muss die Familie zusammenhalten.« Sie fühlte mit dem schmerzgeplagten Mann, der sich nicht nur ständig um die Zukunft der Kinder sorgte, sondern auch unter äußerst schmerzhaften

Gichtanfällen litt, die kein Arzt zu lindern vermochte. Einfühlsam streichelte sie über seinen gebeugten Rücken, in der Hoffnung, dass er sich die Sorgen von der Seele reden möge. »Geteiltes Leid ist doch halbes Leid, Onkel.«

Wilhelms herabgezogene Mundwinkel zuckten verdächtig und es brauchte mehrere Anläufe, ehe er sich imstande sah, über das Alkoholproblem seines Schwiegersohns zu sprechen. »Als man den Schaffenden bei Ford wegen der fortschreitenden Wirtschaftskrise Kurzarbeit verordnete und bis zu 20 Prozent ihres Lohnes strich«, begann er stockend, weil seine Stimme ständig zu versagen drohte, »hat Julius das alles noch stoisch über sich ergehen lassen. Zumal Cilli durch ihre Aushilfstätigkeit bei der Straßenbahn und auch wir geringe Beiträge zum Lebensunterhalt der kleinen Familie beisteuern konnten.« Kurz hielt er inne und starrte gedankenverloren auf Marias Hände, die geschickt den Kaffee aufbrühten. »Dann erhielt er die Kündigung, und während des Bezuges von Arbeitslosengeld und der anschließenden weit niedrigeren Krisenunterstützung hielt sich sein Alkoholkonsum einigermaßen in Grenzen. Als er danach, trotz größter Mühen und unzähliger erfolgloser Bewerbungen, als Hilfsarbeiter – seine Lehre konnte er ja kriegsbedingt nicht abschließen – in das kolossal anwachsende Heer der Wohlfahrtserwerbslosen absank, fiel er in tiefe Depression und bekam seine Trunksucht nicht mehr in den Griff.«

»Ja! Außer Frage steht, dass im Sog des *Schwarzen Freitags* an der New Yorker Börse die Weltwirtschaftkrise nun auch unser Land in die Knie zwingt«, seufzte Maria und reichte den alten Herrschaften eine Tasse Kaffee. »Was soll nur werden, wenn inzwischen jeder Dritte arbeitslos ist? Es vergeht kein Tag ohne neue Hiobsbotschaften in Zeitungs- und Radioberichten.«

Vorsichtig schlürfte Wilhelm den heißen Kaffee. »Wie steht es um Franz' Posten? Kann man seinen Betrieb vor der Insolvenz retten?«

»Der amerikanische Kreditgeber forderte schon im Februar '30 sein Geld zurück«, gedankenverloren rührte Maria ihren Kaffee um, »und wenn nicht vor zwei Wochen ein neuer Geldgeber in die Bresche gesprungen wäre, hätten weder die vielen Entlassungen noch die anschließende Kurzarbeit und der beträchtliche Lohnabbau das Unternehmen vor dem Untergang retten können.«

»Wie dat Sofie im Radio in ihren Wirtschaftsnotizen bekannt jejeben hat, forderten die fremdländischen Kreditjeber direkt nach dem Börsenkrach ihr kurzfristig im Deutschen Reich anjelegtes Jeld zurück. Anjeblich sollen dat über 15 Milliarden Reichsmark jewesen sein.« Annas traurig dreinblickende Augen strahlten plötzlich, als sie nach einer kurzen Pause stolz fortfuhr: »Jeden Abend hör ich die Nachrichten, wenn dat Sofie mit ihrer schönen Stimme all die wichtijen Meldungen kundjibt.«

Wilhelm nickte. »Im Wesentlichen beruhte auf den vielen ausländischen Krediten der wirtschaftliche Aufschwung der 20er-Jahre. Und wenn man von heute auf morgen diese eminente Summe aus Wirtschaft und Industrie abzieht, dann …«

»Wie dat Sofie in ihren Berichten jesagt hat, waren die Aktien von jetzt auf jleich nix mehr wert«, fiel die alte Dame Wilhelm ins Wort. »Und nit nur die Herzinfarkt-, sondern auch die Selbstmordrate soll sprunghaft anjestiegen sein. Selbst der jut situierte Schornsteinfegermeister Höhner von unserem Heinrich soll an der Börse sein jesamtes Hab und Jut verloren haben.« Unruhig rutschte sie auf ihrem Stuhl herum, ehe sie mit einem verstohlenen Blick auf ihre Schwiegertochter zögerlich weitersprach: »Die Polizei hat den Schuldner inzwischen in den *Klingelpütz* jesperrt und im Jefängnis hat der Höhner anjeblich verlauten lassen, datt er deshalb Hand an sich lejen will. Dabei is doch Selbstmord, laut Jottes Jebot, eine jrauenvolle Todsünde!«

»Aber Oma Anna«, unterbrach Maria mit leiser Stimme ihre Schwiegermutter. »Der Umstand, dass sich Meister Höhner selbst richten will, hat doch eine ganz andere Ursache.« Unschlüssig und verlegen rang sie die Hände, und es schien sie große Überwindung zu kosten, den betagten Herrschaften reinen Wein einzuschenken. »Einer aus den Reihen von Grohés NSDAP hat den Meister angezeigt.«

Wilhelm seufzte laut: »Für die Kölner Bevölkerung ist es ja schon schlimm genug, dass der Rosenmontagszug in diesem Jahr ausfallen musste, weil auch die Stadt Köln sich während der Krise finanziell vergaloppierte und deshalb keinen Zuschuss geben konnte. Noch schlimmer aber ist, dass die Nationalsozialisten bei der Reichstagswahl im Herbst letzten Jahres zur drittstärksten Partei nach SPD und Zentrumspartei avancierten. Und zu Grohé ist anzumerken, dass er als Chefredakteur des *Westdeutschen Beobachters* fortwährend mit wüsten antisemitischen Hetztiraden von sich reden macht. Deswegen musste er sich schon mehrfach vor Gericht verantworten und wurde im Frühjahr '28 sogar zu einer mehrwöchigen Haftstrafe verurteilt.«

»Meint ihr **den**, der mit seinem jemeinen Jeschreibsel immer so jrässlich jejen unsere jüdischen Mitbürjer jelästert hat und…«

»Ja, den meinen wir«, bestätigte Maria. »Und einer aus den Reihen dieser verruchten Partei hat den Höhner vor zwei Wochen angezeigt. Aber nicht wegen dessen Überschuldung.« Verzagt blickte sie in die Runde und holte tief Luft. »Angeblich soll er unseren Heinrich, während der Ausbildung zum Schornsteinfeger, zu homosexuellen Handlungen verführt haben.« Ihr Gesicht überzog sich mit Schamesröte, als sie zum fassungs- und sprachlos dreinblickenden Onkel sah.

»Du meinst **die** Partei, jejen die unser Erzbischof Schulte bei seiner letzten Predigt jeschimpft hat«, unternahm Anna den von Anfang an zum Scheitern verurteilten Versuch, vom sündhaften Lebenswandel ihres Lieblingsenkels abzulenken. »Dat Ärjerliche is ja, datt der Johannes in die NSDAP einjetreten is. Und als ich ihm jesagt habe, datt er sich in schlechter Jesellschaft befindet, hat er mir einen *Vogel* jezeigt. Wat sin dat nur für schlimme Zeiten, wenn die Enkel keinen Respekt mehr vor den Jroßmüttern haben.«

Irritiert blickte Wilhelm zwischen den Frauen hin und her. Dass Anna die juristische Tragweite dieses Desasters nicht überriss, stand für ihn zweifelsfrei fest. Fest stand aber auch, dass Maria – trotz aller Scham – verzweifelt seinen Rat suchte, um Unheil von ihrem Sohn abzuwenden. Sicherlich war er als altgedienter Richter a. D. in der Lage, den Paragraphen 175 zu erklären. Wie aber sollte er der tugendhaften Frau dieses widernatürliche Sexualverhalten in allen schändlichen Einzelheiten auseinanderlegen? Ihr nahebringen, dass der Missbrauch eines männlichen Minderjährigen unter 21 Jahren, der außerdem in einem abhängigen Dienst- und Arbeitsverhältnis stand, inzwischen kein Vergehen, sondern nach der Verschärfung des Paragrafen 175 ein Verbrechen darstellte? Wenn man bedachte, dass für diesen neuen Tatbestand nicht nur beischlafähnliche Handlungen, sondern selbst leichtere Formen der homosexuellen Betätigung – wie beispielsweise gegenseitige Masturbation – relevant waren, dann musste Maria sich auch um ihren jetzt knapp 30-jährigen Sohn Sorgen machen. Erschwerend kam hinzu, dass man – seit der Hinrichtung des norddeutschen Knaben-Serienmörders Fritz Haarmann vor zwei Wochen im Kölner Gefängnis Klingelpütz – mit einem sprunghaften Anstieg bei der Verurteilung Homosexueller rechnen musste. Sollte man Meister Höhner das Verbrechen der *schweren Unzucht* nachweisen, so hatte er sowohl mit der Aberkennung der bürgerlichen Ehrenrechte als auch mit einer Zuchthausstrafe zu rechnen. Wie es allerdings rechtlich um den damals minderjährigen, aber heute volljährigen Heinrich steht, konnte er

182

beim besten Willen nicht abschätzen. »Zuerst müsst ihr für euren Sohn einen guten Anwalt finden. Wie steht Franz zu Heinrich in dieser äußerst prekären Situation?«, begann er vorsichtig das Gespräch und zuckte erschrocken zusammen, als Marias Gesicht augenblicklich von einer leichenhaften Blässe überzogen wurde.

»Als man Meister Höhner verhaftete, vertraute sich Heinrich in seiner Not dem älteren Bruder Johannes an.« Aufgewühlt zerknüllte Maria ihr Taschentuch. »Das Unheil nahm seinen Lauf, nachdem Johannes' erster Weg zu seinem Vater führte. Keiner ahnte etwas von Heinrichs sexueller Abartigkeit.« Zittrig wischte sie sich durch die geröteten Augen. »Als Franz von der großen Schande seines Sohnes erfuhr, machte er mir schwere Vorwürfe. Während er im Krieg für das Vaterland seine Haut zu Markte getragen hätte, wäre Heinrichs Charakter durch meine nachgiebige Erziehung zerrüttet und sein sittliches Gefühl zerstört worden. Nur weil ich ihn mit den Puppen seiner Schwestern habe spielen lassen, anstatt ihm Holzautos oder Eisenbahnen in die Hand zu drücken.«

»Wie sollte dein Mann anders denken, wenn selbst die Ärzteschaft es als erwiesen ansieht, dass Homosexualität durch eine verweichlichte Erziehung begünstigt wird? Dementsprechend plädieren natürlich die Gerichte bei sexuellen Verirrungen für ein scharfes Durchgreifen. Zum Schutz der Volksgesundheit müsse der Homosexualität durch ein hohes Strafmaß Einhalt geboten werden, da sie zur Entartung und zum Kräfteverfall des Volkes führen könne.« Wilhelm streichelte beruhigend über Marias flatternde Hände. »Sorg dich nicht, Kind. Ich kenne einen exzellenten Anwalt, der sich auf dieses diffizile Gebiet spezialisiert hat. Dr. Rundeisen ist ein guter Bekannter und ich bin davon überzeugt, dass er vor Gericht die Vertretung deines Sohnes übernehmen wird.«

Als es laut an der Haustür klingelte, zuckten alle erschrocken zusammen und Maria sprang augenblicklich von ihrem Stuhl hoch. »Bleib sitzen, Onkel«, flüsterte sie und fügte entschuldigend hinzu: »Jedes Mal, wenn es an einer Haustür läutet, rechne ich mit der Verhaftung meines Sohnes und der anschließenden Verwahrung im Klingelpütz.« Sie wischte sich die schweißigen Finger am Taschentuch ab und ging zur Eingangspforte. »Bestimmt ist es Tante Mathilde, die hoffentlich erfolgreich vom Sparkassengang zurückgekehrt ist.« Hastig eilte sie über den dunklen Flur und öffnete mühevoll das verschnörkelte Eingangstor aus massiver Eiche. Im Türrahmen stand Cecilia, deren blasser Teint durch das mittäglich grelle Licht noch durchsichtiger wirkte und die Farbe von weißem Alabaster angenommen hatte. »Dein Vater klärte uns über Julius' Befinden auf. Cilli, das tut mir alles so furchtbar leid und …« Geistesgegenwärtig fing sie die Cousine auf, die sich schluchzend in ihre Arme warf, um sich an ihrer Schulter auszuweinen. »Allein zu tragen wiegt schwer das Leid, nur leichter wird's, trägt man's zu zweit; auf dunkle Nacht voll großer Sorgen folgt tröstend dir ein heller Morgen«, rezitierte sie in ihrer Hilflosigkeit eines der vielen selbst verfassten Gedichte der Großmutter, womit selbige früher dem kindlichen Leid der beiden Cousinen oft hatte Einhalt gebieten können.

Auch dieses Mal schienen die ermutigenden Worte ihre Wirkung nicht zu verfehlen. »Du hast recht!« Mit einem Ruck löste sich Cecilia aus Marias tröstender Umarmung, kramte aus ihrer marineblauen Leinenjacke ein mit gelbem Häkelgarn kunstvoll umsäumtes Tüchlein hervor und schnäuzte sich die Nase. »Ich muss die Dinge so nehmen, wie sie nun einmal sind. Im Moment ist das einzig wirklich Wichtige, für meinen Sohn die richtigen Erklärungen bereitzuhalten.«

»Erklärungen?«

Unruhig schaute Cecilia in Richtung Wohnküche und bemerkte erleichtert, dass die Tür geschlossen war. »Gestern Abend fiel Julius mit irrem Blick über meinen Vater her, entriss ihm den Gehstock und schlug zweimal auf ihn ein, ehe wir ihm gemeinsam die Krücke entwenden konnten. Ich hätte es niemals für möglich gehalten, dass mein sanfter Ehemann solche Kräfte entwickeln könnte«, flüsterte sie schaudernd. »Während der Nacht wachte er – wie so oft – schreiend aus einem fürchterlichen Albtraum auf. Nur, dieses Mal verkrallte er sich beidhändig in meinen Haaren und schrie: ›Wo ist die andere blonde Mörderin? Ich muss euch beide töten, sonst werdet ihr mich erschießen!‹ Nachdem ich ihn wieder beruhigt hatte, stürzte er sich heute Morgen am Frühstückstisch mit verdrehten Augen auf unseren Jungen. Immer wieder brüllte er: ›Du verdammter Bastard bist nicht mein Sohn!‹ Dabei würgte er das Kind minutenlang am Hals. Nur mit größter Mühe konnten wir die verkrampften Finger des Tobenden lösen.« Ihr Redefluss wurde ganz plötzlich durch nervös-temporäre Schluckattacken unterbrochen, die es ihr unmöglich machten weiterzureden.

»Um Himmels willen, bewahr die Fassung! Das kannst du dem kleinen Julius folgerichtig mit dem verwirrten Gefasel eines im Delirium Befindlichen erklären«, flüsterte Maria. Besänftigend umfasste sie Cecilias zitternde Hände.

»Niemals werde ich meinem Sohn erklären können, dass sein leiblicher Vater ein menschliches Schwein war. Maria, schwör mir …« Erneut versagte ihr die Stimme, als sie in wilder Verzweiflung die Schultern der Cousine schüttelte.

»Du weißt, dass niemand von mir auch nur ein Sterbenswörtchen erfährt«, wisperte Maria beschwörend zurück. »Um Gottes willen, beruhige dich! Wenn wir nicht sofort zu den anderen gehen, dann …«

Ein kaum merklicher Ruck ging durch Cecilias verspannten Körper. Erschöpft schluckte sie mehrfach, wischte sich die Tränen mit dem Handrücken von den Wangen, und während sie durch den langen Flur auf die Küchentür zuging, sagte sie betont laut: »Maria, gestern erreichte mich ein Brief aus Berlin.«

»Von Benjamin?!«, rief Maria überglücklich aus. »Seit zwei Monaten hat er nicht mehr geschrieben. In all seinen vorherigen Briefen berichtete er überschwänglich von seiner Verlobten; es ist unverkennbar, dass er bis über beide Ohren in sie verliebt ist. Vielleicht kommt mein Jüngster nach Hause. Wäre es nicht wunderbar, das Paar in unserer Nähe zu wissen?«, schwärmte sie mit leuchtenden Augen. Dann hielt sie unvermittelt inne und fügte nach kurzem Zögern mit unverhohlener Traurigkeit hinzu: »Selbst wenn ich mich mit den beiden nur heimlich treffen könnte.«

»Darf man Benjamins Namen nach der langen Zeit noch immer nicht in eurem Haus erwähnen?«, fragte Cecilia. Mit abgewandtem Gesicht durchquerte sie schnellen Schrittes die Küche, wühlte mit übertriebener Geschäftigkeit in der Schublade der Anrichte und überreichte Maria den Brief.

»Dat is jetzt schon so lange her, datt der Benjamin aus dem Haus jejangen is und wir ihn nit mehr zu Jesicht jekriegt haben.« Annas bekümmert dreinblickendes Augenpaar war von Tränen umflort. »Und noch immer wird der Franz janz jrässlich ajjressiv, wenn der Name meines jüngsten Enkels jenannt wird.«

Wilhelm schaute zu Maria, die hastig den Briefumschlag aufriss und begierig in dem mehrere Seite umfassenden Schreiben ihres Sohnes las. »Cilli«, drehte er sich anschließend mit nachhaltig sanfter Stimme zu seiner Tochter um, »du solltest uns einen umfassenden Bericht über Julius' Einweisung in Endenich geben.« Er vermied es, in ihr bleiches und verweintes Gesicht zu blicken.

Cecilia wurde der Antwort enthoben, als es an der Haustür Sturm läutete. »Dat is janz bestimmt deine Frau, Wilhelm«, entfuhr es Anna. »Hoffentlich hat dat Thildchen bei der Sparkasse Jlück jehabt!« Sie guckte zur Wanduhr. »Dat wurde aber auch Zeit! Mehr als eine halbe Stunde is die Jute wegjewesen.«

Mathilde überfiel ihre Tochter mit einem lauten Wort-schwall, nachdem Cecilia ihr das schwere Eichentor geöffnet hatte. »Stell dir vor Cilli«, sagte sie völlig außer Atem, »ich ge-hörte mit zu den Letzten, der die Kassiererin 300 Reichsmark auf jedes unserer Konten auszahlte.« Entnervt riss sie sich den zerbeulten Strohhut und das Tuch vom Kopf. »Als der Spar-kassenleiter um Punkt 12.30 Uhr die Pforte vor der langen Warteschlange auf der Straße mit dem Hinweis schloss, dass man erst wieder in drei Tagen zu Auszahlungen in der Lange wäre«, flatterig kramte sie mit der freien Hand in ihrer Ta-sche herum und überreichte ihrer Tochter zwei mit Geld ge-spickte Sparbücher, »kannst du dir vorstellen, welch ordinäre Schimpfwörter die wütende Kölner Bevölkerung dem Über-bringer dieser Katastrophennachricht an den Kopf geworfen hat. Eine Marktfrau war dermaßen aufgebracht, dass sie einen Korb mit Obst über seinem Haupt ausschüttete. Woraufhin zwei Fischmarktweiber sich veranlasst sahen, ihn außerdem auch noch mit glitschig-stinkenden Heringen zu bewerfen.« Sie drückte Cecilia das Kopftuch und den Strohhut in die Hand, ging in die Großraumküche und nahm dankbar aus Annas Hand eine Tasse mit heißem Kaffee entgegen. »Gott sei Dank«, stöhnte sie erleichtert, nachdem sie an dem starken Gebräu genippt und sich auf einem altersschwachen Hocker niedergelassen hatte. »900 Mark können wir jetzt erst einmal für die nächste ungewisse Zeit unser Eigen nennen. Und ob man den Worten des Leiters Glauben schenken kann, dass die Kasse in drei Tagen wieder liquide ist, wage ich – nach den vielen Negativgerüchten zu urteilen, die sich die Leute hinter vorgehaltener Hand mitteilten – wirklich zu bezweifeln.« Sie schaute in das verstörte und blasse Gesicht ihrer Tochter, stellte die dampfende Kaffeetasse auf den Küchentisch und erkundigte sich beklommen: »War es schlimm, Cilli?«

»Nein. Dr. Schmitz-Söder stellte Julius ja vorher ruhig, sodass er die Einweisung in die Nervenheilanstalt klaglos über sich ergehen ließ«, erwiderte Cecilia mit gesenkten Augenlidern und matter Stimme. »Ob wir allerdings die hohen Unterbringungs- und Pflegekosten bezahlen können, wird sich noch zeigen.« Aus der Jackentasche zog sie mehrere eng zusammengefaltete Schriftstücke der Heilanstalt und reichte sie Wilhelm. Bekümmert bemerkte sie, dass die ohnehin wächserne Gesichtsfarbe ihres Vaters noch bleicher wurde, nachdem er einen kurzen Blick auf die Summe der Kostenbemessung geworfen hatte.

»Wie man uns mehr als ausreichend in Radio- und Zeitungsberichten informierte, jährt sich Ende des Monats der Todestag des berühmten Düsseldorfer Musikdirektors Robert Schumann zum 75. Mal«, begann Mathilde erneut auf die zahlreichen und umfassenden Erinnerungen an den genialen Künstler einzugehen, die sie heute Morgen dazu veranlasst hatten, auf eine Einweisung ihres Schwiegersohnes in die anerkannte Nervenklinik bei Bonn zu bestehen. »Damals nahm die Endenicher Heil- und Pflegeanstalt Schumann doch auch auf, nachdem sein Selbstmordversuch im Rhein fehlgeschlagen war. Welche Unterschiede macht die borniierte Ärzteschaft zwischen dessen und Julius' Suizidversuch? Schließlich haben beherzte Menschen auch deinen Gatten vor einer knappen Woche aus dem Rhein gezogen und …«

»Aber Mama!«, unterbrach Cecilia abgespannt die Rede ihrer Mutter. »Erstens ist das Geschehen um den bedeutenden Pianisten und Komponisten ein Dreivierteljahrhundert her. Zweitens verehrte ihn eine große Anhängerschaft und sein Mäzen übernahm die Kosten für Unterbringung und Pflege, in der Hoffnung, dass er genesen und wieder komponieren möge. Und drittens war es von uns unrealistisch zu glauben, dass man den Angehörigen eines bedeutungs- und mittellosen Selbstmordkandidaten finanziell entgegenkommen würde. Unabänderlich ist, dass wir eine neue Anstalt für Julius suchen müssen, weil …« Erschrocken zuckte Cecilia zusammen, als sie zu ihrer Cousine schaute, die mit einem schrill ausgestoßenen »Oh, Gott« den Brief ihres Sohnes auf die Erde fallen ließ.

»Was ist los, Maria?« Mit einem Ruck richtete Wilhelm seine zusammengesunkene Gestalt im Armstuhl auf und schaute die blass gewordene Verwandte fragend an.

»Benjamin hat in Templin standesamtlich geheiratet und will die kirchliche Trauung bei uns in Ehrenfeld ausrichten lassen.«

Die Verwandtschaft blickte sich gegenseitig verständnislos an. »Aber dat is doch jroßartig!«, rief Anna entzückt und verdutzt zugleich.

»Die Heimsuchungen nehmen kein Ende«, widersprach Maria dessen ungeachtet. »Erst das Desaster um Heinrichs Homosexualität und jetzt auch noch Benjamins kirchliche Hochzeit in Köln mit einer Frau, die der lutherischen Konfession angehört.«

»Dat jlaube ich nit, datt der Benjamin eine Evanjelische jeheiratet hat«, rief Anna empört, legte ihre Hand auf die schmerzende Brust und atmete röchelnd. »Nie und nimmer wird mein jüngster Enkel für den Rest seines Lebens in einer sündhaften Mischehe leben wollen. Wat soll denn aus den armen Kinderschen werden, die aus so einer unzüchtigen Verbindung hervorjehen?«

Annas Rede wurde durch anhaltendes Läuten unterbrochen. Cecilia sah zur Wanduhr. »Das ist Julius. Er kommt vom Schulunterricht zurück.« Ihre linkes Augenlid zuckte nervös, als sie flehend zu ihrer Cousine hinüberschaute, derweil ihre Mutter zur Haustür eilte. »Bitte, lasst uns nicht über seinen Vater und dessen Einweisung in die Irrenanstalt reden«, bat sie mit versagender Stimme.

Plötzlich wurde die angelehnte Küchentür mit Wucht aufgestoßen, sodass sie laut scheppernd gegen die Wand schlug. Im Türrahmen stand mit hochrotem Kopf und zerzaustem Blondschopf Cecilias zorniger Sohn. »Was ist ein Bastard?«, schrie der zwölfjährige Junge. »Als ich Pastor Severin danach heute in der Bibelstunde gefragt habe, hat er gesagt, dass ein Bastard das Ergebnis einer abscheulichen Hurerei ist, weil die Eltern ein göttliches Gebot übertreten haben. Und dass ein Bastard sein Leben lang mit dem Stigma der Schande behaftet bleibt.« Julius' aufgebracht vorgetragene Worte gingen in leises Wimmern über. »Mama, was ist Hurerei? Was ist ein Stigma? Warum bin ich ein schändlicher Bastard?«

23

Templin, Uckermark
13. September 1932

Seit Stunden tobte ein schweres Unwetter über der nord-
brandenburgischen Seenplatte und der wabernd aufsteigende
Dunst aus den flächendeckenden Wassermassen schien das
Gewitter für immer in seiner feuchten Umklammerung halten zu wollen. Geräuschlos erhob sich Benjamin von seinem
Nachtlager, schlich auf nackten Sohlen zum Fenster und
zog die kleine weiße Spitzengardine zur Seite. Angestrengt
lauschte er auf das dumpfe Grollen in der Ferne und seine
Augen schauten gebannt zum heftigen Wetterleuchten am
regenverhangenen Nachthimmel. Im Sekundentakt wurde
die Dunkelheit vom Widerschein zuckender Blitze erleuchtet,
die sich innerhalb der dichten und tief hängenden Wolken
entluden und das enge Schlafzimmer zeitweise in ein grelles,
unwirkliches Licht tauchten. Als Marlene leise stöhnte,
kostete es ihn große Überwindung, sich von dem faszinierenden Naturschauspiel loszureißen. Seine Blicke glitten
von Marlenes schlafroten Wangen zu ihren geschlossenen
Augen, deren schwarz bewimperte Lider jedes Mal zusam-
menzuckten, sobald das kontinuierlich aufflammende Licht
über ihr Gesicht flackerte. Tief in unerfreuliche Gedanken
versunken, dachte er an den letzten Brief der Mutter, in dem
sie ihn eindringlich darum gebeten hatte, seine kirchliche
Trauung nicht zum jetzigen Zeitpunkt in Köln auszurichten.
Dass sein Bruder Heinrich homosexuell veranlagt sein sollte,
nahm er mit ungläubigem Staunen zur Kenntnis. Aufgrund
dieses verwerflichen Tatbestandes saß Heinrich seit dem 15.
August zur Untersuchung in der Gefängnisanstalt Klingelpütz ein und wartete bangen Herzens auf seine Gerichts-

verhandlung, die auf Anfang Februar des folgenden Jahres anberaumt war. Nachdem seine Schwester Sofie ihn vor drei Tagen in einem langen Brief mit eindringlichen Worten angefleht hatte, für den Bruder seinen ganzen polizeilichen Einfluss in Köln geltend zu machen, wurde ihm erst richtig bewusst, wie schlecht es um Heinrich stehen musste. Zumal der Richter a. D., Onkel Wilhelm, während einer langen telefonischen Aussprache seine eigene Einschätzung bestätigte, dass Heinrich – nach der momentanen Rechtslage – mit einer schweren Zuchthausstrafe rechnen müsse. Es bedurfte keiner weiteren brieflichen Erklärungen von Mutter und Schwester. Auch so konnte er sich aus bitterster Erfahrung vorstellen, wie sein Vater allabendlich tobend und peitschenknallend durch das Haus stapfte, um Heinrich auf das Grässlichste zu verfluchen, der die Familienehre schändlich beschmutzt hatte. Schweren Herzens pflichtete er seiner Mutter bei, dass die kirchliche Trauung mit der evangelischen Marlene im Moment ein ungeahntes Familiendrama heraufbeschwören könnte. Trotzdem war er fest entschlossen, mit seiner Frau nach Hause zu reisen, um auf einen günstigen Zeitpunkt für die kirchliche Trauung zu warten. Da er mit dem Sohn des Kölner Polizeipräsidenten zur Schule gegangen war und der Vater seines besten Freundes, Ferdinand Herzl, eine einflussreiche Position bei der Justizverwaltung am Reichensperger Platz bekleidete, hoffte er inständig, über diese Verbindungen zumindest Hafterleichterungen für seinen Bruder erreichen zu können.

Plötzlich hallte ein ohrenbetäubender Donnerknall durch das Zimmer. »Ist das Gewitter über uns?« Marlene setzte sich erschrocken mit einem Ruck auf und schaute mit aufgerissenen Augen zum kleinen Fenster, gegen dessen Scheiben dicke Regentropfen prasselten.

»Das Zentrum lag meines Erachtens bis jetzt über Ravensbrück«, versuchte Benjamin seine ängstliche Frau zu beruhigen, obwohl er sicher war, dass die Vorläufer des Unwetters inzwischen schon an das Tor in der Templiner Stadtmauer pochten. Marlenes ausgeprägte Furcht vor Blitz und Donnerschlag hatte ihn bisher eher belustigt; seitdem sie jedoch schwanger war, reichte schon das leiseste Donnergrollen, um sie in Panik zu versetzen. Beschwichtigend lächelte er sie an, nahm die heftig Zitternde liebevoll in den Arm und streichelte behutsam über ihre Schultern.

Ohne jeglichen Grund brach Marlene plötzlich in Tränen aus. »Ich will doch Schauspielerin werden«, klagte sie völlig zusammenhanglos, während sie ihm missbilligende Blicke zuwarf, »aber wenn du mir Kinder machst, kann ich meinen Schauspielunterricht nicht mehr fortführen. Dauernd muss ich mich übergeben und …« Angewidert legte sie die Hand auf ihren revoltierenden Magen und versuchte, das quälende Würgen zu unterdrücken.

Verärgert sog Benjamin die Luft ein und zählte gedanklich langsam bis drei. Es fiel ihm schwer, bei den immerwährend gleichen Vorwürfen seiner Frau ruhig zu bleiben. Hätte seine medizinisch versierte Schwiegermutter ihn nicht über die entgleiste Hormonlage bei Schwangeren aufgeklärt, so wäre er wahrscheinlich schon mehrfach aus der Haut gefahren. »Den Unterricht wirst du eben nach der Niederkunft wieder aufnehmen«, versuchte er sie aufzumuntern, »und wenn wir in Köln sind, kannst du mit Sofie über deinen künftigen Beruf fachsimpeln. Schließlich hat meine Schwester einschlägige Erfahrungen an mehreren kleinen Bühnen sammeln können.«

»Meinst du wirklich, dass sie mir zur Schauspielerei Ratschläge erteilen wird?«

Benjamin wischte seiner Frau mit dem Zipfel des Plumeaus die Tränen von den Wangen, nickte bestätigend mit dem Kopf und freute sich herzlich, als in ihren dunklen Augen schon wieder die ungetrübte Lebensfreude aufglomm.

»Vielleicht kann ich dort noch einmal *von Sternbergs* Filme *Herzen in Flammen* oder den *Blauen Engel* mit Marlene Dietrich in einer Matinee-Vorstellung sehen. In Köln gibt es doch dieses riesige Lichtspieltheater, Westdeutschlands größtes Kino. Wie heißt das noch mal?«

»Du meinst die *Schauburg* in der Breiten Straße?«

»Richtig! Glaubst du, dass deine Schwester Sofie mit mir dorthin gehen wird?«

»Aber sicher«, bestätigte Benjamin im Brustton der Überzeugung; erneut darüber erstaunt, dass Marlenes kindliches Gemüt imstande war, unversehens alle Sorgen zu verdrängen, sobald man das Gespräch auf den Film oder die Schauspielerei lenkte.

*

Nachdem der heftige Donnerschlag sie geweckt hatte, lauschten beide beunruhigt auf die Geräusche aus dem Nebenzimmer.

»Marlene weint«, raunte Hugo; seine schroffe Tonlage ließ auf einen hohen Grad der Verärgerung schließen.

»Ja, ja!«, kicherte Käthe zurück. Sie presste die Faust auf den Mund, um nicht laut auflachen zu müssen, als sie im Widerschein grell aufleuchtender Blitze Hugos bitterbösen Blickes ansichtig wurde. »Und jetzt lacht deine Tochter schon wieder«, fuhr sie schmunzelnd fort. »Mein Gott, Hugo! Sie ist schwanger und ihre Stimmungen schwanken ständig von *himmelhoch jauchzend* bis *zu Tode betrübt.*« Angestrengt lauschte sie auf das durchdringende Trommeln des Regens und blickte anschließend auf ihren Mann, der mit gekränktem Gesicht halb aufgerichtet im Bett saß und pikiert schnaufte. »Bald wirst du die schwankende Gemütslage deiner Tochter nicht mehr mit anhören müssen, denn die beiden sollten baldigst auf Wohnungssuche gehen, damit …«

»Ist das denn unbedingt nötig? Sie könnten das zukünftige Enkelkind in unserer Wohnung aufziehen, dann würde ich …«

»In Marlenes Jugendzimmer hier im vierten Stock?«, fiel Käthe ihrem Mann ins Wort. Verblüfft den Kopf schüttelnd schaute sie in Hugos Gesicht, verstummte einen Augenblick und fuhr dann mit eindringlicher Stimme fort: »Bei Marlene könnten vielleicht sogar Mehrlingsgeburten anstehen, da nicht nur in Benjamins Familie Zwillinge und Drillinge geboren wurden, sondern auch … «

»Mal bloß nicht den Teufel an die Wand!«, unterbrach Hugo den Erklärungsansatz seiner Frau, sprang aufgebracht aus dem Bett, ging zum winzigen Fenster und riss mit einem Ruck beide Flügeltüren auf. »Oder weißt du etwa schon Genaueres?« Wütend und verzweifelt zugleich blickte er zu Käthe hinüber. »Ich hätte niemals meine Einwilligung zu dieser Verbindung geben sollen!«, murmelte er unglücklich und sog in tiefen Zügen die kühle Luft ein.

Mit Unbehagen verfolgte Käthe den temperamentvollen Gefühlsausbruch ihres Mannes. »Wie sollte ich. Sie ist doch höchstens erst im zweiten oder dritten Monat schwanger. Und wenn die Hellin'sche Vererbungslehre zutrifft, wird die Anlage zu Mehrlingsgeburten mütterlicherseits vererbt, und zwar ein über die andere Generation. Mit anderen Worten: Da meine Mutter neben mir auch ein Zwillingspärchen zur Welt brachte …«

»Ich wusste gar nicht, dass du Geschwister hattest, Käthe.« Verblüfft blickte Hugo zu seiner Frau, deren Gesicht auf einmal grau und eingefallen wirkte.

»Oft sind es die schlimmsten Einschnitte im Leben, über die man nicht reden mag, weil einem die Erinnerung daran noch viele Jahre danach das Herz brechen will«, flüsterte Käthe mit brüchiger Stimme. »Einen Bruder und eine Schwester nannte ich drei Stunden lang mein Eigen. Frühchen.

Sie starben, weil ihre Lungen zu schwach entwickelt waren.« Fahrig wischte sie sich über die Augen. »Zwei Tage später verstarb auch meine Mutter an Kindbettfieber. Da war ich gerade mal 16 Jahre alt.« In der plötzlich einsetzenden Stille wirkte das Ticken des Weckers aufdringlich laut. »Aber sei ehrlich«, fuhr sie nach einer Weile zögernd fort, »der wahre Grund deiner Unruhe liegt doch darin, dass die beiden nach Köln reisen und du nicht weißt, ob sie eventuell dort leben wollen.«

»Das ist es nicht alleine«, gab Hugo nach kurzem Schweigen zu; erneut atmete er tief durch. »Schließlich kennen wir Benjamins Familie nur dem Namen nach. Wer weiß, was das für Leute sind. Jedenfalls erzählte er bis zum heutigen Tage nicht viel über seine Eltern!«

Beruhigend tätschelte Käthe die Hand ihres Mannes. »Seltsam ist es allemal«, dachte sie laut nach, »dass Benjamin so gut wie gar nicht über seine häuslichen Verhältnisse spricht. Erst nach meiner eindringlichen Befragung erwähnte er sechs Geschwister, seine Mutter und Großmutter. Von allen sprach er mit großer Hochachtung und Liebe. Nicht ein einziges Mal erwähnte er seinen Vater. Vielleicht ist er im Krieg gefallen? Deshalb unterließ ich es auch, weiter in ihn zu dringen.«

»Nach wie vor bin ich der Meinung, dass die beiden erst nach Marlenes Niederkunft die beschwerliche Reise nach Köln antreten sollten. Trotzdem ist es bedauerlich, dass wir nicht an der kirchlichen Hochzeit unseres einzigen Kindes teilnehmen können, aber der Großauftrag für die Bahnwaggons geht nur mit langsamen Schritten voran. Hinzu kommt noch, dass ich mir nicht mehr sicher bin, ob ich bei der Einstellung meines neuen Stellmachergesellen eine glückliche Hand bewiesen habe.«

»Bist du mit Hans' Arbeit unzufrieden?«

»Es ist weniger die Arbeitsweise als seine Gesinnung. Seit geraumer Zeit fällt mir eine besonders markige Redensart an ihm auf und ich kann mich des Eindrucks nicht erwehren, dass er vor Kurzem in die NSDAP eingetreten ist.«

»Aber bei seiner Einstellung hast du ihm doch klipp und klar gesagt, dass kein Mitglied dieser Partei bei dir eine Arbeit bekommen würde. Schließlich stehen aufgrund der desaströsen Wirtschaftslage massenweise Arbeitssuchende auf der Straße. Unter jenen müsstest du doch einen finden, dessen politische Denkweise dir genehm wäre. Wenn Hans dieser abscheulichen Partei beigetreten sein sollte, musst du ihn rauswerfen.«

»Das ist inzwischen alles nicht mehr so einfach, Käthe. Denk nur an die Reichstagswahl im Juli und den zuvor geführten Wahlkampf. Die uniformierten SA-Schlägertrupps der Nationalsozialisten richteten ihre Waffen nicht nur gegen die Rotfrontkämpfer der Kommunisten, sondern gegen jeden, der sich ihnen in den Weg stellte. Außerdem sagt man diesem braun gewandeten Gesocks nach, dass sie Andersdenkende mit ihren Rachegelüsten verfolgen.«

»Bürgerkriegsähnliche Verhältnisse herrschen seit den fanatisch ausgetragenen Wahlkämpfen auf den Straßen«, seufzte Käthe, »und auch Benjamin bezeichnet den derzeitigen katastrophalen Ausnahmezustand als einen absoluten Höhepunkt in der politisch lancierten Gewaltkriminalität. Kein Wunder! Beständig muss er mit seinen Polizeikollegen in die Schießereien und Schlägereien eingreifen. Viele seiner Kameraden, die mit lebensbedrohlichen Schlag- und Schussverletzungen im Hospital liegen, gehören zu meinen Pfleglingen.«

Hugo gähnte laut. »Hast du heute schon die Tageszeitung gelesen?«

»Nein. Nach einem 36-Stunden-Dienst möchte man eigentlich nur noch ausruhen. Warum?«

»Angeblich soll es gestern zu einem Eklat im Reichstag gekommen sein und die fett gedruckten Schlagzeilen prophezeien erneut vorgezogene Reichstagswahlen.«

»Das wäre furchtbar«, gähnte Käthe beunruhigt zurück, »dann würden die Kämpfe auf den Straßen noch härter ausgetragen. Vielleicht sollten wir Marlene und Benjamin dazu drängen, dem Umland der unruhigen Hauptstadt den Rücken zu kehren.« Fröstelnd glitt sie unter die Bettdecke. »Ich könnte mir vorstellen, dass Köln – politisch gesehen – eine ruhigere Stadt ist.«

»Das glaube ich kaum«, behauptete Hugo schlaftrunken. Zufrieden nahm er zur Kenntnis, dass auch im Nebenzimmer Ruhe eingekehrt war. »Auf jeden Fall aber werde ich dem Lenchen beim Abschied auf dem Bahnhof das Collier meiner Mutter überreichen, damit sie an uns denkt, wenn sie es in Köln zu ihrer weißen Hochzeit trägt.«

24

Köln-Deutz, Messehalle
19. Februar 1933

Erregt öffnete Johannes die Fensterscheibe des Ford Y und atmete tief durch. »Benjamin! Deine Feststellung, dass Hitlers Brandrede bei den über 100.000 Zuhörern in den Deutzer Messehallen kaum Wirkung gezeigt haben soll, ist einfach lächerlich!« Wütend blickte er seinen Bruder von der Seite an, um sich anschließend sofort wieder nach vorne zu beugen und wachsam durch die Frontscheibe des Vierzylinders zu starren. Draußen herrschte dichtes Schneetreiben und der Motor der Scheibenwischanlage mühte sich, bedenklich laut brummend, der dicken, nassen Flocken Herr zu werden. »Seit der Führer am 30. Januar von Hindenburg zum Reichskanzler ernannt wurde, geht es mit unserer Partei unaufhaltsam aufwärts. Außerdem sage ich voraus, dass die NSDAP bei den vorgezogenen Reichstagswahlen Anfang März einen überragenden Sieg feiern wird.« Vorsichtig schaltete er vom dritten in den zweiten Gang. Bedingt durch den Hinterradantrieb, geriet die 485 Kilogramm schwere Limousine auf der glatten Straße leicht ins Schleudern. Gerne hätte er vor dem Bruder mit der 85-Kilometer-Höchstgeschwindigkeit geprahlt, aber sowohl die schlechten Straßenverhältnisse als auch die mondlose Finsternis ließen keine waghalsigen Experimente zu. »Dem Arbeiterpöbel der SPD und ganz besonders der Kommunistischen Partei haben wir mit Straßenschlachten schon lange den Kampf angesagt. Und dem Oberbürgermeister Adenauer von der Zentrumspartei werden wir es auch noch heimzahlen«, fuhr er streitlustig fort, »weil er Hitler vor zwei Tagen den offiziellen Empfang am Flughafen verweigerte und sich außerdem auch noch erfrechte, die Hakenkreuzfahnen auf der Deutzer Brücke zu entfernen.«

»Was sich seit Hitlers Machtübernahme abspielt, widerspricht jeder rechtsstaatlichen Gepflogenheit«, hielt Benjamin gereizt dagegen. »Das zeigt sich nicht nur im gewalttätigen Vorgehen deiner kackbraun uniformierten SA-Kameraden gegen jeden, der politisch anders denkt, sondern ganz besonders in der rücksichtslosen Behinderung jener Presse, die nicht im nationalsozialistischen Sinn schreibt.«

Johannes schnaubte pikiert, während er im Rückspiegel seine tadellos sitzende SA-Uniform betrachtete. Es kostete ihn große Mühe, sachlich zu bleiben »Das ist rechtlich legal«, entgegnete er betont langsam, ehe er belehrend fortfuhr, »denn die Verbote gründen sich auf Hitlers Notverordnung, die zum Wohle und Nutzen des deutschen Volkes angewandt werden muss, damit …«

»Papperlapapp, alles nur faule Ausreden!«, fiel Benjamin seinem Bruder erbost ins Wort. »Das Schlimmste jedoch ist, dass man unschuldige jüdische Mitbürger diskriminiert und drangsaliert. Der Versuch, für Heinrich im Klingelpütz Hafterleichterung zu ergattern, ist komplett fehlgeschlagen. Vor drei Tagen entließ man, ohne Begründung, den Vater meines Freundes Herzl aus der Justizverwaltung am Reichelsperger Platz. Auch meine Vorstellung beim Kölner Polizeipräsidenten blieb im Vorfeld von Hitlers Besuch erfolglos, weil im Polizeipräsidium alles drunter und drüber ging. Für mein Anliegen konnte man keine Zeit erübrigen.«

Johannes' Gesicht wirkte plötzlich wie versteinert. »Ich habe keinen Bruder Heinrich!«, sagte er barsch. Als Benjamin mit gefurchter Stirn fragend zu ihm hinübersah, begründete er seine Aussage getreu den markig-gestelzten Worten seiner Partei. »Wer sich des Verbrechens der Homosexualität schuldig macht, gehört aus der menschlichen Gesellschaft ausgestoßen, weil sich diese wertlose Gattung nicht fortpflanzt und durch sie die Reproduktion unserer deutschen Herrenrasse gefährdet wird.«

Benjamin brauchte einige Augenblicke, ehe er die abstruse Weltanschauung seines Bruders verinnerlicht hatte, und entrüstet antwortete: »Bei deiner absonderlichen politischen Einstellung würde es mich nicht wundern, wenn du mir anschließend noch gestehst, dass du unseren Bruder bei deinen brutalen Spießgesellen denunziert hast.«

Ahrweiler, Eifel
20. Februar 1933

»Ach du liebe Zeit«, rief Helene und hüpfte zur Seite. Das Fett, in dem die Blutwurststücke brutzelten, spritzte ihr zischend aus zwei gusseisernen Pfannen entgegen, die auf dem großen Herd in ihrer riesigen Bauernküche standen. Schnell legte sie das Wendebesteck zur Seite, nahm den großen Holzlöffel und löste das aus Kartoffeln und Äpfel bestehende Mus vom Boden der Kochtöpfe, um ein Anbrennen zu verhindern. »Sind die Tiere versorgt, Bruno?«, fragte sie, ohne auch nur einen Moment die Augen von den wallenden Speisen zu wenden.

Ihr knapp 1,90 Meter großer und klapperdürrer Ehemann, der hinter ihr an einem wackeligen Tisch stand, schüttete aus einer dunkelblauen Porzellankanne Wasser in die verbeulte Emailleschüssel, hielt seine Nase schnuppernd über ihre Schulter und bemerkte genießerisch: »Ewwer sischer dat, Lene.« Umständlich wusch er seine mächtigen und stark abgearbeiteten Hände mit einem großen Stück Kernseife und trocknete sie sorgfältig am verschossenen Leinentuch ab, das an einem rostigen Nagel neben der Küchentür hing. »*Himmel un Äd,* dat is ming Leibjerisch, un wenn isch dran denken dunn, datt du disch für ding buckeligge Verwandtschaff in d'r Kösch avvärbeits, dann hann isch jetz als ens rischtisch Wut en mingem Buch.«

»Bruno!«, erwiderte Helene tadelnd und schob vorsichtig die einzelnen Pfannen und Töpfe von den glühenden Herdringen auf die Seite. Sie drehte sich zu ihrem Gatten um, legte den Kopf in den Nacken und stemmte erbost die Hände in die gut gepolsterten Hüften. »Du hast mir versprochen, hochdeutsch zu sprechen, wenn meine Familie heute bei uns zu Abend isst.« Seufzend wischte sie sich mit dem Handrücken den Schweiß von der Stirn und befestigte anschließend die über den Augen hängende Blondsträhne mit einer kleinen Spange am Hinterkopf. »Für Benjamins Frau aus dem Osten wird es ansonsten unmöglich sein, unserer Unterhaltung zu folgen.« Brüsk drehte sie sich um die eigene Achse und setzte betont laut die Deckel auf die Töpfe. »Ich kann es gar nicht oft genug betonen, wie dankbar ich meiner Mutter heute noch bin, dass sie uns Kindern ein gewähltes Hochdeutsch beibrachte.«

Bruno setzte ein beleidigtes Gesicht auf. Die ewigen Ermahnungen seiner Frau hinsichtlich seines stark ausgeprägten Dialektes brachten ihn jedes Mal erneut in Rage. Er wusste, dass seine Verwandten, die nebenan in der guten Stube saßen, jedes laut gesprochene Wort verstehen konnten. Unter größten sprachlichen Verrenkungen fragte er leise: »Wer hat sich denn schon einjefunden un auf wen wird noch jewartet?«

»Jakob und Frieda sowie Josef nebst Waltraud sitzen seit einer knappen Stunde im Wohnzimmer und werden auch bei uns übernachten. Der dritte Drilling, unser eiserner Junggeselle Johannes, kann erst morgen in aller Frühe zu uns kommen.«

»Und dat fussije Sofie, wann trifft dat ein?«

»Sofie wird heute so gegen 19 Uhr hier erscheinen. Nach der Arbeit im Sender macht sie noch einen Abstecher zu Johannes' Wohnung, um Benjamin und seine Frau abzuholen.« Helene blickte auf die große Wanduhr, die über der Küchentür hing, und nickte zufrieden. »Sie müssten jeden Augenblick eintreffen.«

»Mit anderen Worten«, brummte Bruno verdrießlich, »anstatt dir in d'r Kösch zu helfen, haben sisch deine jenusssüchtijen Brüder nebst Jattinnen mit meinem selbst jebrannten Schabau – den sie ohne zu fragen aus der Vorratskammer jeholt haben – mehrfach einen hinter die Binde jejossen. Un deine bejabte Schwester wird sisch un ihre Bejleitung inzwischen janz bestimmt irjendwo vor 'ne Wand jefahren haben.«

»Bruno! Ich verbitte es mir ein für alle Mal, dass du dich allzeit negativ über meine Familie auslässt. Und lass endlich meine kleine Schwester Sofie in Ruhe. Du bist ja nur neidisch, dass sie diesen teuren Maybach fährt, der …«

»Dann hat die Jute ja immer noch den jleichen Liebhaber«, fiel Bruno ihr ins Wort und grinste anzüglich. »D'r vorherije hat ihr doch 'nen sündhaft teuren Pelzmantel jeschenkt und d'r davor – lass mich überlejen …« Sinnierend legte er den rechten Zeigefinger auf seine kräftig gebogene Hakennase, schielte provozierend in das wütende Gesicht seiner Gattin und fuhr spöttisch fort: »Hat d'r ihr nit ein Perlencollier jespendet, dat sie dann beim Juwelier jejen Jeld einjetauscht hat, nachdem er ihr den Laufpass jab?«

Mit hochrotem Kopf riss Helene die Schublade des kleinen Tischchens auf, entnahm ihr einen großen Eisenkamm, an dem zwei Zinken fehlten, und warf ihn mit grimmiger Miene ihrem Gatten entgegen. »Jetzt richte dich erst einmal menschlich her!«, befahl sie mit zornesroten Wangen. Es kostete sie große Anstrengung, die Contenance zu wahren. »Anschließend füllst du *dingen Buch* mit gutem Essen, damit aus selbigem endlich die Wut verschwindet!«

Schweren Herzens unterdrückte Bruno das breite Grinsen, scheitelte bedächtig sein schwarzes volles Haar und kämmte es mit Schwung nach hinten. Helene häufte währenddessen einen Berg aus dampfendem Kartoffel-Apfel-Mus auf einen Teller, dekorierte die wohlriechende Speise mit gebratenen

Blutwurststücken, goss zum Schluss einen Schwall heißen Fettes über die aufgetürmte Kölner Nationalspeise und reichte sie an den hungrigen Ehemann weiter. »Ich gebe ja zu«, lenkte sie mit versöhnender Stimme ein, »dass es eine verrückte Idee ist, Benjamin und seine evangelische Frau morgen hier in unserem verschwiegenen Eifelörtchen kirchlich trauen zu lassen. Immer darauf hoffend, dass unser Vater tatsächlich die nächsten zwei Tage in Bonn auf der Tagung der Fleischerinnung bleibt.«

»Un wat habt ihr jeplant, wenn dat menschliche Scheusal früher zurückkommt?«

»Mal bloß nicht den Teufel an die Wand!« Helenes Gesicht wurde blass. »Du weißt, dass Oma Anna seit ihrem Schlaganfall jede weite Reise vermeidet. Deshalb wird sie zu Hause bleiben und unserem Vater irgendein Märchen auftischen, falls er das Kolloquium tatsächlich früher verlassen sollte. Da jedoch all seine Saufkumpane aus dem Betrieb auch in Bonn sein werden, wird dieser Fall nie und nimmer eintreten.«

»Hoffentlich jeht dat jut!«, unkte Bruno und hob warnend den knochigen Zeigefinger, »denn wenn d'r Alte merkt, datt ihr jemeinsam ein Komplott jejen ihn jeschmiedet habt, dann …«

Brunos Satz wurde brüsk unterbrochen. Mit glänzenden Augen stürzte sein ältester Sohn Gottlieb in die Küche. Der ausgeprägte Adamsapfel des 13-Jährigen hüpfte beharrlich auf und ab und er musste mehrfach schlucken, ehe er seine Stimmbänder unter Kontrolle bringen konnte. »Mama! Tante Sofie ist gerade mit dem pompösen Maybach-Zeppelin vorgefahren«, rief er begeistert, wobei die Töne seines hellen Tenors plötzlich zwei Oktaven tiefer sprangen, sodass er den nächsten Satz mit einer dunklen Männerstimme fortführte. »Onkel Benjamin hilft seiner Frau gerade aus dem DS 7.« Verlegen fuhr er mit den Fingern durch sein braun gelocktes Haar. »Hübsch ist die neue Tante ja; aber die hat vielleicht 'nen dicken Bauch!«

»Gottlieb!« Drohend hob Helene die rechte Hand, mit der sie die Bewegung einer saftigen Ohrfeige andeutete. »Onkel Benjamins Frau ist guter Hoffnung. Ich erwarte, dass du gleich besonders höflich zu deiner neuen Tante bist.« Zwischen ihren hellblonden Augenbrauen bildete sich eine steile Zornesfalte, als sie festen Schrittes auf ihren Sohn zuging. Ohne Vorwarnung kniff sie mit Daumen und Zeigefinger in sein linkes Ohrläppchen. »Und morgen nach der Hochzeit kannst du beweisen, was ein Gruppenführer in der katholischen Jugendbewegung gelernt hat. Wenn wir Erwachsenen nach Tisch noch ein wenig in der guten Stube feiern werden, wirst du dich im Obergeschoss sowohl um deine drei kleineren Geschwister als auch um die Kinder unserer Verwandtschaft kümmern. Dies hat außerdem auch noch den Vorteil, dass du deine Tante Sofie nicht immerfort wie ein verliebter Kater anhimmelst, nur weil sie ein protziges Angeberauto fährt.«

Mit seinem Vater hatte Gottlieb schon oft heiße Diskussionen über das immens teure und unglaublich elegante Fahrzeug geführt. »Dass der 12-Zylinder mindestens 30.000 Reichsmark gekostet hat, interessiert mich überhaupt nicht«, behauptete er im dunkelsten Bass empört. Tief errötend zögerte er einen Augenblick, ehe es aus ihm mit glockenheller Stimme hervorbrach: »Aber in die Tante Sofie bin ich verliebt!« Schnell entwand er sich den peinigenden Fingern seiner Mutter. Mit Riesenschritten stürmte der hoch aufgeschossene Junge durch die Küchentür über den langen Flur zum Hauseingang, wo sich schon die mehr oder minder beschwipsten Familienmitglieder aus der guten Stube eingefunden hatten. Mit einem lauten »Hallo« wurden die Neuankömmlinge begrüßt.

Helene legte ihrem Mann zwei gehäkelte Topflappen über den Arm und forderte ihn mit einem energischen Kopfnicken dazu auf, die Speisen in den Wohnraum zu bringen. Sorgfältig umwickelte sie die Stiele der gusseisernen Pfannen mit dicken Handtüchern.

Widerwillig stellte Bruno den halb geleerten Teller auf die Eichenanrichte. Mit bloßen Händen packte er die zwei riesigen Töpfe an den äußeren, heißen Henkeln und zuckte verächtlich mit den Schultern, als er Helenes entsetzten Blick wahrnahm. Schon lange empfanden seine abgearbeiteten und dick verhornten Hände nur bedingt extreme Hitze oder Kälte.

Köln-Ehrenfeld
21. Februar 1933,
früher Morgen

»Ist Franz schon weg?«, verlangte Cecilia flüsternd zu wissen. Vorsichtig reichte sie ihrer Cousine ein sorgsam zusammengelegtes Hochzeitsensemble aus Tüll und weißem Brokat, zog ihren dicken dunkelblauen Wollmantel aus und stieß mit dem Absatz der halbhohen Winterstiefel die verwitterte Haustür aus massivem Kirschholz zu.

»Du brauchst nicht zu flüstern«, erwiderte Maria lächelnd. Behutsam nahm sie das Kleiderbündel entgegen und legte es auf die Flurkommode. »Franz fuhr gestern schon am späten Abend mit seinen Kollegen nach Bonn.« Sie legte den Zeigefinger auf den Mund und deutete mit einem Kopfnicken auf die Treppe, die nach oben führte. »Oma Anna schläft noch. Seit ein paar Tagen ist sie regelrecht geistesabwesend und äußerst unkonzentriert. Ich habe ein schlechtes Gewissen, wenn ich die gebrechliche alte Dame bis zum nächsten Morgen alleine lasse.«

»Du kannst ganz beruhigt zur Trauung deines Sohnes fahren«, überzeugte Cecilia die besorgte Verwandte. Mit geübten Griffen ordnete sie ihre zerzauste Frisur vor dem Flurspiegel, nachdem sie die blaue Wollkappe vom Kopf gezogen hatte.

»Während deiner Abwesenheit werde ich mehrmals bei ihr vorbeischauen. Und sollte irgendetwas sein, dann rufe ich euch an. Gott sei Dank hat auch Helene in Ahrweiler ein Telefon.«

»Willst du denn wirklich nicht mitgehen? Benjamin wird sicher sehr enttäuscht sein, wenn …«

»Bitte dräng mich nicht.« Seufzend rieb Cecilia über ihre vom scharfen Winterwind geröteten Augen, ging mit Maria ins Wohnzimmer und setzte sich auf einen Esszimmerstuhl. »Erstens muss sich einer um meinen Jungen kümmern, wenn er aus der Berufsschule nach Hause kommt, und zweitens ist mir einfach nicht nach Feiern zumute. Seit seinem Suizid erscheint Julius mir jede Nacht in meinen Albträumen und klagt mich der Treuelosigkeit an, weil ich ihn in eine Anstalt einweisen ließ und nicht zu Hause pflegte.« Sie legte beide Arme auf den Tisch, vergrub den Kopf darin und flüsterte verzweifelt: »Konnte ich denn ahnen, dass man sein kriegsbedingtes Zittern – ohne meine Einwilligung – mit Stromstößen behandeln würde? Als man ihn vor drei Wochen wiederholt zu jener brutalen Folter aus dem Zimmer schaffte, befreite er sich schreiend aus den Händen der Wärter und sprang aus dem Flurfenster sechs Stockwerke in die todbringende Tiefe. Ich bin schuld, weil ich ihn nicht vor diesen Torturen bewahrte.«

»Bitte, Cilli.« Sachte legte Maria ihre Arme um die Cousine. »Mit den aggressiven Schocktherapien hofften die Psychiater jene kriegsbedingten Schüttel- und Lähmungserscheinungen zu heilen. Du darfst dir keine Vorwürfe machen.« Hilflos unternahm sie den Versuch, Cecilia von ihren Schuldgefühlen abzulenken. »Wie hast du es nur geschafft, unseren erzkatholischen Onkel Friedhelm zu überreden, für Benjamins evangelische und hochschwangere Frau ein Hochzeitskleid zu schneidern?«

Cecilia hob den Kopf. »Ich glaube, dass ihm der Entwurf dieses prächtig gearbeiteten Brokatgewandes sogar große

Freude bereitete«, antwortete sie, nahm ein kunstvoll um-
häkeltes Taschentuch heraus und putzte sich umständlich
die Nase. »Ich konnte mich diesmal des Eindrucks nicht erwehren, dass unserem fanatisch frömmelnden Katholiken die
Religionszugehörigkeit vollkommen egal war. Kein Wunder,
wenn man sein Leben lang nichts anderes als Uniformen
produziert.« Der Anflug eines Lächelns kräuselte ihre Lippen.
»Und ehrlich gesagt, auch mir machte meine Heimarbeit –
Knöpfe an ein Hochzeitskleid anstatt an Uniformen zu nähen – zum ersten Mal großen Spaß. Mit Onkel Friedhelms
sorgsam durchdachtem Schnittmuster trug er sogar Marlenes
fortschreitender Schwangerschaft Rechnung, indem er eine
raffiniert ausgeklügelte Erweiterung im Bauchbereich ein-
arbeitete.« Wie in alten Zeiten kicherte sie plötzlich, als ihr
rheinischer Humor die Traurigkeit zu verdrängen suchte. »Erscheint es dir nicht auch geradezu kurios, wie die Verwandtschaft – allen religiösen Konventionen zum Trotz – zusam-
menhält? Und selbst Oma Anna nimmt sowohl das kleinere
Übel der Mischehe als auch den unberechenbaren Zorn ihres
Stiefsohnes in Kauf. Hauptsache, ihr Enkel Benjamin heiratet
vor der Geburt seines Kindes in einer Kirche, felsenfest davon
überzeugt, dass er auch die zu erwartende Kinderschar im
katholischen Glauben erziehen wird.«

»Wenn ich an die weit verzweigte Sippschaft denke, die in
unsere Verschwörung eingeweiht ist …« Maria unterbrach
hastig den angefangenen Satz, schluckte mehrmals nervös
und übergangslos nahm ihr blasser Teint eine graue Farbe an,
als sie zögernd erneut begann: »… wenn mir bewusst wird,
wie schnell einer von den Kindern ausplaudern könnte …«
Erstarrend hielt sie nochmals inne und griff Halt suchend
nach den Händen der Cousine.

»Du musst optimistisch bleiben!« Beruhigend rieb Cecilia
die eiskalten Hände ihrer Cousine. »Seitdem Franz eine Verwandtschaft meidet, die ihn als *menschliches Scheusal* tituliert,

wird sich niemand verplappern können. Denn selbst eure Bekannten und Freunde wechseln die Straßenseite, wenn sie ihn
sehen. Seinen ständigen Pöbeleien möchte sich inzwischen
keiner mehr aussetzen.«

»Es ist schrecklich«, nickte Maria; betrübt ließ sie sich auf
dem Stuhl neben Cecilia nieder. »Oma Anna und ich vermeiden es, in seiner Begleitung hinauszugehen. Denn schon der
nichtigste Anlass reicht, um seine Streitlust anzuheizen.«

Von der Straßenseite röhrte mehrfach die Hupe eines Autos
und die beiden Frauen erhoben sich überstürzt von ihren
Plätzen. »Onkel Friedhelm wartet mit meinen Eltern in seiner alten Opel-Laubfrosch-Limousine vor der Tür. Hoffentlich schafft es dieses prähistorische Vehikel bis Ahrweiler«,
kicherte Cecilia in ihrer Aufgeregtheit albern. »Vergiss um
Gottes willen nicht das Brautkleid. Sonst muss die hochschwangere Braut ohne Bekleidung vor den Altar treten.«

Eilig zog Maria ihren Wintermantel aus hellem Kaninchen-
fell an, hängte die schwarze Ledertasche über die Schulter
und ließ sich von der Cousine das Brautgewand auf ihre aus-
gebreiteten Arme legen. Einen Augenblick zauderte sie und
lauschte erneut unschlüssig nach oben.

»Ich schaue gleich nach ihr«, nickte Cecilia. Sanft schob
sie ihre Cousine an der geöffneten Haustür vorbei auf die
Straße, winkte ihren wartenden Eltern freundlich zu und
schloss leise die Eingangstür, nachdem das Fahrzeug um die
Ecke gebogen war.

Ahrweiler, Eifel
21. Februar 1933,
früher Nachmittag

»Das war endlich mal wieder eine exquisit-prächtige Trauung
in unserer altehrwürden Sankt-Laurentius-Kirche, und das
brillant-erlesene Festessen danach im Hotel Stern, dem besten

Haus am Platz, ließ nichts zu wünschen übrig«, raunte Helene ihrem Mann stolz ins Ohr. Sowohl die geröteten Wangen als auch ihr kaum zu unterdrückender Schluckauf ließen auf einen hohen Alkoholkonsum schließen. »Die Großzügigkeit meines kleinen Bruders würde ich mit den Worten *exzellent* und *à la bonne heure* umschreiben, oder?«

Mit einem Anflug von Ekel blickte Bruno verstohlen in die vom Alkohol erhitzten Gesichter der Verwandtschaft, die an zwei großen Tischen in der guten Stube saßen und eifrig dem reichhaltigen Angebot der Spirituosen zusprachen. »Sischer dat!«, wisperte er, über die gespreizte Redensart seiner Frau schon wieder wütend, mit beißendem Sarkasmus zurück. »Schupo müsste man sein un nit so ein jepeinischter Landwirt. Denn die hohen Beamten hatten weder anno 24 mit 'ner jroßen Missernte zu kämpfen jehabt – so wie meine jeplachten Eltern – noch hat die alljemeine Wirtschaftskrise ihren Jehältern oder Pensionen jeschadet. Un wie isch jehört habe, sin seine Schwiejereltern auch janz jut situiert. Jedenfalls: Dat, wat dat Itche um d'r Hals jebunden hat, is nit von schlechten Eltern.« Hastig kippte er sich ein Gläschen Schnaps die Kehle abwärts und kam danach erst richtig in Fahrt. »Ebenso muss d'r feine Wachtmeister sisch nit mit dem Arbeitslosenheer abjeben, dat dauernd auf unserem Hof rumlungert un Arbeit haben will. Wat kann d'r ärme Eifeler Buer dafür, datt d'r Staat kapott is un man seit vorijem Jahr die Arbeitslosenunterstützung um mehr als 50 Prozent jekürzt hat? Wenn d'r Buer selbst nix zum Käue hät, kann er auch nit dem Jefasel vun d'r Obrigkeit nachkommen, die von ihm ständisch fordert, die Erwerbslosen bei d'r Ernte zu beschäftijen.« Neidvoll den Wert des Colliers abschätzend, blieben Brunos Augen auf dem Ausschnitt der hübschen Schwippschwägerin haften. »Un zu allem Übel hat unser überalterter und parteiloser Reichspräsident Hindenburg diesen Oberjefreiten Schnäuzer aus Österreich zum Kanzler jemacht. Wat soll denn aus uns jläubigen Katholiken werden, wenn …«

Johannes' gespitzten Ohren war der letzte Satz des Schwagers nicht entgangen. Mit Getöse schlidderte sein Stuhl über den Boden, als er mit einem Ruck in die Höhe sprang. Leicht schwankend stützte er sich auf der Tischkante ab und stierte mit glasigen Augen in Brunos Gesicht. »Auch wenn die bäuerlichen Landkreise zu den Hochburgen der Zentrumspartei zählen und ihr eure Kinder im Mief des katholischen Glaubens erstickt«, holperte es provozierend über seine alkoholbetäubte Zunge, »so wird unser Ahrweiler Abschnittsleiter mit seiner Forderung obsiegen, für die Reichstagswahl all eure Gemeinde-Wahlvorsitze mit ortsansässigen Nationalsozialisten zu besetzten.« Ungeniert rülpsend tippte er wilden Blickes mit dem Zeigefinger auf seine SA-Uniform, deren Akkuratesse erheblich unter vielen Schnaps- und Fettflecken gelitten hatte. »Die katholischen Jugendgruppen werden bald dezimiert oder komplett verschwunden sein, wenn die Jungmänner und -frauen in Scharen zur Hitlerjugend überlaufen«, prophezeite er großspurig.

Obwohl Bruno sich den Anschein gab, als tangiere ihn die betrunkene Phrasendrescherei seines verhassten Schwagers nur am Rande, kochte er innerlich vor Zorn und Entrüstung. Als einfacher und gottgläubiger Mann hatte er sich stets redlich darum bemüht, seine Kinder im christlichen Glauben zu anständigen Menschen zu erziehen. Keine zwei Wochen war es her, dass sein ältester Sohn nach der Abendandacht, gemeinsam mit zwei katholischen Jugendgruppenmitgliedern, von gewaltbereiten Hitlerjugendlichen vor der Kirche brutal zusammengeschlagen wurde. Tief gruben sich seine Fingernägel ins Fleisch, als er unter dem Tisch die mächtigen Hände zu Fäusten ballte. Nur der langsam einsetzende Schmerz hielt ihn davon ab, auf der Stelle handgreiflich gegen seinen arroganten Verwandten vorzugehen.

Während Johannes streitbereit auf die Gegenrede des Hausherrn hoffte, legte Mathilde besänftigend den Arm um Brunos Schultern. Hilfesuchend schaute sie zu ihrem Mann, der ihr gegenübersaß.

Angestrengt zog sich Wilhelm an der Kante des massiven Eichentisches hoch. Sein Gesicht war von einer ungesundschweißigen Blässe überzogen und in der linken Schläfenader pulsierte pochend das Blut. Drohend erhob er den griffbereiten Gehstock gegen den Provokateur. »Bei einer menschenverachtenden Partei bist du Mitglied geworden, die sich nur an den Schwächsten in der Gesellschaft vergreift. Die in einer niederträchtigen Kampagne die Bevölkerung aufhetzt, die Läden anständiger jüdischer Geschäftsleute zu boykottieren.«

»Aber Onkel Wilhelm«, meldete sich, sorgfältig die Worte abwägend, der zweite Drilling zu Wort. »Ich finde es äußerst begrüßenswert, dass man bei den geldgierigen Juden mal ein wenig nach dem Rechten sieht …«, begann Josef zögernd. Das blasse und verstört wirkende Gesicht seiner Mutter hielt ihn davon ab weiterzureden. Irritiert fuhr er sich mit den Fingern durch das karottenrote Haar.

Die günstige Gelegenheit beim Schopfe packend, schnellte Josefs Frau Waltraud vom Stuhl hoch und riss das Wort an sich: »Wir haben ein jüdisches Lebensmittelgeschäft in der unmittelbaren Nachbarschaft, das uns durch sein reichhaltiges Wurstwarensortiment die Kundschaft abwirbt. Zusammen mit den Nationalsozialisten feierten auch wir – einen Tag nach Hitlers Ernennung zum Reichskanzler – des Führers Machtergreifung. Die NSDAP organisierte die kurzfristig angesetzte Kundgebung in der Messehalle in ganz hervorragender Manier. Selbst Jakob und Frieda begeisterten sich für den anschließenden Fackelumzug in Deutz.« Beifall heischend blickte sie zum dritten Drilling. Zu ihrem Missfallen jedoch sah Jakob zuerst zu seiner Mutter hinüber und senkte dann jäh den Blick zu Boden. Seine bessere Hälfte Frieda bekundete derweil ihr Desinteresse, indem sie gelangweilt einen kleinen Spiegel aus der Handtasche zog und mit dem grellroten Lippenstift ihren lasziv geöffneten Riesenmund bemalte. Verärgert warf Waltraud den kurz geschnittenen Blondschopf in den Nacken, strich gereizt das kurze, sündhaft teure Kleid aus grüner Seide an ihrer überschlanken Figur glatt und zischte böse in Marias Richtung: »Es ist einfach unerträglich, wie eine über alle Maßen dominierende Mutter ihre erwachsenen Söhne allzeit unter Kuratel stellt, sodass ein jeder sich außerstande sieht, seine Meinung öffentlich kundzutun.« Bewundernd schaute sie zu Johannes, der, ein randvolles Weinglas in der linken Hand balancierend, dumm vor sich hin grinste. »Da lob ich mir den Johannes«, sagte sie einschmeichelnd und zwinkerte dem SA-Gruppenführer verschwörerisch zu, »der sagt nicht nur, was er denkt, sondern tritt, wie ein ganzer Mann, stets für seine Überzeugung ein.«

Tief verletzt saß Maria in sich zusammengesunken auf dem Stuhl und knetete ihre kalten Hände. Ratlos und verlegen zugleich blickte sie in das Gesicht der Braut, die fassungslos von einem zum anderen schaute.

Sofie dagegen, die dem amüsiert lauschenden Hochzeitspaar Anekdoten aus ihrem schillernden Schauspielerleben erzählt hatte, erhob sich unvermittelt vom eichenen Sitzplatz. Kühl lächelnd wandte sie sich zu Waltraud um und schüttete den winzigen Rest des Weinglases in ihr Gesicht. Augenblicklich entstand eine mehrere Sekunden anhaltende peinliche Stille, in der sich die verdutzte Schwägerin, stumm vor Empörung, die brennenden Augen rieb.

Beunruhigt blickte Helene zu ihrem Mann. Brunos ausdruckslose Miene und die gespitzten Lippen kannte sie nur allzu gut. Äußerlich abwesend dreinblickend, amüsierte er sich innerlich köstlich darüber, dass ihre *ach so vornehme Familie,* wieder einmal während einer Feier, ein geradezu primitives

Verhalten an den Tag legte. Um von dem sich anbahnenden Eklat abzulenken, schaute sie stumm um Hilfe bittend in die Runde. Da sich niemand anschickte, ihr beizustehen, blieben ihre unstet hin und her wandernden Augen auf der kleinen und schmächtigen Gestalt des Oheims haften. »Findest du nicht auch, Onkel Friedhelm«, begann sie und ihre Stimme zitterte dabei vor innerer Anspannung, »dass wir ein *Hoch* auf den harmonischen Hochzeitsverlauf und das geschmackvoll gekleidete Brautpaar ausrufen sollten? Erheb doch mit mir zusammen den köstlich gefüllten Becher!«

»Jawoll!«, rollte es stattdessen lallend über Johannes' alkoholdurchtränkte Stimmbänder. »Ein *Hoch* auf die köstlich gefüllte Braut.« Ungeniert wanderten seine Augen von Marlenes Busen zu ihrem vorgewölbten Bauch, der bis an die Tischkante reichte. Als er die rechte Hand ruckartig nach vorne streckte, in markigem Ton »Heil Hitler« brüllte und mit lautem Knall die Hacken zusammenschlug, schwappte die Hälfte seines Getränks auf den Tisch und hinterließ auf dem hellen Eichenholz einen nassen, hässlichen Fleck.

Empörung und Abscheu standen in Marlenes fahles Antlitz geschrieben. Würgend presste sie die Hand vor den Mund, erhob sich überstürzt und rannte mit gerafftem Rock und wehendem Schleier am bullernden Kanonenofen vorbei nach draußen.

»Über diesen Fauxpas setzen wir uns auseinander, wenn du wieder nüchtern bist!«, versprach Benjamins böse zischende Stimme. Mit eisiger Miene hastete er über den Flur auf den Hof. Sein suchender Blick machte den kleinen, windschiefen Holzverschlag aus, der zwischen dem kleinen Stall und der riesigen Scheune eingekeilt lag. Aufmunternd sprach er auf seine Frau ein, die sich heftig erbrochen hatte und erschöpft an der durchnässt-verrotteten Holztür des Abortes lehnte.

Plötzlich tauchte Gottliebs hoch aufgeschossene Gestalt im Türrahmen auf. »Onkel Benjamin«, rief er, »Tante Cilli aus Ehrenfeld ist am Telefon.« Mit beiden Händen bildete er einen Trichter um den Mund und redete mit tiefer Stimme weiter: »Die ist ganz schrecklich aufgeregt. Sie will nur mit dir alleine reden. Da muss irgendwas Schlimmes passiert sein.«

Voll der bösen Vorahnungen, nahm Benjamin seine entkräftete Frau an die Hand und eilte mit ihr in den finsteren Flur des Bauernhauses. Unbehaglich horchte er auf das betrunkene Gelächter hinter der Wohnzimmertür, das von einem durchdringenden Gezänk weiblicher Stimmen übertönt wurde. »Am besten gehst du mit Gottlieb nach oben zu den Kindern«, empfahl er Marlene vorsorglich. »Ich glaube, dass er bei der Beaufsichtigung der Rasselbande Hilfe gebrauchen kann.«

Hocherfreut lächelte Gottlieb seine neue Tante an, befreite sie vom durchnässt-schmutzigen Schleier und stieg mit ihr über die engen und knarzenden Holztreppen nach oben.

Kaum war die geöffnete Zimmertür, hinter der fröhliches Kinderlachen nach unten drang, wieder verschlossen, griff Benjamin nach dem Hörer, der auf der Flurkommode lag. »Cilli?«, flüsterte er in die Sprechmuschel. Unruhig durchforsteten seine Augen die düsteren Ecken des langen Korridors, der von einer schwachen Glühbirne illuminiert wurde, die nackt und kalt von der niedrigen Decke herabhing, nach Zuhörern. »Was ist passiert?« Als seine Mutter, Sofie und Helene unvermittelt in den Korridor traten, legte er bittend den Zeigefinger auf die Lippen und bedeutete Helene mit einem Kopfnicken, die Stubentür zu schließen.

»Deine Mutter muss sofort nach Hause kommen«, drängte Cecilia am anderen Ende der Telefonleitung. »Heinrich ist aus dem Klingelpütz geflohen.« Die abgehackten Worte ihres Berichtes klangen seltsam schrill durch das atmosphärisch gestörte Krachen der Verbindungswege. »Kaum war Onkel Friedhelms Auto heute Morgen um die Ecke gebogen, suchte dein Bruder Zuflucht bei Oma Anna. Wahrscheinlich wartete er schon länger, irgendwo versteckt, auf eine günstige Gelegenheit. Er erzählte uns vom Chaos in der Gefängnisanstalt. Scheinbar haben die SA-Schlägertruppen mit der willkürlichen Verhaftung hoher kommunistischer Funktionäre begonnen, sie gefoltert und dann wahllos in die überfüllten Zellen gesperrt. Nachdem die Polizei deinen Vater in Bonn über den Ausbruch seines Sohnes unterrichtet hatte, erschien Franz um die späte Mittagsstunde und in der darauffolgenden Auseinandersetzung beleidigte er Heinrich auf das Niederträchtigste. Als er dann mit der Peitsche auf ihn zuging, nahm dein Bruder eine Weinbrandflasche von der Anrichte und floh durch die Kellertür nach draußen. Benjamin!« Cecilias Stimme nahm einen flehentlichen Klang an. »Oma Anna und ich rechnen mit dem Schlimmsten. Ich weiß nicht, ob man dir von Meister Höhners tragischem Ableben Mitteilung machte. Vor einer Woche schnitt er sich die Pulsadern auf und starb einen Tag später im Gefängnislazarett«. Ihre Stimme stockte und man merkte ihr an, dass sie mit den Tränen kämpfte. »Was sind das nur für schreckliche Zeiten, wenn man bedenkt, dass mein armer Mann gerade erst …«

Als Cecilias Stimme übergangslos verstummte, hörte Benjamin im Hintergrund das wütende Gebrüll des Vaters, der fluchend nach seiner Frau rief. »Wir kommen sofort«, versprach er, hängte den Hörer auf die Gabel an der Dielenwand, ging zum Treppenabsatz und rief leise nach Marlene. Zu seiner Schwester gewandt, befragte er sie eindringlich: »Sofie, fühlst du dich imstande, den Maybach zu steuern? Unser Vater ist überraschend nach Hause gekommen.« Als seine Mutter völlig konsterniert zu einer Frage ansetzte, nahm er ihre eiskalten Hände in die seinen, schüttelte abwehrend den Kopf und beharrte mit ruhiger Stimme: »Alles Weitere erkläre ich euch unterwegs! Helene«, gab er der älteren Schwester Anweisung, »halt den wahren Grund vor den Betrunkenen zurück. Erfinde irgendetwas. Sag ihnen von mir aus, dass wir Marlene

216

ins Krankenhaus fahren mussten. Ich informiere dich telefonisch, wenn wir in Ehrenfeld angekommen sind.«

Köln-Ehrenfeld
21. Februar 1933,
früher Abend

Zunehmend klarte das Wetter auf. Nur vereinzelt nahm man kleine Wolkenfetzen am Himmel wahr und das einsetzende Tauwetter entblößte die Straßen mehr und mehr vom Schneematsch. Sofie kam zügig voran. Als das schwere Gefährt mit quietschenden Reifen vor dem Ehrenfelder Anwesen hielt, sprang Benjamin mit einem Satz heraus, rannte mit keuchendem Atem über den langen Weg zur Eingangstür und läutete Sturm. Keine Sekunde verging, bis seine Tante die klobige Eingangstür aufriss.

In Cecilias Augen stand das blanke Entsetzen. »Die Polizei fuhr mit deinem Vater gerade zum Haus der Familie Palms. Heinrich soll betrunken auf dem obersten Sims der Dachterrasse stehen und damit drohen, sich in die Tiefe zu stürzen.«

Gefolgt von Sofie und Marlene, war Maria hinter ihren Sohn getreten. »Nein! Nicht schon wieder!«, rief sie und rang verzweifelt die Hände »Wenn auch noch Heinrich in den Freitod geht, das überlebe ich nicht!« Verstört starrten ihre Augen ins Leere.

»Du musst jetzt tapfer sein, Maria!« Entschlossen trat Cecilia einen Schritt auf die Cousine zu, fasste hart mit beiden Händen um ihre Schultern und schüttelte sie heftig. »Nur ihr könnt noch helfen. Fahrt zur Palms-Villa! Von euch wird Heinrich sich beruhigen lassen!«

Benjamin stützte seine Mutter. »Wir werden sofort losfahren!« Während er mit ihr langsam zum Automobil zurückging, sah er alarmiert in das farblose Gesicht seiner Frau, die

217

regungslos neben dem Hauseingang stand und am Ende ihrer Kräfte zu sein schien. »Tante Cilli«, bat er inständig, »kümmer dich bitte um Marlene!« Aus den Augenwinkeln nahm er mit Erleichterung zur Kenntnis, dass Sofie schon zum Maybach vorausgeeilt war. Nachdem er mit seiner Mutter im Fond Platz genommen hatte, startete seine Schwester umgehend den Motor und fuhr bis zur Wohnung der Bekannten durch die dämmrigen Straßenschluchten in einem Tempo, als sei der Leibhaftige hinter ihr her.

*

Vor dem hohen Palms-Domizil standen viele Menschen, deren Augen gebannt auf die Zinne der Dachterrasse gerichtet waren. Im Zwielicht der aufkommenden Abenddämmerung hob sich Heinrichs dunkel gekleidete Gestalt deutlich gegen die untergehende Sonne ab, welche den Himmel in eine unwirklich anmutende Röte färbte.

»Bleibt dicht hinter mir!«, sagte Benjamin, ohne sich nach den Frauen umzusehen, die ihm – Hand in Hand und stumm vor Entsetzen – mit zögernden Schritten folgten. Wie ein Automat schritt er zügig vorwärts. Rücksichtslos drängte er die Menschen zur Seite, derweil seine Augen wie hypnotisiert auf der rot angestrahlten Silhouette haften blieben, die schwankend vom Sims der Dachterrasse bis auf den Schornstein des Hauses kletterte. Das Blut schien in seinen Adern zu gefrieren, als der Bruder, wild mit einer Flasche wedelnd, vor den Schaulustigen in übertriebener Manier einen tiefen Kratzfuß auf dem schmalen Rand des Rauchfangs zelebrierte.

»Seid mir gegrüßt, ehrenwerte Bürger ohne Fehl und Tadel!«, kicherte Heinrich in gebeugter Haltung. Mit einem Ruck schnellte er plötzlich wieder hoch, holte weit aus und warf die geleerte Brandweinflasche vor die Füße der aufkreischenden Menschenmenge. Auf einem Bein balancierend, drehte er sich plötzlich mit schlingernden Armbewegungen um die eigene Achse. Wie die Tentakel eines Tintenfisches saugten sich seine Augen sofort am Gesicht des Vaters fest, der unterhalb in einem Rosenkohlbeet stand und wild gestikulierend Verwünschungen gegen ihn ausstieß. »Ohne mit der Wimper zu zucken, legte damals ein menschliches Scheusal, das sich Vater nennt, den Freitod seiner Tochter Magdalene ad acta«, rief er hasserfüllt nach unten. »Von Glück kannst du reden, dass ich dich seinerzeit nicht umbrachte. Und wenn das schwarze Schaf der Familie jetzt vor deinen Augen in den Tod springt, wirst du auch mich morgen schon wieder vergessen haben!«

»Tu es nicht, Heinrich!«, rief Benjamin. Jäh drehte sich Franz um die eigene Achse, nachdem er die Stimme seines jüngsten Sohnes hinter sich vernahm. »Papa, bitte! Nur wenn du hier weggehst«, beschwor er seinen Vater, »besteht die Hoffnung, dass Mutter, Sofie und ich Heinrich von seinem schrecklichen Vorhaben abhalten können.«

Franz' erstaunter Blick glitt über Benjamins schwarzen Festtagsanzug. Geschickt seine Überraschung verbergend, bemerkte er höhnisch: »Aha! Der feine Herr lässt sich mal wieder blicken!?« Dann wandte er sich in unwirschem Ton nach Frau und Tochter um: »Ebenso hochherrschaftlich herausgeputzt findet sich auch der klägliche Rest der Familie ein?« Niemand nahm von ihm Notiz. Es war eine neue Erfahrung, dass seine provozierenden Fragen unbeantwortet blieben, man ihn einfach ignorierte und stattdessen den Blick unbeirrt auf das Dach gerichtet hielt. Sofort stieg jene unbeherrschbare Wut heiß in ihm hoch, die ihn jedes Mal übergangslos in einen Rausch der Raserei versetzen konnte. Erstaunlicherweise brachte er es heute fertig, seinen lodernden Zorn unter Kontrolle zu halten. Gesenkten Blickes wandte er sich mit einer schroffen Bewegung ab und hinkte auf das unentwegt hupende LF-15-Löschfahrzeug der Magiruswerke zu, das sich seit geraumer Zeit mühte, eine Gasse durch die Menge zu bahnen. »Helft meinem Jungen«, murmelte er den beiden behelmten Feuerwehrleuten im Vorbeigehen zu. Erleichtert ruhten seine Augen auf der modernen kohlensäurebetriebenen Kraftdrehleiter, die auf dem Gerüst über dem offenen Gefährt montiert lag. Ohne sich noch ein einziges Mal umzusehen, überquerte er die große unbeleuchtete Straße und steuerte mit schmerzverzerrtem Gesicht auf direktem Weg die nächste Kneipe an.

Vor dem Menschenauflauf stand ein beleibter Polizist, der entnervt den ausweglosen Versuch unternahm, die gaffende Menge auseinanderzutreiben. »Machen Sie den Abschnitt bis zum Haus frei!«, zeterte er zornig und stemmte seine umfangreiche Leibesfülle gegen eine vorwärtsdrängende Masse Mensch, deren sensationslüsterner Voyeurismus kein vernünftiges Denken zuließ. Zwei junge, kräftige Polizisten eilten dem Kollegen zu Hilfe und hakten sich fest bei ihm ein. Unter größter Kraftanstrengung schafften sie es nach geraumer Zeit, die Menschenmenge zurückzudrängen und dem Gefährt die Zufahrt zur Villa zu ermöglichen.

»Lassen Sie mich mit meinem Bruder sprechen!«, verlangte Benjamin mit Nachdruck von dem Feuerwehrmann, der sich anschickte, die ausgefahrene Leiter zu besteigen. Der junge Bursche zögerte und entblößte seinen Kopf. Unschlüssig drehte er den Helm in den Händen und überließ ihm nach kurzer Überlegung den Vortritt. Behände stieg Benjamin die Sprossen der Kraftdrehleiter hoch, kletterte über die Brüstung der Dachterrasse und versuchte sich an der Regenrinne der Überdachung hochzuziehen.

»Wenn du mir näher kommst«, drohte Heinrich von oben, »springe ich hinunter!«

Erschrocken ließ Benjamin die Traufe los. »Heinrich, ich will dir helfen.«

»Niemand kann mir helfen!«, erwiderte sein Bruder mit versagender Stimme. »Ich habe im Klingelpütz gesehen, mit welcher Brutalität diese SA-Schlägertypen Menschen foltern, die anders denken oder gar anders sind. Seitdem Meister Höhner nach unserer Verurteilung den Tod fand, will auch ich nicht mehr leben.« Resigniert setzte er sich auf die Kaminumrandung. »Ich habe diesen sanften und gutmütigen Menschen verehrt und geliebt. Warum verfolgte man meinen väterlichen Freund und mich wie Schwerverbrecher? Wir waren glücklich zusammen und taten niemandem etwas zuleide.«

»Heinrich …!«, begann Benjamin den Satz und stockte. Er wusste, dass ein falsches Wort seinem Bruder zum Verhängnis werden konnte. »Alle Geschwister stehen zu dir; Oma Anna und Tante Cilli weinen sich zu Hause die Augen aus. Heinrich, bitte! Dort unten steht deine Mutter kurz vor einem Zusammenbruch.« Er zeigte auf seine Schwester, die den Arm schützend um Maria gelegt hielt. In der einsetzenden Dunkelheit konnte man ihren hellen Pelzmantel deutlich erkennen. »Mutter liebt dich, und den Freitod ihrer Tochter Magdalene erlebt sie jedes Mal wieder in ihren Albträumen. Du wirst ihr heute nicht das gleiche Leid zufügen!«

Heinrich sah auf die zerbrechlich wirkende Gestalt seiner Mutter. Nach kurzem Zögern wandte er sich wieder dem Bruder zu und stieg – den Blick unverwandt auf Benjamins ausgestreckte Hände gerichtet – wie in Trance vom Kamin auf die von Moos bedeckten nassen Schindeln. Vergeblich nach Halt suchend, rutschte er plötzlich über das glatte Schiefer abwärts und fiel von der Dachkante kopfüber in die Tiefe. Vor den Füßen der aufschreienden Menschenmenge prallte er auf die durchgefrorene Erde, wo er mit verrenkten Gliedern liegen blieb, während sich unter seinem Schädel eine immer größer werdende Blutlache ausbreitete.

*

Dumpf schlug die Sterbeglocke von St. Peter drei Mal. Dichte Nebelschwaden wehten vom Rhein herüber, welche sich mit den Taunebeln vereinigten, die vom feuchten Boden aufstiegen und – Gespenstern gleich – durch die dunklen Gassen des Kölner Vorortes waberten. Kaum war der letzte Gong verebbt, dauerte es eine Minute, bis das Totengeläut wiederum mit drei Schlägen der Ehrenfelder Gemeinde kundtat, dass ein männlicher Mitbürger aus ihrer Mitte gerissen wurde.

Seinen Kopf tief in den hochgeklappten Jackenkragen gezogen, stand Franz schwankend vor der Eingangstür und drehte den Schlüssel im Schloss herum. In seinem Rücken ertönte der unheimliche Ruf eines Käuzchens durch die dichten Dunstschleier zu ihm herüber, der ihn schlagartig seiner Trunkenheit zu berauben schien. Stocksteif dastehend wandte er langsam den Kopf zur Seite. Jedes Haar an seinem Körper stand aufrecht, als er in die empfindungslos starren Augen eines Raben blickte, der zusammengekauert auf dem kahlen Birnbaum neben seinem Haus hockte. Wie zu jener Zeit, als man ihn in die Schutzlosigkeit eines Himmelfahrtskommandos entsandte, vermeinte er auch jetzt die Spukgestalt des hämisch grinsenden Knochenmanns zu spüren, der ihm seine eisigen Finger um den Hals zu legen suchte. Weder die tief im Aberglauben verwurzelten irreal-animalischen Zeichen des Todes noch das reale Geläut der Sterbeglocke ließen ihn erschauern, sondern die unumstößliche Gewissheit, dass der Schnitter heute noch einmal seine Ernte einfahren würde. Während er mit einer Hand die Knöpfe der Jacke aufriss und röchelnd durchatmete, warf er von Panik durchdrungen mit der anderen die massive Haustür hinter sich zu. Die vage Hoffnung, dass St. Peters Totengeläut nicht seinem Sohn gelten möge, wurde erbarmungslos zunichte gemacht, als er auf den schwarz verhängten Flurspiegel und das angehaltene Pendel der Eckstanduhr sah. Erneut bemächtigte sich seiner jenes unwirkliche Gefühl, aus dem eigenen *Ich* steigen zu müssen, um als Unbeteiligter das Grauen ertragen zu können, das sich unabwendbar auf ihn zubewegte. Neben sich selbst stehend, betrachtete er teilnahmslos den Fremden, der die Türklinke zum Zimmer der Stiefmutter herunterdrückte und – einem Schlafwandler gleich – in die zugige Düsternis des ausgekühlten Raumes humpelte.

Oma Anna vollzog die ihr überlieferten Totenriten genau wie einst, als man ihren verunglückten Gatten nach Hause gebracht hatte. In ein weißes Laken gehüllt lag Heinrichs Leichnam auf der Bahre neben der heftig flackernden Totenkerze. Monoton das *Vater unser* und *Gegrüßest seist du, Maria* murmelnd, kämmte sie gedankenverloren das blutverklebte Haar ihres geliebten Enkels so behutsam, dass die Geldstücke, die auf seinen geschlossenen Liedern ruhten, nicht herunterfielen. Um eine Seelenrückkehr zu verhindern, hatte sie unterhalb der Kinnlade seinen geschlossenen Mund mit einem Gebetbuch fixiert und das Fenster weit geöffnet, damit Heinrichs Seele ungehindert zum Allmächtigen aufsteigen konnte. Zusammen mit dem Kamm platzierte sie die ausgekämmten Haare neben dem benutzten Waschlappen, der am Fußende des Toten lag. Umständlich kramte sie aus der Tasche ihres schwarzen Wollkleides einen Rosenkranz hervor und küsste das kleine gusseiserne Kreuz, bevor sie die mit hölzernen Perlen versehene Kette über das schwarze Brevier auf Heinrichs Brust legte.

Erst das zaghafte Klopfen an der Tür ließ beide aus jenem sinnbetäubenden Elysium hochschrecken, das ihren unermesslichen Schmerz zu lindern schien. Verwundert blickten sie zuerst sich gegenseitig an und dann zu Schreinermeister Müller hinüber, der – mit einem hölzernen Maß in der Hand – leise in das Zimmer trat. Nachdem der Sargmacher den Hinterbliebenen durch eine tiefe Verbeugung sein Mitgefühl ausgedrückt und den Verstorbenen vermessen hatte, verließ er den Aufbahrungsort genauso leise und stumm, wie er gekommen war.

Franz hinkte zum sperrangelweit geöffneten Fenster und verschloss es sorgfältig. Den Blick auf das wächserne Gesicht des Sohnes gerichtet, verließ er gemeinsam mit seiner Stiefmutter den Raum und ging schleppenden Schrittes zum Wohnzimmer, hinter dessen Wand man leises Gemurmel vernahm. Mit einem ruckhaften Öffnen der Tür verschaffte er sich Zugang zum Salon. Wie angewurzelt blieb er stehen und starrte gebannt auf die funkelnde Preziose, welche ihm am Hals einer hochschwangeren, hochzeitlich gekleideten und völlig fremden Frau sofort ins Auge stach, derweil sein schwerfällig arbeitendes Gehirn die düster anmutende Atmosphäre in sich aufnahm.

Die Vorhänge aus dunkelblauem Brokat waren zugezogen und über die gelben Schirme aus gegerbter Tierhaut der Decken- und Stehlampen hatte man durchsichtige schwarze Tücher gelegt. Gegenüber dem Wohnzimmereingang saß Marlene in einem tiefen Fauteuil und hielt – aufgrund einer ausgeprägten Migräne – den schmerzenden Kopf nach hinten gelehnt. Benjamin, der hinter seiner Frau stand und sanft mit den Zeigefingern ihre Schläfen massierte, unterbrach übergangslos seinen hingebungsvollen Samariterdienst und schaute beklommen in das gewalttätig wirkende Gesicht seines Vaters. Pastor Severin, der unablässig auf die geisterhaft blasse Maria einredete, richtete sich kerzengrade in seinem Stuhl auf und verstummte augenblicklich. Zwei achtjährige Messdiener, die übermüdet neben dem korpulenten Geistlichen standen, hielten unvermittelt mit dem mechanischen Schwenken ihrer noch schwach wallenden Weihrauchkessel inne. Sofie und Cecilia, die neben Maria auf dem großen Sofa saßen und unablässig deren kalte Hände rieben, stellten abrupt ihre Tätigkeit ein. Um den runden Tisch aus glänzend poliertem Kirschholz saß die verkaterte Eifler Hochzeitsgesellschaft, die auf Johannes stierte, der in verkrümmter Haltung und sinnlos betrunken auf dem dunklen Parkettboden neben seinem Erbrochenen lag. Ruckartig wandten sie die Köpfe vom ekelerregenden Anblick eines menschlichen Wracks zu einem bedrohlich wirkenden Individuum, das mit knirschenden Zähnen und Schaum vor dem Mund im Türrahmen stand. Angespannt den Atem anhaltend, glotzten sie mit sichtlichem Unbehagen auf Franz' zur Salzsäule erstarrte Gestalt und warteten in stoischer Reglosigkeit auf jenen jähzornigen Ausbruch, der sich unweigerlich über sie ergießen musste.

Während Helene ihrem Herrgott dankte, dass die Kinder in Gottliebs und die Stalltiere in der Obhut ihres Mannes auf dem Bauernhof zurückgeblieben waren, versuchte ihr Mund Worte zu formen, die ihre vor Angst gelähmten Stimmbänder nicht hergeben wollten. »Papa …«, begann sie mit krächzenden Lauten, nachdem sie endlich ihr nervöses Räuspern beendet hatte. Entsetzt zuckte sie zusammen, als ihr Vater jäh aus seiner Erstarrung erwachte, in einschüchternder Manier auf Marlene zustapfte und Benjamin mit schier übermenschlicher Kraft zur Seite stieß, als er sich ihm in den Weg stellen wollte.

Die Szene eines flammenden Infernos vor Augen, in der die Welt zu explodieren drohte, geiferte Franz: »Wer gab dieser trächtigen Megäre ein Collier, das ich von meinem Vater erbte?« Und erneut nahm das Bild eines wild um sich schießenden Füsiliers in seinem Kopf Gestalt an, der ihm drei Kugeln ins Bein schoss, die ihn auf ewig seiner Beweglichkeit berauben sollten. Wie unter Zwang krallte er die zu Klauen gekrümmten Hände um Marlenes weißen Hals und versuchte, ihr das Schmuckstück herunterzureißen.

Keuchend griff sich Oma Anna mit der rechten Hand an ihr Herz, während sie mit der kraftlos erhobenen linken dem grausamen Geschehen vor sich Einhalt zu bieten suchte. »Franz, halt ein!«, kam es schwach über ihre bläulich verfärbten Lippen. »Dat Collier hat nit deinem Vater jehört. Hier: Lies den Brief von ihm, den er jeschrieben hat, bevor er von der Elektrischen überfahren wurde.« Mühsam nestelte sie eine Brusttasche, die sie um den Hals gebunden hielt, aus ihrem Kleiderausschnitt und zog ein mehrere Seiten umfassendes Schriftstück heraus.

Marias ohnehin schon fahles Antlitz nahm die Farbe eines gebleichten Bettlakens an, als sie fragend in Cecilias erstaunt dreinblickende Augen schaute. »Aber Oma Anna«, stotterte sie fassungslos, »du erzähltest mir, dass du damals Ägidius' Abschiedsbrief verbranntest, weil …« Sie fühlte die neugierigen Blicke der Verwandtschaft auf sich gerichtet; bestürzt hielt sie inne.

Einer ferngesteuerten Maschine gleich, bewegte sich Franz mit tapsenden Schritten auf die Stiefmutter zu und riss ihr das Dokument aus der Hand. *»Die Wahrheit über mein verruchtes und sündiges Dasein«*, las seine heisere Stimme die zweimal unterstrichene Überschrift der Botschaft laut vor. Verstört sah er in die Runde, ohne wahrzunehmen, dass alle mit geöffneten Mündern die Augen starr auf ihn gerichtet hielten. »Ich muss jetzt alleine sein«, murmelte er irritiert. Als er in den Flur hinkte, bemerkte er weder, dass seine Stiefmutter hinter ihm zu Boden sackte, noch dass Benjamin seiner Frau zu Hilfe eilte, die ihre Arme laut stöhnend um die Körpermitte geschlungen hielt. Mechanisch griff er nach der neunschwänzigen Katze, die neben der verstummten Eckstanduhr an einem Haken hing, und stieg langsam, Stufe um Stufe, die Treppe zum Dachboden hoch. Dort angekommen, setzte er sich, nach Atem ringend, auf einen hölzernen Schemel und starrte mit bangem Herzen auf die Lebensbeichte seines Vaters.

»22. Januar 1907. Meine über alles geliebte Anna!«, las er, wobei seine ausgetrockneten Lippen lautlos die einzelnen Worte formten. »Wenn Du diese Zeilen liest, habe ich meinem Leben ein Ende bereitet, denn es liegt eine große Schuld auf meiner Seele.

A posteriori Du Dich damals mit meinem besten Freund Johannes vermähltest, hasste ich Dich, mich und jedes andere Wesen auf diesem für ewig verdunkelten Erdenball. Jener alles umfassende Zorn verließ mich, bis ich Dich nach dem Tode Deines Mannes ehelichte, nie wieder. Nachdem ich mich – verletzt und erniedrigten Herzens – von meiner geliebten Heimatstadt Cöln im Osten unseres Vaterlandes gleich einem waidwunden Tier verkrochen hatte und dort die Mutter meines einzigen Kindes freite, ließ ich täglich die nie enden wollende Verbitterung an meiner Familie aus. Sie sollte dafür büßen, weil Du mich damals verschmähtest.

Bewusst wählte ich jegliche Bösartigkeit, sowohl in psychischer als auch in physischer Hinsicht, um die mir Anvertrauten für jenes Unrecht zu strafen, welches mir widerfahren war. Selbst vor Raub und Mord schreckte ich nicht zurück: denn zur damaligen Zeit belieferte ich mit dem Obst und Gemüse aus meinem kurz vor dem Bankrott stehenden Lebensmittelladen das Obdach zur Erziehung sittlich verwahrloster Knaben. Ich beobachtete einen bis zum Skelett abgemagerten Schwindsüchtigen, der den Vorsteher des Waisenhauses händeringend bat, seinen minderjährigen Sohn unter seinem Dach aufzunehmen. Jedoch wurde jenes Ansinnen von selbigem mit Bedauern, aber konsequent zurückgewiesen, da das völlig überfüllte Asyl zu dieser Zeit keine Vakanz aufwies. Dessen ungeachtet fiel mir auf, dass der abgemagerte Sterbende vornehm gekleidet war, und so fing ich ihn in bösester Absicht vor dem Eingang des Waisenhauses ab. Während ich ihn in seine Wohnung verbrachte, konnte ich sein Vertrauen erringen, indem ich ihm glaubhaft versicherte, dass ich willens und imstande sei, seinen minderjährigen Sohn im besagten Obdach unterzubringen. Sterbend und nicht mehr Herr

seiner Sinne, kramte er unter seinem Kopfkissen ein
ungeheuer wertvolles Collier hervor, drückte es mir in
die Hand und überließ den völlig verstörten und laut
weinenden Knaben meiner Obhut.

Auf unserem einsam liegenden Gehöft gelang es mir,
das vollends apathische Kind in einem solide gemau-
erten Kellerverschlag des Nebengebäudes wegzuschlie-
ßen. Fast täglich züchtigte ich den Knaben mit der neunschwänzigen Katze meines Vaters, unter Androhung des
Todes, wenn er jemals von dem Collier erzählen sollte.
Zum Schluss war der drangsalierte und völlig verängs-
tigte Junge widerspruchslos bereit, mir meine Lüge zu
glauben, dass er sich wegen obstinaten Verhaltens im
Karzer des Waisenhauses befinde. So hoffte ich von mir
ablenken zu können, falls ich jemals das Weite suchen
müsste. Allen heimlichen Bemühungen zum Trotz, die
Spur meines Verbrechens zu verwischen, verwehrte mir
meine Gattin eines Abends am Treppenabgang zum Kel-
ler den Weg, forderte mich ultimativ auf, den geschun-
denen Knaben freizulassen, und versuchte mir den
Schlüssel des Kerkers zu entwenden. Da ich nun einer
Mitwisserin meiner sadistischen Schandtaten gewärtig
war, drückte ich ihr erbarmungslos die Kehle zu und
warf sie mit voller Wucht die Treppe hinab. Aufgrund
des Geschreis der mir Angetrauten versuchte mein kleiner Sohn seiner Mutter beizustehen. Geschockt durch
das grausige Ableben selbiger – sie lag mit verrenkten
Gliedern, blutüberströmt und mit gebrochenen Augen
im Kellervorraum – sowie durch meine anschließende
Züchtigung, fiel mein Sohn in einen komaähnlichen
Schlaf, aus dem er erst nach drei Tagen ohne Erinnerung an das zuvor Geschehene erwachte. Umgehend
entfernte ich den abgemagerten, verwirrten Waisen-
knaben aus dem düsteren Verlies und setzte ihn in der

Dunkelheit, bei klirrender Kälte, vor dem Obdach aus, darauf hoffend, dass er während der Nacht erfrieren möge. Sofort eilte ich zurück. Den von mir herbeigerufenen Beamten des örtlichen Polizeireviers konnte ich überzeugend weismachen, dass meine Gattin einem bedauerlichen Unglück zum Opfer gefallen sei.

Erst nachdem ich Dich, meine einzige große Liebe, erneut für mich gewinnen konnte und Du mir und meinem Sohn ein geborgenes Heim in Deinem übergroßen Herzen einräumtest, glaubte ich, meinen inneren Frieden wiederfinden zu können.

Jedoch der unnachgiebige, aber gerechte Herr forderte jede Nacht in meinen Albträumen Sühne für jene schändlichen Missetaten. In der Hoffnung, dass Gott und Du, meine über alles geliebte Anna, mir vergeben könnt, empfehle ich meine schuldbeladene Seele dem Allmächtigen.

Franz ließ den Abschiedsbrief seines Vaters zu Boden sinken. Kraftlos schloss er die brennenden Lider und unmittelbar darauf flackerten vor seinem geistigen Auge Bilder aus der frühsten Kindheit auf. Grauenvoll verzerrte Schattenbilder, die er ausnahmslos aus seinem Erinnerungsvermögen getilgt zu haben glaubte. Humpelnd begab er sich zu einer an der Dachschräge befindlichen altersschwachen und von Holzwürmern zerfressenen Kommode, um der obersten Schublade Papier und Schreibzeug zu entnehmen. Dabei fiel sein Blick auf die neunschwänzige Katze, die auf der Truhenplatte lag, und jäh erschauerte er bis in die Grundfesten seines Seins. Wie von Geisterhand gezeichnet, flimmerte sein Leben, gleich einem Film, durch seine Gedanken, in dem er sich selbst als ein Mensch gewordenes Scheusal auf einer imaginären Leinwand agieren sah. Als Versehrter aus dem Krieg zurückgekehrt, ließ er keine Möglichkeit aus, um gefühllos jene, die um sein Wohlergehen bemüht und verzweifelt seine Liebe und Fürsorge ersehnten, nicht nur zu züchtigen, sondern zwei seiner Kinder in den Tod und den Jüngsten aus dem Haus zu treiben. Kaum hatte er den Abschiedsbrief beendet, kletterte er, bis ins Innere aufgewühlt, mit letzter Kraft auf den Hocker und befestigte zwei Striemen der Neunschwänzigen am hölzernen Dachgerüst. Die restlichen mit Takelgarn umwickelten und in Abständen verknoteten Hanfschnüre legte er sich mehrfach eng um den Hals und knotete sie sorgsam unter dem Kinn zusammen. Bevor er den Schemel mit den Füßen zur Seite stieß, bemerkte er zu seiner eigenen Verwunderung, dass er weinte – zum ersten Mal, seit er aus jenem menschenverachtenden Krieg heimgekehrt war.

Die Autorin dankt ihrer Tochter Simone und ihrem Ehemann Udo für das Probelesen und die Unterstützung sowie dem BoD-Team für seine freundliche Beratung und professionelle Arbeit.

Christel Görres-Strohmeier wurde 1945 in der Uckermark geboren, wuchs in Köln auf, lebte über 25 Jahre in München und neun Jahre in Spanien. Die diplomierte Sekretärin arbeitete viele Jahre für eine große Gewerkschaft und vertrat während ihrer Tätigkeit in einem Seniorenzentrum die Interessen der Frauen im Betriebsrat.

Ihr soziales Engagement setzte sie im Jugendsport – Bereich Voltigieren – fort. Die passionierte Reiterin und Voltigiertrainerin nahm mit ihrer Mannschaft mehrfach an deutschen Meisterschaften teil. Mit Tochter Simone war sie national und international erfolgreich und vertrat als Mitglied der deutschen Equipe bei den *Weltreiterspielen 1990 in Stockholm* mit einer hervorragende Platzierung die deutschen Farben.

Sie veröffentlichte das Kinder- und Jugendbuch **Herr Winzig und die Voltigierbande** sowie den satirischen Roman **Costa-Blanca-Connection oder die Hundehaufen-Affäre.**

Die in Spanien entstandenen Ölgemälde, zu denen sie Gedichte, Balladen und Lieder verfasste, die die Ausbeutung der Erde, Umwelt- und Klimakatastrophen, häusliche Gewalt und die Unruhen auf unserem Planeten thematisieren, wurden in der Anthologie **Ein Leuchten in den Blättern – Autoren-Werkstatt 97** – veröffentlicht.

Lied vom Licht zum ew'gen Leben

Am Anfang vielleicht sind wir alle gleich
Nackt aus schmerzendem Schoß geboren
Doch sie schaut und lächelt so entrückt
Und sie singt und jauchzet so beglückt
Als hätt' sie mit dir das große Los gezogen
Aber dein frierend Leib erscheint blass und bleich
Fühlt sich einsam, in eiskalter Welt verloren

      Und du spürst das unsichtbare Band
      Im Vakuum zwischen Tod und Leben
      Das haftet gleich einer magnetischen Hand
      Lässt Körper und Geist angstvoll beben

Du wächst heran, unter derbem Zwang
Man zeigt dir beglückt Blumenwiesen
Doch man schaut und lächelt so entrückt
Und man singt und jauchzet so beglückt
Als hätt' man dir endlose Ehre erwiesen
Aber du argwöhnst und fühlst diesen Drang
Dich aufzulehnen gegen mächtige Riesen

      Willst nicht spüren das unsichtbare Band
      Willst jung sein, nicht tot; willst leben
      Willst abschütteln jene magnetische Hand
      Die den Körper lässt angstvoll beben

Wie lang ist es her, es fällt dir so schwer
Dich an ferne Apokalypsen zu erinnern
Doch man schaut und lächelt so entrückt
Und man singt und jauchzet so beglückt
Um damit dein Rücksinnen zu verhindern
Aber du gehorchst, wie einst, ohne Gegenwehr
Wissend, dass jeder Krieg ist ohne Wiederkehr

Vor **Libanons** Küste spürst du dies Band
Als gehorsamer Maat, mit Uno-Mandat
Das haftet gleich einer magnetischen Hand
Während der Patrouille, am 45. Längengrad
Dort vor **Mogadischu** zwischen Tod und Leben
Ließ deinen Körper und Geist angstvoll beben

Am Anfang vielleicht, dass dich die Mutter sogleich
Knöchern Tod, den Engeln anvertraute
Dabei schaut und lächelt sie so bedrückt
Will nicht mehr singen und jauchzen so beglückt
Jedoch konnt' verhindern deine klagenden Laute
Denn den frierenden Leib deiner starren Leich'
Ließ weinend zurück sie in Gottes blühendem Reich

  Brauchtest nie zu spüren jenes Band
  Im revoltierend **Kongo** am **Hindukusch**
  Das haftet gleich einer magnetischen Hand
  In staubiger Steppe und brennendem Busch
  Dort im **Kosovo** zwischen Tod und Leben
  Ließ deinen Körper und Geist angstvoll beben

Am Ende bestimmt, das Lebenslicht verglimmt
Die Liebsten lang ins Jenseits berufen
Schau und lächle nie mehr bedrückt
Sing und jauchze wieder ganz beglückt
Wenn dich am Ende des Tunnels helles Licht einnimmt
Brauchst nach den Deinen nicht lange zu suchen
Weil für immer Vereinigung ihr gewinnt

  Jetzt erst siehst du das sichtbare Band
  Im blühend hellen Hain, ew'gem Leben
  Das fest haftet gleich einer magnetischen Hand
  Wird für immer euch Zusammensein geben

  11.09.2006
  Christel Görres-Strohmeier